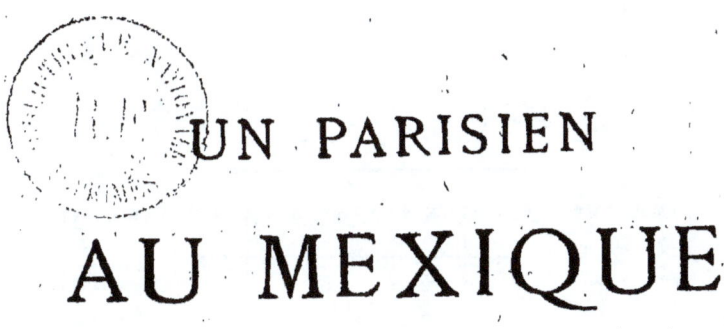

UN PARISIEN
AU MEXIQUE

IMPRIMERIE ÉMILE COLIN, A SAINT-GERMAIN.

UN PARISIEN
AU MEXIQUE

PAR

C. BERTIE-MARRIOTT

PARIS

E. DENTU, ÉDITEUR

LIBRAIRE DE LA SOCIÉTÉ DES GENS DE LETTRES

Palais-Royal, 17 et 19, Galerie d'Orléans.

—

1886

PRÉFACE

LE FIGARO

26, rue Drouot.

Paris, 9 avril 1884.

A MONSIEUR BERTIE-MARRIOTT

5 bis, rue du Cirque, Paris.

Mon cher monsieur Marriott,

J'ai le plaisir de vous informer que je vous ai choisi pour représenter le Figaro comme correspondant spécial, au Mexique, à l'occasion de l'inauguration de la ligne du chemin de fer qui doit relier Mexico à New-York.

J'espère que la notoriété de notre journal vous assurera partout l'accueil que mérite d'ailleurs votre talent.

Veuillez croire, mon cher monsieur Marriott, à mes meilleurs sentiments.

F. MAGNARD.

UN PARISIEN
AU MEXIQUE

A BORD DU *TAMAULIPAS*

Le Havre, 12 avril 1884.

Il va se passer au Mexique un événement qui peut rivaliser d'importance avec l'œuvre grandiose de M. de Lesseps, c'est l'inauguration du grand chemin de fer de Mexico à New-York, ligne gigantesque, unissant la race latine à la race saxonne, comme par un lien de fer, et ouvrant à la vieille Europe une nouvelle route plus sûre et plus rapide à travers les riches contrées du Mexique.

Une fois débarqué à New-York, le touriste ou l'homme d'affaires se trouvera, en effet, transporté à Mexico, sans qu'il s'aperçoive, en quittant le

bord, du changement qui vient de s'opérer, autrement que par une sensible amélioration de ses
conditions d'existence.

Nos détestables wagons de la vieille Europe ne
donnent aucune idée, même approximative, du
luxe et du confort des chemins de fer du Nouveau-
Monde. Là-bas, il n'est question ni de comparti-
ments, ni de coupés, ni même de sleeping-cars :
ce sont là autant de moyens de locomotion que
les Américains ne conçoivent que dans les pays
encroûtés de routine. Au delà de l'Atlantique, les
trains sont de véritables hôtels roulants. En sorte
que le touriste ou l'homme d'affaires dont je parle
franchira la distance de sept jours qui sépare les
deux capitales sans être plus incommodé que s'il
était descendu dans un des meilleurs hôtels de la
Cinquième Avenue. En arrivant à Mexico, il
n'aura qu'à changer de chambre!

J'avoue que cette première représentation, —
pour parler la langue des théâtres, — m'intéresse
autant qu'une vraie féerie, et que j'ai accepté
avec joie la mission d'esquisser, pour les lecteurs
du *Figaro*, les fêtes pittoresques auxquelles va
donner lieu l'inauguration de ce chemin de fer,
une des merveilles de la civilisation moderne.

Indépendamment de ces récits, je noterai quelques « découvertes » qui n'exciteront pas la jalousie des membres des sociétés savantes, — du

moins, j'aime à le croire. Mes impressions de
voyage n'auront de valeur que pour ceux qui aiment à connaître les sensations d'un Parisien
s'en allant les mains dans les poches et les yeux
grands ouverts, bien décidé à se laisser étonner
partout où il rencontrera des types à croquer, des
mœurs à saisir sur le vif, partout où il se heurtera
à des hommes ou à des choses qui ne sont pas les
choses ni les hommes qu'il frôle d'ordinaire de la
Madeleine à la Bastille.

Si l'ombre du vieil Horace est vexée d'apprendre que je ne tiens pas compte, — en voyage, —
de son *nil mirari*, elle voudra bien se faire une
raison en pensant aux exigences du reportage
contemporain.

Et voilà comment il se fait que je suis au Havre
à bord du vapeur mexicain le *Tamaulipas*, en par-
tance pour la Vera-Cruz. Encore une inauguration, celle-là. Car c'est un des quatre bateaux
appartenant à la Compagnie transatlantique mexicaine de création récente, ayant des ports d'attache à Liverpool et à la Vera-Cruz.

Le capitaine Ojinaba n'a rien du loup de mer
classique. Chez lui rien de brusque ni de rébar-
batif, c'est un marin espagnol d'aspect et de manières fort aimables. Il souhaite avec une parfaite
bonne grâce la bienvenue au représentant du
Figaro et lui fait les honneurs de son bord, non

sans lui offrir un *cock-tail* mexicain des plus dé-
lectables. Le verre en main, je lui demande quels
sont mes compagnons de traversée.

— Oh! nous ne sommes pas nombreux, me ré-
pond-il. La ligne n'est pas connue. Il y a deux
cent vingt-cinq lits et il n'y a guère que vingt-
cinq passagers.

— Alors je pourrai me mettre à mon aise dans
une de ces vastes cabines?

— Certainement, et s'il vous en faut dix autres
elles sont à la *disposicion de usted*, sans qu'il vous
en coûte une seule piastre de plus.

Et reprenant, le commandant Ojinaba ajoute :
— Maintenant, je vais vous citer quelques noms
et vous donner quelques détails sur mes passagers; vous allez voir que, si la quantité fait défaut,
la qualité, en revanche, satisferait le plus exi-
geant de vos clubmen parisiens.

A tout seigneur, tout honneur! Je vous nom-
merai d'abord M. Velasco, l'ex-ministre du Mexique en France, et Mᵐᵉ Velasco, une des plus gracieuses femmes de la colonie étrangère à Paris, —
avec ses trois enfants.

Voici maintenant Mᵐᵉ Juarez-Sanchez, la fille
du célèbre Juarez. C'est une personne fort distinguée, parlant plusieurs langues et très éprise de
la vie parisienne qu'elle déserte à regret. La jolie
fillette à ses côtés est l'enfant du général Porfirio

Diaz, l'ancien président de la République et celui qui sera nommé aux élections du mois de juillet. Ah! vous allez voir et étudier le Mexique à un moment bien curieux!... Mais, pardon, cher monsieur, j'aperçois des amis, M. Manuel Gargollo, l'ancien directeur général de toutes les diligences du Mexique, le plus charmant camarade de voyage que vous puissiez désirer. Il est aussi instruit que riche, deux qualités que l'on trouve rarement réunies par ce temps de chemin de fer et de civilisation à outrance. Il est accompagné de son frère Julius; cette jeune fille aux grands yeux noirs doux comme ceux d'une colombe est l'enfant unique de don Manuel. Ils aiment bien l'Europe, mais des intérêts les réclament en terre chaude et ils y retournent de bon cœur. C'est la patrie! Je suis obligé d'arrêter là ma revue des passagers, mais vous aurez le loisir de faire vous-même connaissance avec eux pendant la traversée.

Mon cicerone parti, j'avise un Parisien d'élection, le baron Gostkowski, agent du gouvernement mexicain, dont l'action personnelle n'a pas été étrangère à la reprise des relations diplomatiques entre le Mexique et la France, relations qui sont à l'heure actuelle des plus cordiales et pleines de promesses pour l'avenir.

Le baron Gostkowski est venu nous souhaiter

bon voyage. C'est lui qui m'apprend une nouvelle que je transcris sans chercher de transition.

La cérémonie d'inauguration doit avoir lieu au Rio-Bravo, où les deux frontières seront reliées par des rails d'argent. (J'espère qu'on aura soin de les enlever après les fêtes, pour ne pas tenter la cupidité de quelque écumeur de prairie, — le dernier des pirates de la Savane !)

Quand les présidents Gonzalès et Arthur auront échangé une poignée de main sur la frontière, ils se rendront tous deux à Chicago, où de grandes réjouissances auront lieu. Mais n'anticipons pas, laissez-moi plutôt m'attendrir à la vue de trois Parisiens qui viennent de s'embarquer.

Ces trois dignitaires, que j'ai gardés pour « la bonne bouche, » sont trois cuisiniers, — pardon, trois chefs spécialement engagés par la direction du nouveau chemin de fer de Mexico à New-York, aux appointements de 15,000 francs par an chacun, pour le service des wagons-restaurants. Pourvu que ces dignes maîtres queux n'aillent pas avoir le mal du pays après avoir eu le mal de mer !

Parmi les passagers de distinction, — dans un ordre inférieur, — j'allais oublier de vous signaler onze chevaux de course achetés pour le compte d'un membre de la Société hippique de Mexico. Je n'ai pas vu de bookmakers. Ils se dissimulent peut-être parmi les émigrants. Attendons-nous à les voir surgir quand nous serons en pleine mer et quand ils seront, eux, à une bonne distance de la rue de Hanovre et de M. Camescasse!

DU HAVRE A MEXICO

Mexico, 13 mai 1884.

En arrivant, après une traversée de vingt-deux jours, je vide mon carnet de notes.

Nous sommes partis du Havre avec cinq jours de retard, l'exactitude n'étant pas un *sine qua non* de la nouvelle Compagnie qui aura du mal a faire une concurrence sérieuse aux bâtiments français et anglais. Le service et la nourriture laissent beaucoup à désirer sous le rapport de la propreté et de la fraîcheur. Il est possible qu'avec le temps cet état de choses se modifie, car la Compagnie est bien jeune, c'est-à-dire bien ignorante. Cependant, grâce à la société de M. Luis Maneyro, le consul du Mexique au Havre, nous avons passé ces cinq jours d'attente au Havre sans trop regretter d'avoir été enlevés à nos amis et à nos affaires cinq jours trop tôt.

1.

DE LA 1ʳᵉ A LA 17ᵉ JOURNÉE

A part les alternatives de soleil et de pluie, rien
à signaler jusqu'à la Havane. Notre bateau, armé
d'une puissante machine à triple expansion,
dévore dix-huit milles à l'heure. La vie à bord est
agréable, grâce à la belle humeur des passagers.
A ce propos, permettez-moi de vous reparler
un peu de mes compagnons de voyage.

Le capitaine ne m'avait pas trompé. J'ai trouvé
en M. Manuel Gargollo un philosophe des plus
aimables, parlant admirablement le français et
l'anglais, et je vous déclare que si on a mal nourri
mon estomac, j'ai par contre pris une nourriture
intellectuelle des plus savoureuses en causant
avec ce fin lettré. Je vous présenterai aussi le
Dʳ Saint-Paul, médecin français à la recherche
d'une fortune rapide, mari d'une jeune femme américaine de San-Francisco, très avenante et animée
des plus mauvaises intentions à l'égard des doua-
niers mexicains, se rendant en Oaxaca, pour la plus
grande prospérité de cette riche province mexicaine; deux jeunes gens espagnols — *muy amable*
— tous deux; M. Alfred de la Ferté et Luis Sota,
l'un allant à Cuba et l'autre à Orizaba. Je leur sou
haite autant de succès dans ces deux pays qu'à
bord.

Pour ma part, je n'oublierai pas les heures agréables passées dans leur société.

Voulez-vous maintenant un léger croquis de nos belles voyageuses?

Mlle Virginia Pacheco, la fille du ministre des travaux publics du Mexique, grands yeux noirs éveillés, esprit délié, exerçant un puissant charme sur le sexe laid, autant par la vivacité de sa conversation que par la grâce de sa personne.

Mlle Carmen Sanchez — *muy graciosa* — mutine, nature rieuse et spirituelle — deux agréments qui ne vont pas toujours de pair — possède toutes les qualités de cœur et d'esprit de sa mère, Mme Juarez Sanchez, personne réellement bonne et supérieure.

La belle Mlle Amada Diaz, fille du futur président du Mexique. Grâce nonchalante, yeux superbes, tantôt doux et langoureux, tantôt fiers et fulgurants comme ceux de l'énergique soldat dont elle est l'enfant.

Mlle Maria Gargollo, déjà nommée, beauté délicate, à la fois Athénienne et Mexicaine, séduisante et fort distinguée.

Mme Velasco, la belle ex-ambassadrice, qui ne peut songer à la France sans avoir les larmes aux yeux — et quels yeux !

Toutes ces dames parlent français et anglais avec facilité et bonne humeur, ce dont le correspon-

dant du *Figaro,* avec son vocabulaire espagnol par
trop maigre, leur témoigne une vive reconnaissance.

La grande distraction du bord, c'est la musique.
Mme Curiel, la femme de l'excellent consul du
Mexique en France, — lequel est aussi à notre
bord — nous fait, chaque soir, admirer sa virtuo-
sité hors ligne sur le piano, et la petite Isabelle,
fille cadette de Mme Juarez Sanchez, exécute des
fragments d'opéra et des morceaux de sa compo-
sition, le tout de mémoire, avec une gentillesse
exquise. A peine âgée de six ans, cette petite-fille
du grand Juarez joue encore à la poupée et ne
paraît pas se douter qu'elle est déjà une véritable
artiste.

Une autre distraction, c'est le loto. Mme Velasco
appelle les numéros en quatre langues différentes.
Impossible de se livrer aux joyeusetés que les
chiffres inspirent aux commis voyageurs. Mais ce
loto dans une tour de Babel ne manque pas d'originalité.

17e JOURNÉE

La Havane! Dès sept heures, nous voyons les
côtes de l'île de Cuba. A notre droite s'étend une
longue chaîne de montagnes. Voici la rade. Petites
maisons à toits plats, blanches et vertes. Le pilote

nous prévient que la fièvre jaune sévit en ville.
Les dames restent à bord, les hommes descendent
à terre. Bénie soit la terre, toute pestiférée qu'elle
puisse être! Le quai en bois où nous abordons
exhale une odeur peu rassurante.

Nous pénétrons dans les ruelles étroites de la
ville; sales, ces petites rues, mais d'une saleté
pittoresque. Boutiques, comptoirs et cafés ouverts
aux quatre vents, sans portes ni fenêtres. Notre
monnaie gagne cent pour cent, un dollar argent
vaut deux dollars en papier, ce qui fait tout paraître
d'un bon marché excessif. Des volontaires de huit
jours en uniforme gris perle et rose circulent dans
les rues. Nous nous désaltérons avec de l'eau
de noix vertes de coco et avec d'autres boissons froides ayant comme base les fruits savoureux du pays. Une chaleur torride nous fait oublier
les recommandations de la faculté. Entrons dans
un dépôt de cigares et de cigarettes. La première
chose qui attire notre attention est une pancarte
avec ces mots : *Se prohibe hablar de politica.*
Voilà un avis qui ne serait pas déplacé dans bien
des endroits de notre chère France! Des vieilles
négresses, statues de bronze, vêtues d'oripeaux à
couleurs criardes, fument de gros cigares. Puis, de
jeunes négresses moins repoussantes se prélassent dans des voitures découvertes.

Les rues étroites sont classées par parallèles,

avec l'inscription : rue « pour monter », rue « pour descendre ». Elles sont protégées par des toiles sales contre les rayons incendiaires du soleil. De tous côtés on nous offre des billets de loterie. Le mouvement, dans les rues, est fiévreux. On dirait que cette fourmilière humaine a hâte de terminer ses affaires pour aller respirer librement ailleurs. Costume national des hommes : la chemise et un pantalon de toile! Plusieurs enfants circulent dans un état de nudité absolue. Mais comme leur peau est tannée par le soleil, leur nudité paraît moins inconvenante. Nos yeux se reposent sur de jolies femmes créoles habillées à la dernière mode parisienne — sauf la mantille, qu'elles portent à ravir. Passons devant l'établissement d'un dentiste, ouvert comme les autres comptoirs — pavé de marbre, fontaines, fleurs tropicales, chaises à bascules, buffet avec fruits et boissons des plus alléchantes. C'est à regretter de n'avoir pas besoin des services de ce praticien havanais!

Dans une église, nous contemplons avec recueillement le tombeau de Christophe Colomb. Dînons au restaurant du Louvre, le Bignon de l'endroit. Excellente cuisine, bons vins et véritable cigare de la Havane — de celui-là au moins, nous sommes sûrs! Allons achever ce *puros* sur la place Isabelle-Seconde. La soirée est délicieuse. Une excellente musique de l'infanterie de marine nous joue avec maestria des airs classiques et la danse nationale des créoles. Un bijou que je m'étonne bien de n'avoir jamais entendu à Paris. Sous le ciel tropical, merveilleusement étoilé, les mouches phosphorescentes voltigent comme des émeraudes électriques, de jolies femmes en fraîches toilettes blanches et cerise se promènent avec de jeunes gandins en costumes clairs autour de de la statue de la reine Isabelle; les gros bonnets de la canne à sucre et du tabac, étendus dans de larges fauteuils, causent des affaires de la journée. Tout le monde fume, et la fumée bleue monte lentement vers la voie lactée intense, pendant que la brise de la mer caresse doucement nos fronts découverts.

La musique finie, nous dégustons un *ice cream* au Café de Paris et à minuit une barque, glissant sur l'onde pleine de requins, de vilains tiburonos, nous ramène au *Tamaulipas*. La chaleur du bateau est insupportable. Nous ne parvenons pas à fermer l'œil, dans nos cabines transformées en véritables étuves.

18e JOURNÉE

Repartons de la Havane à huit heures du matin. À peine sommes-nous sortis du port qu'une dame allemande a une attaque de nerfs. La même idée nous vient à tous : serait-ce la première atteinte de la fièvre jaune? Le docteur du bord dissipe nos craintes. Ce sont les deux coups de canon que nous avons tirés en partant qui ont trop vivement impressionné la pauvre femme.

Nous sommes heureux de retrouver la brise de mer et de sortir de cet entonnoir malsain qui a nom la Havane.

19e JOURNÉE

Un vapeur venant de la Vera-Cruz nous croise, c'est le premier que nous voyons depuis Santanter. A midi, grande joie, on nous montre un petit point bleuâtre à l'horizon. C'est la terre mexicaine, un bout de la côte du Yucatan. Saluons avec acclamation cette Terre promise. Le soleil ne se contente plus de nous réchauffer, il nous brûle. Nous arrivons devant le petit port mexicain, Progresso, à cinq heures. Nous tirons encore le canon et ensuite un véritable feu d'artifice pour attirer l'attention des autorités. Poudre inutile! Nous devons attendre jusqu'au lendemain, pour remettre nos papiers et laisser le chargement.

20e JOURNÉE

Le capitaine va à terre à midi. Des bateaux indigènes nous accostent. Première vue des

Peaux-Rouges. Beaux hommes bien découplés, aux traits réguliers et à l'air fatal. Ils parlent peu, mais font beaucoup de besogne. Le capitaine rapporte des *tortillas*, des petites crêpes mexicaines faites avec du maïs, le plat populaire par excellence. Transport des Mexicains à la vue de ces emplâtres. La petite Isabelle, en apercevant la galette nationale sur son assiette, est tellement émue qu'elle fond en larmes. Allez donc nier le patriotisme après cela! La pâte doit être mangée chaude. Celle-ci est froide et dure comme du carton. Isabelle n'y touche pas, mais elle la contemple avec amour comme un emblème de son cher pays. Les sottes gens qui prétendent que l'homme n'a pas de patrie seront toujours confondus par l'enfant aux tortillas!

21ᵉ JOURNÉE

Le port de la Vera-Cruz est près d'ici. Nous le verrons de bonne heure demain matin. Tout le monde s'occupe de ses bagages. Ce n'est pas une mince besogne que de rassembler toutes ses affaires éparses dans la cabine.

DE VERA-CRUZ A MEXICO

Dès cinq heures du matin, la plupart des passagers sont sur le pont. La terre ne tardera pas à se montrer. Nous y voici. La ville n'est pas d'un aspect engageant. Mais du moment que nous devons débarquer, nous ne sommes pas difficiles! Le port sent mauvais de loin : il a des tons criards, blanc, jaune et verdâtre, et il est hanté par un mauvais génie : le vomito negro, qui fauche des Européens sans crier gare. Personne ne se sent rassuré. Plusieurs passagers sont obligés de passer vingt-quatre heures dans ce trou périlleux, car il n'y a plus de train avant le lendemain. Dieu merci! je n'ai pas ce désagrément. Nous avons à bord — vous vous en souvenez — un ange gardien, Mlle Virginie Pacheco, la fille du ministre des travaux publics qui, plein de sollicitude pour le sort de son enfant, a commandé par dépêche un train spécial au nom de M. Velasco, ministre plénipotentiaire du Mexique. Ce dernier, toujours gracieux, veut bien en faire profiter le correspondant du *Figaro*.

Une flottille de petites barques grouille autour du géant qui nous a amenés ici; toutes sont montées par des nègres. Ces bateliers poussent des

cris rauques en nous invitant à accepter, leurs
services pour aller à terre. Je les considère avec
calme. Ils ne me prendront pas les douze piastres
qu'ils exigent sans vergogne des autres voyageurs.
Voici une barque de la Compagnie du chemin de
fer. On va conduire à terre le petit groupe de pri-
vilégiés dont je fais partie. Les officiers de la santé
viennent nous inspecter. La belle ironie! Nous
nous portons tous à merveille. Ne serait-ce pas
plutôt à nous de prier l'aimable docteur Ibarrola-
buru, le médecin du *Tamaulipas*, d'aller s'assurer
combien de victimes le vomito fait dans le port?

La douane suit la santé de près. Mais le président de la République mexicaine a parlé en notre
faveur et nous n'avons pas à racheter nos bagages
à coups de piastres. Bénie soit l'autorité! Nous
faisons nos adieux à l'excellent capitaine Ojinaba
— et aux autres officiers du bord — dont nous
avons tous eu à nous louer et que nous quittons
avec regret. Adieu, amis de vingt-deux jours!
Vous êtes déjà de vieux et bons amis pour moi.
Vingt-deux jours entre ciel et mer, c'est vingt-
deux ans sur terre!

Après une collation offerte par M. Power, un
Anglais pur sang, d'allures fort cordiales, nous
montons dans un train minuscule composé de
trois wagons se communiquant à la mode américaine.

Le train se met en route au milieu des éclats de rire mêlés de larmes de nos jolies compagnes de voyage. Leur joie de retrouver le sol mexicain ne peut se raconter. Elle touche au délire. Pendant que ces émotions se donnent libre cours, je vais m'asseoir à côté de mon cicerone, le sympathique M. Gargollo. « Nous allons entreprendre une course folle, me dit-il, je serai votre guide. » C'est vrai, la course est folle, vertigineuse, insensée. de quels mots encore qualifierai-je cette dernière partie du voyage! Il me faudrait la brosse habile d'un de nos grands peintres de panoramas pour vous donner une idée du paysage enchanteur qui s'est déroulé sous mes yeux. Tout le Mexique tient dans cette promenade échevelée et abracadabrante du niveau de la mer au plateau de la capitale, laquelle est située, comme vous savez, à deux mille cinq cents mètres plus haut.

* *

Une double machine a mugi comme un taureau pour demander la voie et, un instant après, nous fendons l'air à raison de soixante-dix kilomètres à l'heure. La chaleur est accablante, quarante degrés à l'ombre! L'herbe des champs est roussie, la végétation est à peu près nulle, des marais stagnants, des bêtes mortes, des vautours. par-ci par-là quelques huttes indiennes. Cela con-

tinue ainsi pendant près d'une heure. Nous avons
monté à cinq cents mètres. Couverts de poussière,
aveuglés par le soleil et étranglés par la soif, il
nous est défendu de boire et même de respirer à
plein poumons, nous sommes toujours dans le
royaume de la fièvre jaune où la plus légère im-
prudence peut être fatale. Pour nous rafraîchir un
peu et prendre patience, nous regardons la cîme
neigeuse du pic d'Orizaba vers lequel vole notre
train. A partir du moment où nous quittons Ca-
meron, village illustré par la résistance héroïque
d'un détachement de la légion étrangère au temps
de la guerre d'intervention, le panorama se modifie radicalement et la chaleur devient moins
féroce.

D'énormes cactus se dressent de chaque côté de
la voie comme des monstres rageurs à mille bras,
puis des palmiers balançant de grandes feuilles
élégantes et verdoyantes, des bananiers laissant
tomber leurs fiers panaches sur des fruits parfumés, des cocotiers où s'épanouissent de grosses
noix réjouies; des champs entiers de produits tropicaux, des forêts vierges voilées pudiquement de
grandes herbes blanches, et des montagnes bleues,
le tout inondé d'une lumière transparente dans
laquelle chaque objet se détache avec netteté. Ces
forêts escaladant les flancs des collines et des
montagnes où aucun homme n'a jamais pénétré,

me rappellent les fantastiques dessins de Gustave
Doré.

Après avoir laissé derrière nous la station de
Paso del Macho, la végétation devient phénomé-
nale. Le train court pendant des heures à travers
une vaste serre de plantes tropicales. C'est une
longue débauche, dans un merveilleux fouillis de
cannes à sucre, d'agaves, de tabac, de maïs, de
coton, de vanille, d'ananas, séparés de la voie
unique par des haies de caféiers, qui nous éblouis-
sent et nous grisent. A certains moments, notre
machine bruyante fait lever des bandes de saute-
relles dodues, qui se répandent par millions dans
l'air et interceptent les rayons du soleil.

Dans la vallée du Chiquihuite, semée de cascades, de ravins et de bocages touffus, nous passons
sur un pont au-dessous duquel roule un torrent.
Ce pont ne m'inspire qu'une confiance médiocre.
D'abord c'est à peine si on le voit. Autant que j'ai
pu m'en rendre compte, il est composé de deux
minces piles de pierres de cinquante pieds de hauteur sur lesquelles sont placées de maigres tiges
de fer ayant la même élévation. Les traverses
jetées sur ces tiges sont à jour et placées de façon
à ce que les voyageurs puissent avoir une vue
complète de ce qui se passe sous leurs pieds; sus-
pendu dans ce vide, j'ai éprouvé, malgré la chaleur, une légère sensation de froid dans la région

de l'épine dorsale! Mais comme nous passons sur
une vingtaine de ponts encore plus élevés et plus
longs, j'ai fini par me familiariser avec ces constructions aériennes, qui n'ont rien de commun
avec le principe d'Archimède.

* * *

A Orizaba, nous sommes dans la zone tempérée.
Après les plaines brûlantes de l'Afrique, nous
jouissons du climat de Nice au mois de mars. En
plus d'une végétation toujours luxuriante, nous
avons une belle quantité de fleurs, de fruits et
d'oiseaux-mouches. Les roses embaument, les
ananas et les orangers parfument le quai de leurs
senteurs capiteuses. Pour la première fois, depuis
la Havane, nous avons un peu d'air frais et — ce
qui n'est pas un petit détail — nous sommes hors
d'atteinte de la fièvre jaune. Ici, nous pouvons
absorber des boissons glacées et manger les fruits
fondants, sans crainte de rendre l'âme vingt-
quatre heures après, sous l'influence de l'impi-
toyable vomito.

Orizaba est en liesse. Au moment où le train
entre en gare, une musique militaire attaque
l'hymne national. Des Indiens, drapés dans des
couvertures multicolores et portant le large sombrero, gesticulent et crient de toutes leurs forces.
Voici la cause de cette allégresse : le très popu-

laire ministre des travaux publics, le général Pacheco, accompagné de sa charmante femme, sont venus au-devant de leur fille aînée. Hommes et femmes se serrent l'un contre l'autre en se donnant moult tapes dans le dos. Mme Pacheco embrasse longuement sa fille en s'arrêtant de temps à autre pour la serrer dans ses bras, pour la bercer lentement comme si l'enfant retrouvée avait dix-huit mois au lieu de dix-huit ans. Cette jolie scène de famille au milieu d'une nature grandiose et d'un peuple bariolé, accentuée par les notes sonores de vingt instruments de cuivre jouant un pas accéléré, est émouvante en diable. A partir de ce moment, je me sens pris d'une vive affection pour le peuple mexicain — et je ne me crois plus un étranger sur une terre étrangère, tant est vraie la parole de l'immortel Shakespeare : « *One touch of nature maketh all the world kin* ».

Quelques moments après, j'ai l'avantage d'être présenté au général Pacheco. Il me souhaite cordialement la bienvenue dans son pays. Ce ministre est un homme d'allures simples et paisibles. Sa bravoure lui a valu de laisser une jambe et un bras sur le champ de bataille. Mais, si le corps est diminué, la tête est restée bien entière, et on la considère comme une des plus fortes du pays.

Chargés de mameyes, de grenades, de mangos, de goayabas, de zapotes, de chirimozas, de bana-

nes et d'autres fruits savoureux, nous nous remet-
tons en route. La locomotive grimpe toujours
comme un chamois, dans la montagne. Nous contournons, à mille mètres de hauteur, le petit village de Maltrata, situé au milieu d'un vaste cirque, formé par des chaînes de montagne superposées et enchevêtrées : les Cumbres. Pendant une
heure, nous frôlons les bords de ravins, nous ser-
pentons dans les lacets, nous descendons et nous
remontons en franchissant torrents, précipices et
monticules. Cent vues différentes de cirque sans
rival se présentent à nos yeux fascinés. Je renonce
à décrire un pareil enchantement.

C'est la première ligne de chemin de fer qui ait
été construite au Mexique. Elle a été commencée
en 1837 et achevée en 1873. Le gouvernement
mexicain encourage la construction des routes
ferrées en subventionnant les Compagnies — et
alloue une somme de 6,500 à 9,500 piastres par kilomètre aux entrepreneurs, ce qui représente à peu
près le tiers du prix de revient de la ligne. — On
cherche en ce moment à faire concurrence à cette
ligne anglaise et la construction d'une nouvelle
ligne de la côte à la capitale a déjà reçu un commencement d'exécution. Mais la grande œuvre
de la Compagnie anglaise n'a pas grand'chose à
craindre des entrepreneurs actuels qui paraissent
chercher plutôt les bénéfices immédiats d'un bon

2

contrat de construction que les produits possibles d'une exploitation sérieuse.

*
* *

A l'Esperanza, nous sommes dans les terres froides, et, de fait, nous grelottons. Il faut mettre nos pardessus et déployer nos couvertures de voyage. De 40 degrés de chaleur à l'ombre, il ne nous reste plus que 13 degrés! et cela après huit heures de route.

A partir de maintenant, nous ne quittons plus le haut plateau jusqu'à Mexico, en voyageant au milieu de prosaïques champs de navets et de pommes de terre. Les arbres eux-mêmes ont changé. Les palmiers et les bananiers sont maintenant des chênes et des sapins. Peu ou pas de verdure. Celle-ci est remplacée par de grandes plaines pierreuses et poussiéreuses avec des montagnes gigantesques à l'horizon.

A onze heures du soir, notre petit train spécial entre comme un obus dans la cour d'une gare spacieuse et blanche, éclairée seulement par les rayons intenses de la lune.

Mexico! Mexico! Enfin!

Nous nous enlaçons une dernière fois en nous donnant des coups de poing dans le dos. Puis, après ces adieux touchants, je quitte mes compa-

gnons de voyage pour sauter dans un sapin mexicain.

Le peau-rouge qui conduit cette berline des tropiques me dépose à Iturbide, l'ancien palais de
l'empereur du Mexique, transformé en hôtel, et
là, pour la première fois depuis vingt-trois jours,
je m'endors dans un vrai lit.

TROP TARD!

Mexico, le 30 mai 1884.

En arrivant, je me préoccupe de l'inauguration du chemin de fer de Mexico à New-York, du *Central railway*, comme on l'appelle ici.

Un indigène me dit :

— La ligne est inaugurée déjà !

— Bah ! j'arrive donc en retard ?

— Permettez-moi de vous en féliciter, monsieur, car les Américains ont une façon toute particulière d'inaugurer leurs lignes et je doute que vous vous y fussiez plus intéressé que les présidents des deux Républiques, lesquels ont remis leur visite à la frontière à des jours meilleurs.

— Et qu'attendent ces messieurs ?

— Tout simplement que le train ne déraille plus !

— Il y a donc eu de graves accidents ?

2.

— Ah! monsieur, on ne parle que de cela dans le pays. Figurez-vous que la Compagnie a voulu faire quelques répétitions générales de la grande fête annoncée. Dans ce but, elle avait invité de nombreux excursionnistes à prendre place dans des wagons luxueux. On peut dire que ces malheureux touristes ont arrosé la ligne nouvelle de leur sang. Les magnifiques *palace-cars*, avec restaurant somptueux, bourré de champagne, de truffes et de toasts internationaux, ont été violemment couchés sur le flanc et les inaugurateurs trop pressés ont, pour tout festin, mordu la poussière!... Ce premier accident a été suivi de plusieurs autres. Il n'y a donc rien d'étonnant à ce que les deux chefs d'État se soient privés du plaisir d'échanger une poignée de main sur la frontière.

La première catastrophe a eu lieu à Zacatecas, et voici comment elle est racontée par une feuille locale :

A six heures quarante minutes du matin, le train dérailla à la hauteur du kilomètre n° 748, dans le voisinage d'un pont situé entre La Calera et Ojuelos. Deux personnes furent tuées et treize autres plus ou moins grièvement blessées. On ne compte parmi ces dernières que deux Mexicains ; les plus éprouvés ont été les Américains, qui ont eu onze blessés et deux morts, MM. Thomas Murphy et Nolliday Arbuckle.

Les wagons ont été mis en pièces et c'est à grand'peine qu'on a pu retirer du milieu des débris les victimes de cette catastrophe qui ont été transportées dans l'après-midi à l'hôtel de Zacatecas, où elles ont été aussitôt l'objet des soins les plus empressés. La plupart des blessés ont eu à supporter des amputations ou des opérations très douloureuses.

Comme nous nous sommes promis de toujours dire la vérité, nous enregistrerons les différentes versions qui circulent sur cet accident.

Les uns assurent que le déraillement a été causé par un rail placé en travers de la voie, et qu'il faut l'attribuer à une vengeance motivée par les mauvais traitements des conducteurs de la ligne à l'égard de nos compatriotes.

Les autres, et ce sont les plus nombreux, croient que le déraillement est dû à la vitesse vraiment effrayante du train.

Une autre fois, les Indiens enlevèrent les éclisses et les boulons reliant les rails jetés sur un pont. Ils attachèrent ensuite des cordes à ces rails et attendirent sur leurs chevaux l'arrivée du train. Dès que celui-ci fut en vue du pont, ils enroulèrent les bouts de cordes autour du pommeau de leur selle et partirent au triple galop, en retournant la tête pour jouir du spectacle inédit d'un train express roulant dans une rivière. Cela devenait un vrai sport que de faire dérailler ces excursionnistes entêtés.

Le gouvernement mexicain autorisa les agents

de la Compagnie américaine à faire pendre ou
fusiller, sans autre forme de procès, tout dérail-
leur pris sur le fait. Quoique le « flagrant délit »
ne fût pas d'une constatation facile, la Compagnie
s'empressa de profiter de l'occasion pour faire un
exemple, et elle fit fusiller dix-huit individus de
mauvaise mine.

Aujourd'hui même, on doit pendre quatre gaillards, haut et court, dans l'espoir que leurs corps,
se balançant dans le vide à proximité de la voie,
serviront d'épouvantails aux amateurs de dérail-
ments.

Comme bien vous le pensez, le zèle des excursionnistes s'est refroidi : ces expériences répétées
les fatiguaient sans les amuser. Afin de donner
un peu de cœur aux survivants, on leur offrit un
banquet des plus fins, et, le lendemain, tout le
monde pouvait lire dans les journaux que la « plus
grande cordialité n'avait cessé d'y régner ».

Cependant, dans un speech de plusieurs colonnes, prononcé par M. Nickerson, le président
de la Société du Central Railway, je lis ce qui
suit :

*Permettez-moi de faire une légère allusion aux attaques
commises depuis quelques jours contre la propriété par
des bandits hors la loi.*

*Si la Compagnie est responsable de la sécurité des voya-
geurs, elle est impuissante pour se protéger elle-même*

*contre ces attaques et ne peut qu'en appeler aux lois et aux
autorités mexicaines qui, j'en suis sûr, feront tout ce qui
est en leur pouvoir pour défendre et garantir notre ligne et
son personnel.*

*Néanmoins ce nuage épais, qui a un instant assombri
l'horizon, présente encore la ligne argentée qui présage le
retour d'un temps plus serein.*

Je ne sais si les actionnaires de la Compagnie
ont bien saisi tout ce qu'il y avait d'aimable pour
eux dans cette façon de présenter les débuts tra-
giques de leur nouvelle ligne. N'ayant pas assisté
à ce banquet, je ne puis vous dire non plus comment les excursionnistes ont accueilli la poésie
nuageuse et argentée de l'orateur; mais je dois
constater que l'appel aux autorités mexicaines a
été entendu, comme le prouve cet extrait du
Journal officiel :

*Par décision du ministre de la guerre, les trains du Che-
min de fer Central seront pourvus d'une escorte de cinquante hommes à partir du 1er juin prochain.*

Cinquante soldats dans chaque train ! Si les
excursionnistes ne sont pas rassurés, c'est qu'ils
ont un fichu caractère.

Quant à moi, j'imiterai l'exemple du président
et je resterai quelque temps encore à Mexico d'où
je vous signalerai les prouesses de ces cinquante
soldats — lesquels ne sont pas — comme un vain

peuple pourrait le croire — des « engagés volontaires ».

* *
*

Me voilà donc obligé de déboucler ma valise et
de m'installer dans la cité des palais au lieu d'aller assister à la pose du nuage — pardon — des rails
argentés sur le Rio-Bravo. L'obligation n'a rien
de pénible. Il fait un temps superbe — le printemps éternel de cette ville privilégiée — et j'ai
hâte de vivre de sa vie.

Tout d'abord je vais serrer la main à mes confrères de la presse mexicaine. Une fois dehors,
la rue m'attire par mille côtés étranges. Sous la
lumière éclatante d'un soleil tropical, je coudoie
des myriades de promeneurs aux teints basanés,
aux accoutrements bizarres. Les hommes et les
enfants ont des *sombreros* si larges qu'ils peuvent
se dispenser de parapluie ; — les femmes, par
contre, n'ont rien sur la tête — et leur peau a les
reflets mordorés et les craquelures d'une vieille
toile de maître.

Entre deux rangées de maisonnettes à deux
étages et à toits plats, je suis arrêté par un Indien
à moitié nu et très barbu qui veut me vendre des
fleurs. J'évite cette bouquetière mâle pour tomber sur une fillette noiraude, ornée d'une forte
tignasse de cheveux crépus, de lèvres épaisses et

de grands yeux intelligents. Cette ingénue m'offre des billets de loterie. Je lui dis que je sors d'en prendre à Paris, et je lui cède le trottoir pour aller me jeter dans les jambes d'un cheval monté par un beau monsieur en jaquette de cuir et en culotte collante, tout enguirlandé de bandelettes et cousu de boutons d'argent.

Aux flancs du cheval — une jolie petite bête toute frétillante — pend une longue épée, et le cavalier porte un grand revolver dans le dos. Ce beau monsieur tout en argent doit être un gommeux mexicain — il va faire son tour de bois avant déjeuner. Mais je n'arriverai jamais à faire mes visites si je m'attarde à regarder tous les originaux que je rencontre. Une voiture passe. Je hèle le cocher — un citoyen couvert d'oripeaux et flanqué d'un valet de pied tout chamarré de métal précieux. Je monte dans son carrosse. Comme les rues sont pavées avec des cailloux de toutes dimensions, j'exécute une série de cabrioles d'autant plus douloureuses que les huit ressorts brillent par leur absence. Au bout de cinq minutes de cet exercice involontaire, je renonce au cocher et à ses pompes, en bénissant le ciel qui m'a donné des jambes pour marcher.

L'instrument de torture que je viens de quitter m'a déposé sur une grande place.

A ma gauche, une belle cathédrale grise et rose;

à ma droite, un palais; en face, un jardin avec des fontaines jaillissantes : puis, un peu partout, des tramways se croisant, des baraques ressemblant à des guignols, où l'on débite des boissons; des bonnes femmes accroupies sur le pavé, en train de faire cuire des haricots noirs dans une graisse bruyante, des enfants étalant des fruits aux formes étranges, rouges, verts et dorés, des vrais feux de bengale, sur les blancs cailloux de la place ensoleillée. On se croirait à la fois sur la place de la Concorde et à la foire au pain d'épice. Sous les arcades, les Indiens vendent des objets disparates : oiseaux-mouches aux brillants plumages, figures de cire, cigarettes, nougats, savons, cannes à sucre, idoles aztèques, étoffes de soie, herbes médicinales, que sais-je encore? Le tout étalé sur les dalles luisantes et offert aux chalands d'un air morne, sans gestes ni cris.

Plus loin des soldats en uniforme sombre, aux visages bronzés enfouis à moitié sous des képis blancs, font l'exercice en soulevant une poussière fine dont on perçoit chaque grain à travers l'atmosphère limpide. Des flâneurs tournent autour d'un kiosque où une musique militaire lutte avec un orgue de Barbarie, lequel fait également tourner des Indiens résignés et des petits enfants réjouis sur des chevaux de bois.

Tout à coup, les canons placés devant le palais

vomissent une fumée blanche, l'air est déchiré par des explosions assourdissantes. Étonné, je demande au premier passant le pourquoi de cette démonstration :

— Ce n'est rien, me répond un Américain très maigre, au chapeau mou et à la barbiche inculte, ici il ne se passe guère de jours où l'on ne brûle de la poudre. Cela n'a pas plus de signification qu'une volée de cloches. Quelques fêtes religieuses ou quelque date politique à commémorer sans doute ! Du reste, vous voyez, personne n'y fait attention !

En poursuivant mon chemin, je dépasse un porteur d'eau, cruche devant et cruche derrière, suspendues toutes deux par des courroies fixées au front. La femme — une robuste gaillarde — le suit de près. A travers les plis de la large écharpe bleue qui recouvre son buste, émerge une tête d'enfant et, dans ses bras, elle porte une énorme charge de *tortillas*, ces crêpes de maïs dont le peuple mexicain raffole.

Quelle variété de chapeaux ! Il n'y en a pas deux qui se ressemblent ! Des pains de sucres, avec d'énormes bords, des feutres à la d'Artagnan, des casques en paille, des cônes de 50 centimètres, des coiffures en cuir, comme on en voit aux porteurs de plâtre en France... Tous sont agrémentés de torsades, de bandelettes, de dentelles en argent massif. De rares couvre-chefs en

3

soie, beaucoup de petits melons. Oncques ne vit
pareille collection de chapeaux!

Après cela, ce qui me frappe le plus, c'est de ne
pas apercevoir une femme du monde sur la place
ou dans les rues, soit à pied, soit en voiture. C'est
vraiment dommage, car, ainsi que j'ai pu le constater à bord du *Tamaulipas*, les dames mexicaines
ont toutes une grâce personnelle très séduisante.

Mais mon exploration est finie pour aujour-
d'hui, car me voici devant les bureaux de la *Libertad*, — un excellent journal, où votre représentant a reçu le plus aimable accueil. Je visite
ensuite les bureaux du *Monitor*, de la *Patria*, de
la *Epoca*, et partout je trouve de charmants confrères qui me souhaitent la bienvenue dans leur
pays avec une réelle cordialité. Enfin, je me rends
au *Trait d'union*, le plus ancien journal français
de la capitale. On m'y reçoit et on m'y traite en
vieil ami, et c'est avec un véritable délice que je
me repose dans la salle de rédaction, où je retrouve un coin de ce cher pays dont je suis si loin.

Plus tard, j'ai eu l'honneur d'être reçu par le
président de la République, le général Manuel
Gonzalès. Il m'a donné une vigoureuse poignée
de main du seul bras que les obus lui ont laissé,
et il a bien voulu me prier de venir le revoir, en
m'assurant qu'il était un ami de la France et un
lecteur assidu du *Figaro*.

LA VIE MEXICAINE

J'ai vu le général Manuel Gonzalès, c'est un président qui manque un peu d'intérêt, car il est sur le point de céder sa place à un autre, et, d'après ce que j'entends dire de tous les côtés, c'est là ce qu'il aura fait de mieux, mais Dieu me garde de parler politique. *Se prohibe hablar de politica!* Le Mexique du reste, est un pays béni, où l'on ne connaît pas encore le politicien.

Le Président règne, gouverne et légifère tout à la fois, pour le plus grand bien de ses compatriotes. Au moment où j'arrive, le pays est en pleine crise financière. « Les affaires ne vont pas », me dit-on, et je me contente de répondre : « J'ai déjà vu cela à Paris, montrez-moi autre chose ».

La vie mexicaine est assurément une vie à part, je veux essayer de l'esquisser dans ses moindres et multiples détails. Ceux qui ne trouveront pas dans ce livre des extraits de Humboldt ou des variations ingénieuses sur la question sociale, voudront bien m'excuser, je suis un reporter qui rapporte ce qu'il a vu, entendu et appris, au hasard de sa plume piquée dans le pot pourri des gens et des choses, comme une fourchette dans une gamelle.

Si mon travail manque de méthode et de cohésion, il ne faut pas m'en rendre responsable, ce sont deux bosses dont la nature ne m'a pas doué. Je m'en console en pensant qu'on trouve ces qualités *ad nauseam* dans les livres publiés sur le Mexique par mes contemporains.

Ceci dit, je m'arrête, car je m'aperçois que j'allais écrire une seconde préface à ces « Notes et impressions. » Revenons à nos Mexicains.

La vie mexicaine se ressent un peu du laisser-faire de la population. On retrouve ici le *Nitchevo* (cela ne fait rien) des Russes sous la forme du *Mañana* (à demain.) Aussitôt qu'une idée ou une affaire gêne un Mexicain il remet la chose au lendemain. Il y a des lendemains qui ne viennent qu'au bout de six mois, ou de six ans, quelquefois on meurt avant de les voir arriver. L'important est d'agir avec circonspection, de ne se presser, ni de se tracasser. L'homme pressé, d'ailleurs, n'existe pas au Mexique. Européens et

indigènes flânent dans les rues, déjeûnent pendant des heures, dorment, fument et se désaltè-
rent comme s'ils devaient tous vivre éternelle-
ment.

Il y a bien un petit groupe de Français, d'Allemands et d'Espagnols qui travaillent. Ceux-là
gagnent en moyenne un million en cinq ans, car
ils sont seuls à profiter du *farniente* de leurs aimables hôtes.

Cette vie de lézard exerce un grand charme
sur le nouveau venu.

Tous les matins, sans exception, un soleil ra-
dieux dans un ciel bleu de nacre, me chasse hors
du lit.

. Des milliers d'oiseaux babillent mélodieuse-
ment sous ma fenêtre. Je l'ouvre et aussitôt une
délicieuse fraîcheur printanière m'émoustille les
sens et m'attire au dehors. Une demi heure après
me voilà à cheval, — tout le monde a des chevaux
au Mexique. Les mendiants eux-mêmes implo-
rent votre charité sur des rosses étiques qui excitent votre pitié, et la gendarmerie arrête dans la
campagne, comme suspects, les gens qui ne che-
minent pas sur une bête.

Le petit cheval mexicain est une monture exquise. Point n'est besoin d'être un bon écuyer
pour l'enfourcher. On ne va qu'au pas ou au galop, et la selle mexicaine est un fauteuil moelleux

dans lequel on se laisse bercer par le mouvement
du cheval comme dans une *Rocking-Chair* américaine. Comme le Bois de Boulogne, le bois de Chapultepec est le rendez-vous à la mode, mais c'est la
seule comparaison à établir entre les deux, et
ceci est un bon point pour Chapultepec, car il est
vraiment insipide de retrouver partout en Amérique et en Europe, le même bois avec ses lacs et
ses rochers artificiels, son champ de course, ses
cafés et ses canards, tous copié servilement sur
le Bois de Boulogne, a moins que celui-ci ne soit
la copie des autres.

A Chapultepec, rien de commun; la main de
l'homme n'a pas tiré au cordeau les pelouses
vertes et taillé les arbres en boules ou en pointes.
Ces *Ahuhuetes,* cyprès gigantesques, plusieurs
fois centenaires, sont recouverts d'une mousse
végétale à loques grises et mystiques. Les allées
ne sont pas macadamisées ou pavées en bois, elles
sont inégales, tortueuses, humides et ombragées;
aussi elles embaument.

Les âpres senteurs qui se dégagent du réveil
de cette végétation encore toute couverte de rosée
blanche, font hennir nos chevaux de satisfaction
et doublent la bonne humeur de leurs cavaliers. Il
y a là des arbres qui étaient déjà vieux du temps de
Cortès, des colosses que dix hommes en se tenant
par les mains ne pourraient parvenir à enlacer.

De temps à autre des groupes de cavaliers couverts du riche sombrero, drapés hardiment dans des *zarapes* aux mille couleurs, nous saluent de la main pendant que les amazones aux gracieux visages encadrés de chapeaux de feutre à larges bords, lèvent leurs mains gantées à la mousquetaire, agitent leurs doigts et sourient en inclinant la tête de côté.

Par moments on se trouve nez à nez avec deux hommes au teint bistré, montés sur des petits chevaux, disparaissant à moitié sous leurs longues crinières. Ces hommes ont le fusil en bandoulière, le revolver d'un côté et le sabre de l'autre. Ils vous fixent avec leurs grands yeux noirs, fiers et mornes. Rassurez-vous, ce sont des gendarmes indiens placés là pour veiller à ce qu'aucun coupeur de bourses ou tire-laine, ne vienne troubler votre promenade matinale.

L'heure de prendre quelque chose a sonné. Je rentre au galop. Une tasse de café brûlant, café mexicain, se laisse boire, surtout quand on peut le sucrer avec du vrai sucre de canne. A dix heures, on va à ses affaires ou bien on va regarder les autres y aller. Tout le monde se dirige vers le Palais du gouvernement. On s'arrête cinquante fois en route pour causer avec celui-ci ou celui-là de tous les potins du jour. On s'adresse à un ou deux fonctionnaires, d'une politesse à toute épreuve, qui vous donnent des petites tapes dans le dos, vous présentent à d'autres amis, lesquels vous tendent la main et vous déclament sans se faire prier, le nom de la rue où ils demeurent, le numéro de leur *casa* et vous affirment que ladite case est à vous, qu'à partir de ce moment ils ne se considèrent plus chez eux mais bien comme étant à vos ordres pour obéir à vos moindres désirs. Vous répétez la même formule et vous vous quittez pour recommencer un peu plus loin.

Vous parlez d'une « affaire » au fonctionnaire, lequel vous écoute religieusement en roulant une cigarette, vous promet de s'en occuper, puis vous offre une cigarette en vous disant « *Mañana* ».

Demain, vous reviendrez et vous ne lasserez jamais la patience du fonctionnaire qui en aura toujours plus que vous, qui vous offrira toujours une cigarette et vous présentera toujours des amis jusqu'au jour où vous vous déciderez à procéder autrement et à faire agir vos capitaux.

Pour le Mexicain, plus que pour tout autre, les affaires sont l'argent des autres.

L'Indien est venu au monde pour travailler le sol du Mexicain et l'étranger vient au Mexique pour risquer des entreprises, apporter des machines, tenir des comptabilités et faire un tas de choses qui rapportent beaucoup au Mexicain sans que celui-ci se dérange de ses habitudes.

L'étranger qui a des fonds pour jouer ce rôle devient effectivement le *buen amigo,* voire même le très cher *compadre* du Mexicain. Nous avons, disent-ils, la terre, venez donc la retourner et la creuser. Nous vous accorderons toutes les concessions et toutes les protections que vous voudrez pourvu que vous ne demandiez pas d'argent et que vous nous en rapportiez beaucoup. Tous ces bibelots que l'Europe et l'Amérique nous envoient sont très gentils, mais nous, nous n'avons pas d'argent pour les acheter. Il faudrait travailler, et un propriétaire ne travaille pas. « Donne-moi de ce que tu as, et je te donnerai de ce que j'ai ».

Maintenant que dans notre sagesse nous avons remis ce que nous avions à faire au lendemain, nous n'avons plus à nous occuper de rien, si ce n'est à passer le restant de la journée le plus agréablement possible. C'est l'heure du *Cocktail.*

A Paris, il y a aujourd'hui une vingtaine de bars américains, et notamment le *Cosmopolitan,* tenu par Picton dans la rue Scribe, où le curieux peut aller absorber un des multiples mélanges alcoolisés connus sous le nom générique de *Cocktail.* Si vous devez venir au Mexique, il serait bon d'entraîner votre estomac à supporter plusieurs verres de ces mélanges — représentant

une pinte d'alcool par jour, car autrement votre
façon d'être manquerait de cordialité; vous ris-
queriez de passer pour un *Estrangero* perni-
cieux, un homme qui a peur de boire ou de
rendre ce qu'on lui offre.

On va donc chez *Meeser* pour lequel le *cock-
tail* n'a pas de mystères, et qui a une fort jolie
Suissesse derrière son étalage de pâtisseries et
de sandwichs, chez l'Enfant Génin qui vient
d'être nommé membre de l'Académie des Poètes
français, chez Iturbide où il y a tant de billards,
et chez bien d'autres encore; il y en a tous les
vingts mètres et cinq ou six à la file dans la principale rue. On jase, on potine et on fume, on
regarde passer des émigrées espagnoles folles de
leur corps, qui se promènent tous les jours de
midi à une heure dans des voitures fermées. Ces
filles de joie sont vêtues de robes claires, portent
coquettement la mantille, et ont toutes la cigarette aux lèvres rouges de carmin.

A une heure, on songe au déjeuner, lequel est
la plupart du temps un véritable dîner : voici le
menu approximatif d'un de ces déjeuners.

CALDO DE POLLO
(Bouillon de poulet).

JUACHINANGO A LA BISCAÏENNE
(Espèce de grand mulet avec une sauce
au poivre rouge).

CHILE CON CARNE
(Piment vert avec du hachis de viande).

CARNERO
(Plat de tête de mouton servi avec du riz et des œufs).

MOLE DE JUAJALOTE
(Dinde bouillie avec une sauce de piments, tomates
et des herbes du pays).

GANGAS
(Bécasses rôties).

FRIJOLES
(Haricots noirs frits dans du lard).

DULCE
(Crème avec du sucre fondu).

FRAISES

CAFÉ, LIQUEURS VARIÉES

BOISSONS
(Vins de France, bière américaine, pulque américain).

Cette nourriture, bien préparée, n'a qu'un
défaut, c'est d'être un peu trop nourrissante. Sur
le plateau de Mexico, à 2,500 mètres au-dessus du
niveau de la mer, l'air est raréfié, on respire avec
difficulté, et la digestion ne se fait pas facilement.

Les cuisinières indiennes sont des cordons
bleus; une fois qu'on leur a montré ce qu'elles
ont à faire, les plats les plus difficiles ne sont que
des jeux pour elles.

Grâce aux nombreux moyens de communication on peut manger au Mexique tout ce qui s'achète en Europe, avec beaucoup de fruits et de légumes qu'on ne voit jamais sur une table du vieux monde. C'est cher sans doute, mais comme la piastre (4 fr. 40 cent.) se dépense à Mexico aussi facilement qu'un franc à Paris, il n'y a guère que le nouveau débarqué qui se plaigne de cette différence entre l'unité monétaire des deux mondes. Au demeurant personne n'est pauvre dans ce riche pays; l'Indien qui représente les trois quarts des habitants, se contente d'une poignée de maïs et d'un verre de *pulque;* il se passe très bien de vêtements, de logement, et des mille objets de luxe que les besoins de la civilisation transforment en autant de nécessités. L'autre quart de la population paye comme elle peut ou plutôt comme elle veut, car il n'y a pas de commerce possible au Mexique sans un crédit presque illimité.

A trois heures seigneurs et vilains vont s'étendre, les uns sur la plume, les autres sur la paille, et tout le monde dort jusqu'à cinq heures. Pendant ces deux heures de grande chaleur, il n'y a personne dans les rues.

Après la sieste, on va faire une partie de *boliche* (jeu de boules) dans les *tivolis*, sortes de jardins-restaurants où l'on joue très cher et où l'on boit d'excellente bière américaine.

Ceux pour lesquels le jeu de boule est un exercice trop violent, remontent à cheval ou vont
simplement s'asseoir sur un banc du Paseo,
l'avenue qui conduit à Chapultepec et charment
leurs loisirs à échanger des saluts avec le beau
monde en voiture. Entre cinq et sept heures les
dames (celles-là seulement qui ont des équi-
pages) sortent et font une promenade qui ressemble beaucoup à notre tour du lac, avec le
lac en moins et les montagnes en plus. Les
dames qui n'ont pas de véhicules, se mettent à
leur balcon et se laissent regarder. C'est le seul
moment de la journée où l'on ait une chance
d'apercevoir les jolies Mexicaines, je dis d'apercevoir, car on ne les voit guère, les voitures
étant toutes fermées, probablement parce que
pendant trois mois de l'année il pleut tous les
jours à l'heure de la promenade. Quant aux balcons, on ne peut guère lever les yeux sur eux
sans passer pour un amoureux et sans exciter la
jalousie d'un galant qui, selon l'expression amu-
sante du pays, « fait l'ours » devant la fenêtre
ou au coin de la rue.

Un jeune homme n'est pas admis à faire sa
cour avant d'avoir fait un stage préliminaire de
trois mois à trois ans aux alentours de la maison
de sa belle.

Donc « qu'il fasse beau ou qu'il fasse laid »

l'amoureux vient tous les jours à l'heure du *paseo,* se dandiner fiévreusement en vue de sa bien-aimée. Souvent ils restent des semaines sans se voir, mais ils savent qu'à une certaine heure de la journée ils s'attendent mutuellement, et cela suffit pour entretenir leur flamme.

A sept heures, nouvelle ronde dans les bars, nouvelle dégustation de *cock-tails,* puis les uns rentrent souper dans leurs familles, les autres dans les restaurants, et le plus grand nombre se contente d'une tasse de chocolat avec du pain et du beurre. A huit heures, on va au théâtre ou bien à la musique du *Zocalo,* la grande place où se trouve la cathédrale. Il est rare d'être invité à une soirée; l'hiver il y a quelques bals, mais depuis l'empire ces réunions sont devenues de plus en plus rares; la grande devise aujourd'hui est « chacun pour soi et le gouvernement pour tous. » On m'assure qu'aussitôt la crise financière passée, le nouveau président et sa charmante jeune femme donneront une série de fêtes.

Ce serait, à mon humble avis, de l'excellente politique et cela augmenterait la popularité déjà grande du général Porfirio Diaz.

A onze heures, il n'y a plus que quelques noctambules enragés dans les rues de Mexico. Si la ville est horriblement pavée, en revanche elle est éclairée à la lumière électrique, et la police y est

admirablement faite. Tous les cent pas, une lan-
terne posée au milieu de la chaussée avertit le
passant que deux gardes de nuit (*serenos*) se trouvent en face sur chaque trottoir. — Voilà une
coutume que l'on devrait bien adopter à Paris, où
il est toujours si difficile de rencontrer un agent
de la paix lorsqu'on en a besoin. Dans la nuit, les
veilleurs de la police se font des appels avec des
sifflets et lorsqu'une bagarre se produit, un coup
strident de cet instrument amène en un clin d'œil
une vingtaine de ces braves au secours de leurs
camarades.

Buena noche !

UNE VISITE A PORFIRIO DIAZ

Après ce que j'ai dit au sujet de l'indifférence
politique du peuple, il est peut-être inutile d'ajouter que l'élection d'un président n'est qu'une simple formalité. Tous les Indiens sont censés voter
ce qu'un petit groupe de puissants décide. Autant
dire que le Pape est élu par le suffrage universel
des catholiques. Le général Porfirio Diaz a déjà
cédé la place à son compagnon d'armes, le général
Manuel Gonzalès, et celui-ci la cède au général
Porfirio Diaz, lequel la recèdera au bout de quatre ans à un autre général. C'est la sélection
divine appliquée à l'autocratie militaire. Le « suffrage universel » approuve ou désapprouve; mais
il ne vote pas. L'Indien est comme le *moujik*
russe, tous les chefs d'État sont des pères pour
lui. Ceci dit, je dois constater que le général Por-

firio Diaz est le plus populaire des présidents que le Mexique ait vu depuis Juarès. D'abord le général est Indien, et cela suffirait pour le rendre sympathique ; ensuite, c'est un homme bienveillant, instruit et plein de tact, qualités qui brillaient par leur absence chez son prédécesseur, lequel passait parmi les Indiens pour un *gachupin,* c'est-à-dire un aventurier espagnol.

Chose rare dans un pays comme le Mexique, si longtemps divisé par des luttes intestines suscitées à plaisir par des chefs de brigands et des soudards besogneux, le nom de Porfirio Diaz n'est jamais prononcé qu'avec respect et le plus souvent avec un enthousiasme sincère.

L'homme résolu et prudent qui préside aujourd'hui aux destinées des Mexicains sera, je crois, une des grandes figures de l'Amérique et son nom restera. Il a repris le pouvoir dans des circonstances difficiles, avec un Trésor épuisé, des dettes lourdes dont les intérêts sont restés longtemps en souffrance, à un moment où il est devenu fort difficile de lancer un nouvel emprunt soit en Amérique, soit en Europe.

Malgré cela, il s'est déjà arrangé pour « joindre les deux bouts » et sa présence au pouvoir a donné un nouvel élan au commerce en faisant reculer très loin un tas d'aventuriers juifs et espagnols (les deux se valent au Mexique), qui avait poussé l'audace jusqu'à accaparer les trois quarts des revenus du pays.

✳
✳ ✳

Je crois faire œuvre de bon choniqueur en introduisant mes lecteurs dans le *home* du général Diaz; mais je veux tout d'abord vous raconter une petite scène à laquelle j'ai assisté.

En terre chaude, un jour, dans une partie de chasse où j'avais été convié par M. de Coutouly, ministre de France, nous rencontrâmes un autre groupe de chasseurs, parmi lesquels se trouvaient Porfirio Diaz, alors simple général, le général Pacheco, ministre des travaux publics, avec son grand ami Albert Samson, ancien élève de l'École polytechnique de France, exerçant la profession d'ingénieur au Mexique, et Carlos Quaglia, alors gouverneur de l'État de Cuernavaca, maintenant président du Sénat.

Il se trouva que M. de Coutouly n'avait jamais été présenté au général. Ce fut le général Pacheco qui les présenta l'un à l'autre.

Aussitôt que le général Diaz entendit les mots « ministre de France », il s'élança vers nous; et avant que M. de Coutouly eût pu articuler une parole, ni bien pu se rendre compte de ce qui lui arrivait, le général le serrait dans ses bras à l'étouffer en lui criant : « Ah! vous représentez la France, laissez-moi vous embrasser encore une fois, j'adore vos compatriotes. » Et, ce disant, le général soulevait le ministre dans ses bras comme si réellement cet inconnu de tout à l'heure était subitement devenu son parent le plus cher. Après quelques instants, le général qui avait ainsi fondu la glace diplomatique, échangea des propos courtois en espagnol avec M. de Coutouly, lequel se montra, ce qu'il est toujours, un très spirituel causeur et un manieur élégant de la langue castillane.

⁎
⁎ ⁎

Tout près du *paseo,* dans la *calle de Humboll,* s'élève la maison particulière du général Diaz, Cet édifice ne ressemble en rien aux autres constructions de la « Cité des Palais»; elle est d'un style bizantin moitié église grecque, moitié atelier de peintre et posée en biais entre cour et jardin. Je franchis la porte entr'ouverte en tirant ma carte de visite. Au même instant, un amour de ouistiti vert et jaune me saute dessus et se cramponne à ma canne en poussant des cris aigus. Un peu interloqué, je retire mon rotin des menottes de ce portier exotique et je fais quelques pas dans la cour pour tomber sur un gros pélican blanc et rose, lequel, sans bouger, ouvre

gravement un immense bec comme pour m'avaler. Je ne sais trop si je me serais tiré à mon honneur de cette situation difficile sans l'aide d'un
serviteur aztèque qui survint à cette minute critique de mon existence. L'Indien me conduisit
dans un salon séparé de deux autres par des portières; on dirait un intérieur parisien. Vitraux,
tapis d'Orient, meubles anciens, tableaux, statuettes, marbres, tentures rouges, ouvrages indiens en plumes de colibris, bibliothèque immense remplie de livres, un phonographe dans
un coin, des albums sur la table, etc...

Avant d'avoir pu admirer davantage cette aimable installation qui me rappelait un peu mon
home à moi et ceux de mes amis à deux mille
lieues de la *calle de Humbolt*, je vois un homme
de haute taille, à la figure mâle et souriante se
dresser sur le seuil de la pièce voisine. C'est le
général. Pendant qu'il me souhaite la bienvenue
en me remerciant d'avoir songé à lui demander
un entretien et que je réponds par les compli-
ments d'usage, j'ai le temps de croquer la physionomie de celui qui va être président de ce merveilleux pays. Pendant qu'il me parle, ses yeux
d'un noir de jais me regardent avec une franchise communicative, des yeux expressifs qui
vous mettent tout de suite à votre aise. La tête
prise dans son ensemble est bien indienne, à la

fois triste et fière, mais les traits dénotent un caractère jeune et souple.

Le général me parle lentement en très bon français avant de me demander la permission de me parler en espagnol. Sa voix est claire et sonore, sa conversation est dépourvue d'artifice oratoire; il est digne avec la candeur d'un enfant, sérieux avec une pointe de bonhomie. La petite pièce dans laquelle le futur président m'invite à m'asseoir est un fumoir vert et or. Sur le mur en face de nous, deux gravures avant la lettre d' « Avant » et « Après la bataille », une autre du célèbre tableau de Tofalo *Seuls*, puis le *Menuet* et la « *Visite à la ferme* » de Moreau, des portraits de la Patti et de la Nilsson. Un groupe en or et argent représentant un taureau aux prises avec un Picador, et une foule de bibelots du pays.

* *
*

Le général m'offre un cigare et la conversation s'engage le plus naturellement du monde, comme si nous nous connaissions depuis de nombreuses années. Je la résume, en citant les paroles textuelles de mon interlocuteur.

« La France est venue me voir pendant la guerre, me dit-il, je la connais bien par ses officiers et je compte un jour aller les revoir chez eux. Après le plaisir de les avoir fait prisonniers j'ai eu celui d'être le leur. En m'échappant de Puébla je n'avais qu'un regret, celui de quitter les aimables ennemis dont j'étais devenu l'hôte. »

« La sympathie qu'ils m'ont inspirée a eu son effet pratique durant la campagne. Je n'ai jamais souffert que l'on inquiétât pendant la durée de la guerre un seul Français établi dans le pays et j'ai veillé à ce que tous mes prisonniers français fussent traités avec des égards exceptionnels. Après le siège de Mexico j'ai fait fusiller plusieurs soldats, qui, malgré mon ordre formel, avaient volé quelques vivres chez un épicier français. Il y a huit ans lors de ma première installation comme président, je reçus plus d'une centaine de lettres et même de dépêches de France provenant d'officiers contre lesquels je m'étais battu pendant l'intervention. Tous me félicitaient chaudement, en me rappelant par un mot ou une date le combat ou l'épisode auxquels nous avions fait connaissance. »

« Vous devez comprendre que je ferai toujours ce qui dépendra de moi pour favoriser l'émigration française au Mexique, et vous pouvez dire à vos lecteurs qu'ils ont un ami dévoué dans la personne du général Porfirio Diaz. »

« Dites et redites en France que le Mexique est

dans une phase de transition. Nous traversons en
ce moment une crise qui peut être un mal pour un
bien. Les vieux rouages administratifs vont céder la place à des moyens plus expéditifs et
moins dispendieux, la crise économique qui sévit actuellement doit amener une réaction dont
le monde profitera à l'intérieur comme à l'extérieur. Nos chemins de fer, nos bateaux à vapeur,
notre bonne entente avec les gouvernements
étrangers, la rivalité qui se produit déjà entre les
commerçants américains et les commerçants
européens permet d'entrevoir une reprise des
affaires dans un avenir très prochain. »

« Vous avez vu le pays, vous l'avez parcouru
dans tous les sens. J'espère, monsieur, que d'autres suivront votre exemple, et viendront inspecter
nos mines si riches, nos terrains où l'on peut obtenir jusqu'à quatre et cinq récoltes par an, nos pâturages où le bétail peut être élevé à vil prix et
sans aucun des risques qui existent aux États-
Unis, notre climat exceptionnel où la végétation
du monde entier se retrouve entre le Pacifique
et l'Atlantique. C'est un pays inconnu déjà sil-
lonné par des lignes ferrées, lesquelles auron t
bientôt remplacé partout les incommodes diligences. Les brigands, qui étaient les bêtes noires
de l'étranger sont devenus nos auxiliaires; presque tous sont enrôlés parmi les défenseurs de

l'ordre et je ne crois pas qu'il y ait meilleurs gendarmes en France que nos gardes ruraux. »

« Il y a place ici pour une vingtaine de millions d'émigrants qui pourraient tous s'enrichir
sans se gêner les uns les autres, et plus il y aura
de Français parmi eux, plus j'en serai heureux
pour mon pays. ».

*
* *

Le général était en train de me montrer sur
une carte d'état-major, les grandes richessesde
l'État de Oaxaca dans lequel il a vu le jour,
lorsqu'il s'arrêta sur un mot espagnol que je ne
saisissais pas bien et me dit : Veuillez m'attendre
un instant, je veux vous présenter à ma femme,
elle parle anglais et nous servira d'interprète.

Une minute après, le général revenait accompagné d'une jeune femme en toilette noire. C'é-
tait un grand honneur pour moi, car on ne voit
pas souvent un Mexicain espagnolisé, présenter
sa femme où ses filles à un étranger. Quant aux
Espagnols mexicanisés, les *Gachupins*, vous pouvez les connaître pendant des années sans jamais
être admis à causer avec leurs señoras où sigño-
ritas, lesquelles, soit dit en passant, ne font aucune
toilette chez elles et se prélassent, dans leurs appartements comme des femmes de sérail.

Mme la générale Diaz, entre à peine dans sa

4

vingtième année. Elle est la fille aînée du sénateur Romero Rubio, l'ancien bras droit et ex-ministre des affaires étrangères du président Lerdo,
qui fut le grand adversaire du général Diaz. Grâce
à ce mariage, toute trace de dissentiment entre
les Lerdistes et les Porfiristes a disparu. On dira
ce qu'on voudra, mais cette façon de mettre fin à
une querelle sanglante entre deux partis également populaires me semble préférable à toutes
les formules socialistes pour le développement
de la fraternité dans le cœur des hommes. Et
comment le partisan le plus enragé n'oublierait-il
pas ses rancunes et ses antipathies à la vue d'une
aussi ravissante présidente !

Ce couple heureux n'est-t-il pas l'idéal de la
force et de la grâce réunies? « Carmen » c'est
ainsi que les Mexicains aiment à parler de la
femme de leur grand soldat, est une beauté, fine,
élégante et délicate. Elle m'a rappelé un instant
une de nos plus jolies actrices françaises, Alice
Régnault, alors que celle-ci était dans tout le
charme de son printemps parisien.

La conversation repris de plus belle, la présidente traduisant tout ce que me disait le général
avec une précision remarquable et développant
mes questions avec une amabilité dont je tiens à
lui exprimer toute ma reconnaissance.

Avant de me laisser partir le général me fit

promettre de venir le voir souvent et me fit cadeau de sa photographie avec dédicace, puis il
appela son ordonnance et lui dit : « Regardez-
bien ce monsieur. Chaque fois qu'il viendra à la
maison vous l'introduirez directement chez moi.

Cela n'avait rien du banal « Casa de Usted »
et des protestations pommadées des *gachupins,*
c'était une toute autre manière de faire, et je
déclare que l'accueil que j'ai reçu du général
Porfirio Diaz pendant tout mon séjour à Mexico
comptera parmi les plus agréables souvenirs de
mon voyage.

TROIS JOURS DE FÊTE A MEXICO

Le 14 septembre 1884, toute la ville s'était pavoisée pour célébrer l'anniversaire de la naissance de l'homme sur lequel les Mexicains comptent le plus. Il n'y a pas de belle fête sans courses. A l'instar de Paris et de Londres, Mexico a un club hippique des mieux organisés, lequel a convié le général Diaz et sa femme, ainsi que quatre mille amis — la fine fleur du pays — à se rendre à l'hippodrome de *Péravillo*. Sur la piste ensoleillée se presse un foule bigarrée. Un escadron de ruraux, fièrement campés sur leurs chevaux, fait face à la tribune d'honneur. Les tribunes sont émaillées de fraîches toilettes à nuances claires. La matinée est superbe. Le *Popocatepelt* et l'*Ixtaccihualt* dressent leurs silhouettes imposantes à l'horizon.

Neuf heures! C'est la première fois et proba-

blement la dernière que je vais aux courses à
cette heure-là — il est vrai qu'à Paris il est alors
trois heures et demie.

Les tambours battent au champ, l'excellente
musique des ruraux attaque l'hymne national et
les soldats de l'École militaire présentent les
armes.

Voici le général Diaz qui descend de voiture et
qui offre la main à la toute gracieuse Doña Carmen. — L'enthousiasme éclate. De tous côtés la
foule acclame le président élu, qui ne gouvernera
qu'à la fin de novembre. Que de vivats assour-
dissants! En quelques secondes les tribunes se
vident. Hommes, femmes et enfants se précipitent au-devant du général pour lui serrer et lui
baiser les mains.

Après le défilé des cadets devant la tribune, les
courses commencent. Signes particuliers, les chevaux sont montés « à poil » par des cavaliers vêtus
du costume de *Ranchero*. Veste très courte,
culotte argentée et un foulard de couleur enroulé autour de la tête. En guise de cravache
ces jockeys, nouveau modèle, tiennent dans leur
main droite une longue gaule avec laquelle ils
excitent leurs montures; celles-ci partent en bon-
dissant comme des possédées pour reprendre au
bout de deux ou trois cents mètres leur galop de
promenade.

Entre chaque course, la musique nous joue d'exquises *habaneras*. Pas d'agences de paris, presque pas de paris particuliers. Je dois dire que l'absence des *book-makers*, ne paraissait pas diminuer l'intérêt que les spectateurs prenaient aux courses, loin de là, au lieu de manifester leur joie comme chez nous à la fin de la course, la foule accompagne de ses exclamations les chevaux pendant tout le parcours en battant des mains à l'arrivée, comme s'il s'agissait d'un ténor. Mais il est temps d'arriver au divertissement cher au Mexicain, le *Coleadero*.

Dans un *Corral* improvisé une trentaine de taureaux attendent. Voici les cavaliers qui doivent prendre part à cette lutte de force et d'adresse. Ils portent la petite veste noire, le pantalon collant et fermé au bas, agrémenté de boutons d'argent, et le large *sombrero* en feutre noir. La riche selle, le harnachement, les *chaparreros* et les lourds étriers sont merveilleusement portés par de superbes bêtes à crinières flottantes. Ces cavaliers appartiennent aux meilleures et plus riches familles du Mexique. Rien d'étonnant à ce qu'ils soient bien montés.

Les amateurs du sport national se répandent dans l'arène, ils vont guetter le taureau dans sa course folle d'un bout à l'autre de la piste faisant face aux tribunes, le gagner de vitesse et le

renverser, en le soulevant d'un poignet vigou-
reux, par l'appendice caudal.

On vient de lâcher le premier taureau. Deux
cavaliers le suivent ventre à terre. L'un d'eux
saisit l'animal; mais le taureau se dégage par un
bond et le chasseur revient bredouille.

Ah! en voici un autre; — des bravos frénétiques
éclatent. Wenceslao Rubio, du Jockey-Club, vient
de faire perdre pied à un énorme taureau qui
s'étale sur l'herbe les quatre pattes en l'air.
Pendant une heure, j'ai assisté aux fortunes
diverses de ces beaux cavaliers luttant devant
leurs belles pour la plus grande confusion des
bêtes à cornes. On m'a montré un beau Cen-
taure qui joue au *Coleadero* aussi bien en ville
qu'à la campagne; je n'ai pas demandé de détails,
mais ne serait-ce pas le cas de chanter comme le
chœur du *Petit Duc :*

Oh les pauvres maris...

*
* *

Le lendemain 15 septembre, la veille de la
grande fête nationale, nous pavoisions de plus
bel. Les deux principales rues, qui ne font à vrai
dire qu'une seule, la *Calle de San-Francisco,* et la
calle de *Plateros,* étaient ornées à chaque intersec-
tion d'un arc de triomphe composé de fleurs et de

feuillage, produits d'un pays où les fleurs et les
feuilles sont des merveilles qui se renouvellent
sans cesse et qui ne coûtent guère que la peine de
les cueillir. Parmi ces arcs il y en avait un colos-
sal, entièrement recouvert sur ses deux façades
de légumes frais; inutile de dire que ce fut surtout celui-là qui excita l'admiration des badauds
indiens. — La colonie française en avait fait construire un monumental, tout en drapeaux français
et mexicains, voilés de crin végétal dérobé aux
fiers *Ahuhuetes* de Chapultepec.

Partout on pouvait voir la statue ou le portrait
du prêtre Hidalgo — le prêtre libérateur, le héros
de l'indépendance dont nous célébrons l'anniversaire.

Le Jockey-Club s'était particulièrement distin-
gué en hissant sur son toit un grand transparent
où l'on voyait l'héroïque curé déployant le dra-
peau aux trois couleurs nationales. Une autre
maison avait un tableau éclairé à l'électricité sur
lequel était tracées les silhouettes de Washington
et d'Hidalgo échangeant les drapeaux de leurs
nations respectives.

Cette image, due à l'esprit pratique d'un com-
merçant Yankee, fut trouvée un peu trop « ima-
gée », et froissa légèrement la susceptibilité du
peuple qui s'accorda à trouver un air protecteur
au général américain. Si les deux grandes Répu-

bliques s'aiment bien, c'est, assurément, à distance, et il est tout naturel que ce rapprochement,
accompagné d'une confusion de drapeaux, n'ait
que médiocrement plu à des gens ayant la fibre
patriotique aussi chatouilleuse.

Le soir, illumination générale, d'une originalité saisissante. Dès que le soleil se fut caché,
des milliers de feux s'allumèrent dans de gracieux lampions aux couleurs vives et aux formes
variées à l'infini, accrochés aux fenêtres, aux
balcons, aux arbres, et aux devantures de boutiques. Le verre vénitien, avec sa flamme étio-
lée et son odeur écœurante, brillait par son
absence ; il était remplacé avantageusement par
les feux électriques qui inondaient les places
principales de ses rayons blancs et fouillaient
chaque replis de la vieille architecture mauresque.

Des pétards chinois crépitent dans l'air, des régiments défilent formant une garde d'honneur
aux glorieuses loques de la guerre de 1810. Les
vieux drapeaux troués par les balles et noircis
de poudre sont promenés à travers la ville comme
de saintes reliques jusqu'au théâtre national où
le Président et une foule énorme les reçoivent
avec des exclamations sonores.

A chaque instant quelqu'un crie un nom populaire : *viva Hidalgo, viva Morélos! Viva Porfirio*

Diaz, viva Francia! et la foule répond, rugit avec ensemble : *Viva!*

A onze heures moins dix minutes du soir la fête du lendemain commence.

Sur la place publique (le Zocalo), une masse humaine grouille et glapit autour de feux de joie, projetant des ombres fantastiques. Une salve de vingt et un coup de canon fait trembler le sol, et comme si elle se souvenait de la secousse d'il y a deux ans, la vieille cathédrale toute lézardée à la suite d'une terrible oscillation, fait entendre la voix d'airain de ses grosses cloches qui sonnent à toute volée. A ce moment solennel les hommes se jettent dans les bras de leurs voisins, les femmes s'embrassent, les Indiens en guenilles se groupent autour des feux de bois en se tenant enlacés par les épaules et tournent lentement en récitant des mélopées aztèques, chants bizarres qui doivent venir de loin. A cette heure *l'Ayuntamento* (Conseil municipal) donne lecture de l'acte d'Indépendance rédigé par le congrès de Chilpancingo, et à onze heures précises le président saisissant l'étendard national s'avance jusqu'à la rampe dorée du balcon de son palais et crie : Mexicanos! *Viva la Independencia! Viva la Libertad!*

Le *zocalo* ne désemplira pas de la nuit, la tradition veut qu'un patriote digne de ce nom reste

éveillé depuis onze heures du soir jusqu'au lendemain minuit.

Ceux qui tenteraient de faire autrement, en seraient punis, je crois, par un sommeil très agité.
Cette nuit-là j'ai entendu plus de cris dans la rue
que je n'en avais entendu pendant vingt-cinq ans
en France. Ce qu'il y a de mieux à faire au milieu
de tout ce vacarme, est d'accepter l'invitation de
Garrido et de Velasco, deux aimables avocats de
Mexico, dont l'un, Garrido, a fait ses études à
Paris, et me parle du boulevard des Italiens juste
à temps pour me rappeler que j'avais une patrie
de l'autre côté du grand lac salé.

Parmi ceux qui viennent se joindre à nous, je
citerai l'excellent Gutierez Najera, qui, sous le
pseudonyme de *Duc Job*, écrit de si charmantes
chroniques dans les journaux mexicains, et Pancho Garay, fils de Francesco Garay, ingénieur
érudit et causeur attrayant, représentant du
congrès de Panama tenu à Paris, un des rares
Mexicains qui soit décoré de la Légion d'honneur. Max Bass, très fort en droit, toujours le
verre et le cœur sur la main. Francesco Bulnes,
l'orateur émérite qui parle de la dette anglaise de
façon à faire dresser les cheveux sur la tête de
tous les débiteurs, et à vider les poches de tous les
contribuables. Sanchez Facio, toujours gai comme
un Portugais et spirituel comme un Parisien,

Cazeneuve le Péruvien, si bien doué, qui a tant d'intrigues dans les églises et sous les balcons, — ce qui ne l'empêche pas d'envoyer des nouvelles télégraphiques à tous les journaux, de jouer au Boliche et d'attraper la fièvre typhoïde.

Nous allons à la *Concordia*, restaurant tenu par l'Italien Omarini, lequel a trouvé le moyen de réunir tous les systèmes de cuisines en un même plat, — et de se faire des rentes en servant cela sous des noms divers à des gens qui ont le palais fatigué et l'estomac creusé par des *cock-tails* foudroyants. C'est un peu notre cas; aussi nous savourons, comme chose réellement savoureuse, la cuisine de maître Omarini, et nous débouchons du champagne orné d'étiquettes authentiques jusqu'à ce que le soleil soit venu éteindre la lumière électrique.

Un trait de cette fête de l'indépendance, c'est la sortie générale de toutes ces dames et demoiselles mexicaines, et ce phénomène ne doit pas être compté parmi les moindres des avantages dus à l'expulsion du tyran espagnol. Comme les femmes, — surtout les plus jolies, — ne font jamais rien à moitié, les Mexicaines émancipées pour un jour, visitent avec leurs parents et leurs fiancés les restaurants de nuit et marivaudent dans la salle commune aussi bien que dans les

cabinets particuliers. C'est un beau jour pour les
fiancés, — lesquels, soit dit en passant, ont tous
trois ou quatre fiancées, — numérotées dans leur
cœur.

⁎

Le 16 septembre, à neuf heures du matin, à
peine avons-nous eu le temps de délasser notre
corps aux bains d'Aragon, station thermale d'eau
ferrugineuse et pétillante — dont l'analyse est
exactement celle de notre eau de Pougues française — que la fête recommence, si toutefois on
peut dire qu'elle se soit arrêtée.

Le soleil que jamais un nuage ne voile, enveloppe de ses chauds rayons comme d'un manteau
magique la population encore toute frémissante
de sa nuit blanche. Fenêtres, balcons et toits sont
déjà noirs de spectateurs, penchant leurs têtes
curieuses vers le flot humain qui va et vient dans
la rue étroite. De mon balcon nos yeux se promènent sur une véritable mer de chapeaux, on
dirait d'énormes boucliers de feutres tendus au
soleil. L'Indien, enroulé dans son châle de laine
aux couleurs voyantes, grille une cigarette en
remerciant du fond de son âme la Providence et
le président qui lui offre gratis un si beau
spectacle. Peu lui chault l'indépendance, à lui
qui a toujours été indépendant, parce qu'il n'a

jamais eu besoin de rien. Que les riches donnent des fêtes, payent des impôts et se battent
pour avoir le droit de gouverner le pays, ce n'est
pas son affaire à lui qui ne leur demande que ce
qu'ils veulent bien lui montrer. — Mais trêve
de philosophie politique, cela doit être l'effet du
champagne italien dont les vapeurs ne sont pas
encore complètement dissipées.

Place au grand défilé! Des chars allégoriques
représentant tous les arts, commerces, industries connus sur terre et sur mer, passent sous
nos fenêtres cinq heures durant; puis vingt mille
hommes de troupes de toutes armes. Ce corps
d'armée est commandé par le général Rocha, que
les boulevardiers parisiens ont bien connu, un
brave à tous crins qui a eu plus que sa part d'aventures, de plaies et de bosses. Ce n'est pas un
tableau ordinaire que ces rudes lignards au teint
noir à reflets d'acier, petits, trapus et lourds, mar-
chant d'un air à la fois résolu et résigné sans se
préoccuper de ceux qui les regardent. Et quelle
admirable troupe que ces cavaliers de haute mine,
superbement posés sur leurs chevaux, à crinières
flottantes, qui ressemblent tous à des objets d'art
échappés de chez Barbedienne!

En tête des troupes vient le bataillon des élèves
de l'École militaire — les cadets de Chapultepec
— les Saint-Cyriens du Mexique : ensuite les

zapadores ou gendarmes, puis des batteries d'artillerie de montagne — bien en situation dans ce pays accidenté — ensuite de nombreux régiments d'infanterie dont les musiques jouent des marches entraînantes, et enfin quatre régiments de ruraux *(Rurales)* qui obtiennent un succès mérité. Ce corps est un des plus beaux qu'on puisse voir, plein de cachet et de crânerie. L'uniforme des gardes rurales est élégant et original. Sombrero gris porté en bataille, à double et épaisse torsade d'argent, veste en cuir clair galonnée d'argent, pantalons en peau de chamois jaune, boutonné à la cheville, gants mousquetaires, cravate rouge Lavallière flottant sur la poitrine, et couverture écarlate roulée derrière la riche selle argentée. Ces hommes ont la taille puissante, l'allure décidée, la tournure fière et aisée des troupes du moyen âge. Ils auraient pu rivaliser de tenue et de pittoresque avec les cavaliers de Cromwell. Individuellement braves, ces ruraux, rompus à tous les exercices de cheval, forment des corps de *guerilleros* redoutables.

A quatre heures de l'après-midi la procession était terminée. Le restant de la journée a été occupé par une loterie avec un gros lot de 100,000 piastres et des tournées innombrables dans tous les bars et *pulquerias* de la capitale.

Le soir illumination, feu d'artifice au *Zocalo* et concert-promenade dans le jardin qui entoure le kiosque de la musique. Beaucoup de jolies femmes et de belles toilettes, copiées sur les dernières modes parisiennes. A minuit il ne restait plus grand monde dans les rues. Dame, vous comprenez, trois journées de cette vie-là avaient lassé les plus solides, et nous sommes chez un peuple matinal qui aime à se lever avec le soleil, — ce bon diable de soleil dont les Mexicains sont les enfants gâtés.

LE VRAI MEXICAIN

C'est l'Indien. — Si la domination espagnole n'a fait aucun bien à l'aztèque, elle ne lui a fait non plus aucun mal. L'Espagne se servait de cette superbe colonie pour se débarrasser des intrigants et des ambitieux. — Ceux-ci venaient au Mexique et faisaient ramasser l'or et l'argent par les indigènes pour retourner ensuite le dépenser à Madrid. — Deux ou trois grandes villes ont seules conservé les traces des trois siècles de dépendance espagnole. — Un musée, une église, une bibliothèque, rappelleront de-ci et de-là que Cortez et ses compatriotes y ont séjourné. Mais dans la vaste campagne, sur les deux versants Pacifique et Atlantique, les mœurs indiennes sont restées ce qu'elles étaient au moment de la conquête. L'Espagnol n'a pas plus fait pour utiliser l'intelligence du peuple mexi-

cain qu'il n'a fait pour tirer parti de la fertilité
de son sol.

A l'heure actuelle, sur les dix millions d'habitants du Mexique, il y a sept millions et demi
Indiens — ceux-là seuls sont intéressants — et
je veux leur consacrer un chapitre en leur
envoyant l'assurance de ma vive sympathie, et
tous mes vœux pour qu'ils soient délivrés de cette
sangsue immonde, le *gachupin* sans vergogne
et sans pitié.

J'ai souvent fait allusion à l'homme indien
dans ses guenilles et son large chapeau de paille
a torsade d'argent. Les femmes indiennes portent des vêtements qui varient selon les états;
mais la plupart des étoffes de laine et de coton
qu'elles revêtent sont fabriquées à la main. Dans
leurs habillements, le rouge et le bleu dominent. Généralement, elles emploient pour faire
leur jupon le *réfago*, sorte de toile de 10 mètres de
longueur sur 1 mètre de large.

Elles fixent cette toile à la ceinture à l'aide
d'une large bande blanche, couverte de petits
travaux de broderie aux dessins variés et typi-
ques. De la ceinture au cou elles se couvrent d'un
tissu carré appelé *quixquemil,* ayant une ouverture pour le cou et qui est généralement de la
même couleur que le jupon; d'autres le portent
blanc orné de travaux représentant des fleurs et

des petits animaux. Les Indiennes de l'isthme de Tehuantepec appellent l'attention par le luxe, la richesse et la fantaisie de leurs costumes; la nature les a douées d'une grande beauté. Jusqu'à l'âge de trois ans les petits Indiens vont nus; à partir de cet âge on commence à les habiller.

Les Mexicains s'occupent peu de l'éducation de leur enfants; à l'âge de huit ans ils les mettent au travail; il les appellent *cabrios* (chevreaux) et leur font garder les bestiaux.

Les enfants aiment leurs parents. Dans l'âge adulte ils ont un grand respect pour eux.

Ils ont de la considération pour les vieillards; lorsque ceux-ci ne peuvent plus travailler, il les secourent et les font vivre.

Les femmes sont soumises et respectent leur mari ou leur amant. Les hommes respectent leurs femmes dans certaines occasions, dans d'autres ils les battent.

La femme prend une grande part aux travaux domestiques, elle porte le manger au mari et au fils sur le lieu du travail. Il n'y a pas d'exemple chez eux de vente de femme, ils sont au contraire très sévères pour l'adultère.

On garde généralement les cadavres pendant vingt-quatre heures avant de les inhumer, et dans la nuit qui suit la mort, ils font ce qu'ils appel-

lent un *velario.* Le *velario* consiste à faire toutes
les quatre heures une prière qu'ils nomment *ni-
dario.* Ils boivent de l'aguadiente pendant toute
la durée de la cérémonie, de sorte que lorsqu'elle
est terminée, ils se trouvent tous en état d'ivresse ;
ceci a lieu lorsque le défunt est adulte. Si c'est
un enfant, on fait un grand bal dans la nuit du
velario, pour manifester la joie que l'on éprouve
en pensant que l'enfant est allé augmenter le
chœur des anges.

Dans certaines parties du pays, lorsque la jeune
fille qui meurt est vierge, on couvre son corps de
plantes odorantes et on la porte au cimetière sur
un brancard décoré d'arcs de fleurs. Les parents
et les amis composent le cortège qui est précédé
d'un orchestre de musiciens.

Les Indiens font trois repas par jour et à des
heures régulières. A huit heures du matin, à une
heure de l'après-midi et à sept heures du soir. Ils
boivent le *pulque,* le *tequila,* le *mezcal,* le *colonche*
et l'eau-de-vie de canne à sucre.

Le pulque est extrait du cœur de l'aloès, agave
américaine, ou du *maguey,* comme on le nomme
au Mexique.

C'est un liquide blanc fermenté, ayant à la fois
le goût âcre et fade de lait mélangé avec de la
bière, l'odeur ressemble à celle de la levure de
pain. Il est très rare que les étrangers s'éprennent

de cette boisson nationale dont on débite de si grandes quantités à Mexico. Le *pulque* est, paraît-il, une boisson saine et ceux qui en acquièrent goût le préfèrent même à la bière et au vin. Voici pour le curieux l'analyse chimique de ce liquide.

Glucose..	27,60	grammes.
Sucre.	64,65	—
Acide malique.	1,71	—
Gomme..	5,70	—
Albumine sèche..	10,60	—
Ammoniaque.	0,06	—
Potasse et magnésie.. . .	0,06	—
Eau.	886,93	—
Substances inappréciables.	0,62	—
	1000,00	grammes.

Le *tequila*, par contre, est un alcool végétal agréable au goût, surtout quand on le prend à la « mexicaine », c'est-à-dire en ayant soin de mettre auparavant une pincée de sel blanc sur la langue. Le *tequila* est distillé d'une petite espèce de maguey appelé *zotal*. Le *mezcal* est une forme plus grossière de *tequila*. On l'obtient en exprimant le suc des feuilles du grand maguey ou aloès, que l'on distille ensuite. La *colonche* est une boisson faite avec la *tuna* ou figue de Barbarie.

L'alimentation des indigènes se compose généralement de végétaux.

Les végétaux qu'ils consomment sont : les haricots, les fèves, les mauves, la fleur de calebasse, les petites calebasses, le *chile vert* (piment) et le *chille passilla*. Dans leurs grandes fêtes ils mangent de la viande et préfèrent dans le bœuf et la vache, les parties intérieures qu'ils accommodent avec des tomates et du piment.

Ils font cuire leurs aliments toujours avec un morceau de *tequesquite* (bi-carbonate de soude) et les salent très peu. Ils les mangent avec des *tortillas* de maïs en guise de pain.

Les tortillas sont faites avec une pâte de maïs qu'ils obtiennent en écrasant les grains de maïs entre deux pierres. Ils prennent un morceau de cette pâte, le roulent en boule, puis en frappant fortement leurs mains l'une contre l'autre, ils aplatissent la boule au point d'en faire une large crêpe de 20 centimètres de diamètre appelée en indien *comal*. Cette crêpe de pâte de maïs, ainsi cuite, reste flexible. Ils divisent la *tortilla* en morceaux qui, repliés, font l'office d'une cuiller, à l'aide de laquelle ils portent les morceaux à leur bouche. La *tortilla* leur sert à la fois de cuiller et de pain. Leur combustible se compose de bois et de fiente de vache séchée.

Pendant la saison des pluies ils mangent l'*acosil* (espèce de crevette), l'*atepocate*, la grenouille, un petit poisson de couleur blanche et jaunâtre

qu'ils appellent *amarillito*. Tous ces poissons
naissent et s'élèvent dans les mares qui se forment à cette époque dans les bas-fonds, sur les
côtes du Pacifique; ils mangent l'iguane et la
vipère, et sur les côtes du golfe du Mexique le
singe et le poisson de mer.

L'orange, la canne à sucre et la banane sont
leurs fruits préférés.

* *
*

Les Indiens ont le don de l'imitation. Dans
l'état de Jalisco, il existe à deux lieues de Guadalajara, dans un village appelé *Tonala*, une race
d'Indiens qui, après avoir vu une personne une
seule fois, arrivent à faire son buste en terre
d'une ressemblance parfaite.

Les modèles qui leur servent habituellement
pour leurs sculptures et leurs peintures sont des
animaux et des fleurs. Ils fabriquent encore une
quantité d'objets dont se servaient les aztèques.
Les ouvrages de plumes dont on vend une si
grande quantité aux étrangers, ressemblent à ce
qui se faisait du temps de Montezuma, avec la
différence qu'en ce temps-là les plumes et le
duvet des oiseaux étaient tissés dans une trame
de coton et que maintenant ils sont collés sur
du carton.

De cette façon ils imitent une foule d'oiseaux

du pays dont les plumes de toutes couleurs appli-
quées et superposées avec un art des plus délicats
donnent l'illusion de l'oiseau vivant. Les oiseaux-
mouches ainsi traités ne perdent rien de leurs
reflets brillants; il y en a qui ont tout l'éclat de
pierres précieuses.

Les Indiens font aussi de la poterie, ornée de
figures dont la signification s'est perdue, ainsi que
de jolis paniers fabriqués avec la feuille du pal-
mier. Leurs *zarapès*, ces gracieuses couvertures
où toutes les couleurs de l'arc-en-ciel se fondent
en nuances d'une délicatesse infinie, sont faites
à la main sur un rude métier et vendues à
des prix qui sont dérisoires quand on réfléchit au
temps et aux soins que les Indiens consacrent à
la fabrication de ces tissus.

Toutes sortes d'ouvrages en cuir sont exécutés
par ces sauvages intelligents. Habillements,
chaussures, harnachements en peau de bête, sont
de véritables curiosités. J'ai vu des selles ornées
d'argent qui valaient jusqu'à mille piastres et qui
seraient dignes de figurer dans une exposition
internationale. Ces selles ne pèsent pas plus de
35 livres.

L'onyx mexicain ou *tecali* est taillé en presse-
papier, en coupes et en dessus de tables ou de
cheminées. Il est d'une incomparable beauté,
rien de semblable n'existe en Europe. Comment

se fait-il qu'aucun industriel ne s'en fasse envoyer à Paris. Je sais où il y a des carrières iné-
puisables de ce *tecali*. Cela ne coûterait guère
que le prix du transport, et l'on vendrait cela à
peu près ce qu'on voudrait, une fois exposé dans
un magasin du boulevard des Italiens!

Les petits-fils des aztèques font aussi de belles
broderies *(bordado)* en fil d'or et d'argent sur du
velours, de la soie, du drap ou de la mousseline.

Mais je n'en finirais jamais si je voulais énumérer toutes les choses exquises que font ces aimables barbares. J'ai cité quelques-uns de leurs
chefs-d'œuvre artistiques pour donner une idée
de la rare perfection de leur travail. En vérité
on devrait organiser à Paris une exposition per-
manente de produits mexicains. Il y a là une
affaire qui rapporterait gros à celui qui con-
naîtrait le pays et qui disposerait d'un capital de
vingt mille piastres pour les frais d'installation,
de représentation et de transport.

* *
*

J'ai causé avec plusieurs Américains ayant
longtemps résidé dans la contrée et tous sont una-
nimes à proclamer l'intelligence et le bon caractère du Mexicain. La population aztèque est docile, facile à diriger et susceptible d'éducation.
J'ai recueilli quelques anecdotes presque tou-

chantes sur le développement des idées et le désir
d'arriver que l'on trouve chez de pauvres garçons
indiens. L'un d'eux confondit un ingénieur américain en lui demandant de lui montrer comment on
mesurait un cylindre extérieurement et intérieu-
rement. On découvrit alors que ce garçon avait
seul, à l'aide de grossiers instruments, fabriqué
une locomotive d'après le modèle américain, une
machine à vapeur travaillant sur place et qu'il
avait appliqué son système à plusieurs inventions
très ingénieuses. La générosité de l'un des plus
riches habitants de Guanajuato a permis récemment à ce garçon de partir pour les États-Unis,
afin d'y recevoir une éducation conforme à ses ap-
titudes. Quelques-uns des hommes les plus remarquables du Mexique moderne sont de pur sang indien. Le général Diaz a tout à fait le type indien.
Altamirano est Indien, et la plupart des grands
hommes auxquels cette contrée a donnée le jour
sont ou Indiens ou issus d'Indiens. Je n'essaierai
pas d'en donner une liste, ils sont beaucoup
trop nombreux.

* *
*

Dernièrement un des principaux hommes
politiques des États-Unis, l'ex-gouverneur Anthony, qui a résidé pendant cinq ans à Mexico et
qui s'est occupé principalement de constructions

de chemins de fer, me disait : « J'avais à organiser les travaux de la ligne Centrale Mexicaine et
à surveiller les travailleurs dans un pays étranger
et nouveau où les Américains venaient de pénétrer. J'avais sous mes ordres 3,000 hommes
dont la moitié au moins étaient Mexicains, et dont
l'autre moitié appartenait à toutes les nationali-
tés. Mes ordres étaient que tous fussent traités de
même. Pendant la durée de ces travaux il n'y eut
ni meurtres, ni révoltes, ni querelles, rien qui
pût motiver la présence de la police; les Indiens
étaient tranquilles, bons camarades, au lieu d'être
faux, turbulents, ou portés au vol ou au crime. »
Ce qu'il m'a dit de la sécurité des voyageurs
dans ce pays, refroidira un peu l'imagination de
l'écrivain à sensation et du touriste qui aiment à
raconter des histoires de brigands à leurs amis, en
insistant sur les dangers imaginaires qu'ils ont
courus et en démontrant comment leur vie n'a
tenu qu'à un fil dans ce pays mexicain « à demi
civilisé ». Je traverserais le Mexique, me dit le
gouverneur Anthony, en portant une fortune sur
moi et sans éprouver la plus légère crainte. Avec
deux ou trois compagnons et nos chevaux j'ai été
dans les villages et les campements; loin d'avoir
été inquiété, j'ai été traité avec la plus haute courtoisie et j'ai reçu partout la plus cordiale hospitalité.

J'ai surveillé la construction d'un chemin de
fer dans mon propre pays et je dois dire que la
comparaison est hautement en faveur du Mexique.
Sur le territoire américain nous avions constamment des querelles et n'aurions jamais osé laisser
sans gardiens nos mules et nos bagages. Au Mexique nous laissions nos mules en liberté et nous
n'en perdions jamais. La seule fois où je perdis
des hommes et leurs montures, ce fut dans une
rencontre avec une bande de brigands « apaches »
chassés des États-Unis.

C'est par de tels témoignages que justice est
rendue à l'Indien, qui seul a droit au titre de
Mexicain.

CHAPULTEPEC

Le château occupe l'emplacement de l'ancien palais de Montézuma. L'empereur Maximilien était un admirateur enthousiaste de ce site élevé d'où l'on découvre toute la ville avec ses dômes et ses tours, les champs et les prairies environnantes ainsi que les montagnes grandioses qui forment l'horizon, notamment le Popocatepetl et l'Ixtac-cihualt, les deux sentinelles géantes de la vallée. C'est derrière Chapultepec que les étudiants de l'École militaire nationale, dignes fils de leurs héroïques ancêtres, se firent tuer jusqu'au dernier dans le terrible combat du *Molino del Rey* contre les Américains en 1847. On va à Chapultepec par le Pasco. Cette large chaussée construite par le génie militaire français au moment de l'occupation, est devenue la promenade quotidienne de la société mexicaine, le rendez-vous à la mode des brillants *caballeros* et des gentilles *signoritas*. Au bout de cette allée verdoyante se trouve un rond-point avec la statue de Guati-mozin, le dernier et le plus vaillant des rois indigènes.

Du pied de ce nouveau monument aztèque, on voit se détacher nettement sur le bleu de la sierra la silhouette italienne de Chapultepec.

La façade, peinte en rouge pompéien, est d'un effet charmant sur les fonds vert sombre des arbres, bleu saphir des montagnes et bleu turquoise du ciel mexicain. Le gris du granit et les tons froids du marbre sont faits pour les contrées où la lumière est douce, où le soleil se voile à chaque instant. Le pays qui nous entoure est le pays des couleurs vives sans atténuations, un pays sans vapeurs, sans lointains indécis, sans distances appréciables. Ces montagnes éloignées de dix lieues, il semble qu'en un temps de galop vous allez les atteindre. Très peu d'ombres mobiles, car le ciel est sans nuages, sauf aux heures de pluie. Une lumière étincelante, d'éternelles verdures. Il faut donc ici une architecture différente, au moins par la couleur, de l'architecture européenne. Il y a là une question d'harmonie, de valeurs, comme disent les peintres, et cette question, Casarin qui est peintre (élève de Meissonier) et qui a beaucoup voyagé et comparé, l'a parfaitement comprise. L'effet décoratif que produit ce palais rouge sur son piédestal de granit verdoyant, avec sa grande cascade tombant de la première galerie dans le lac, de toute la hauteur du mont! Et le soir quand la lumière électrique, habilement distribuée et colorée, éclaire les eaux des chutes et des bassins, les massifs de fleurs, les dômes des arbres géants, les balustrades de marbre, les vases et les statues, Chapultepec est une des merveilles de l'Amérique et du monde.

Bientôt le Paseo finira à son dernier rond-point actuel. C'est là que se dresseront deux statues de bronze, deux guerriers aztèques de 15 pieds de haut, dont on peut voir les plâtres à l'hôpital de Terceros. Les bas-reliefs des piédestaux sont déjà fondus. Ces guerriers, dont le costume, la coiffure et les armes sont d'une exactitude historique rigoureuse, font le plus grand honneur à Casarin. On ne pouvait confier à des gardiens plus fiers et mieux campés l'entrée de l'ancien palais de Montézuma.

Le petit parterre où l'on voit aujourd'hui une mare boueuse et des canards, sera transformé en un jardin italien de la Renaissance, dans le goût du jardin Boboli, de Florence, des jardins Pratolino, Borghèse, Aldobrandini, de ces lieux enchanteurs où les arbres et les fleurs ne sont que l'accessoire et, si l'on peut dire, la toile de fond de l'architecture.

La futaie d'*ahuehuetes* restera telle qu'elle est, mais on pourra, sans sacrifier aucun arbre, faire, à droite et à gauche du mont, deux lacs spacieux, reliés au lac du jardin par une rivière serpentante. Que ces *sages des eaux*, comme les appelaient poétiquement les Aztèques, que ces ahuehuetes ont de frais ombrages! Le plus gros est majestueux et calme comme Montézuma; un autre, tordu comme ces damnés que Dante a changés en arbres et qui gardaient dans leur vie végétale l'attitude de la souffrance et de la lutte, me rappelle l'héroïque Guatimozin. Et quels gazouillements sous cette futaie! Quelle saine odeur de fenouil répandent les arbres du Pérou!

Le rez-de-chaussée, réservé au président, sera prêt vers la fin de février; mais il est probable que le général Diaz n'habitera Chapultepec qu'en été, pendant les mois où il est de bonne hygiène et de bon ton d'habiter San Angelo, Tlalpam ou Tacubaya.

Les portes de chêne et de noyer sculptées, aux élégantes serrures de bronze, sont déjà en place.

Entrons par l'extrémité nord de la façade. D'abord une antichambre aux panneaux d'acajou, une salle de bain qui sera revêtue de faïences et de griotte, puis la chambre à coucher du président aux panneaux d'ébène incrustés de bronze doré. La tapisserie du xv° siècle, bleue, or et argent, qui garnira l'entre-deux des panneaux, n'est pas encore posée.

Après la chambre à coucher, voici un charmant boudoir Louis XV dont les panneaux de peluche de soie rouge encadrés de bronze sont en place ainsi que les boiseries d'*ajo de parjaro*, un beau bois clair, teinté et moucheté. Casarin a semé le plafond d'Amours nourris de roses dans le goût de Boucher.

Après le boudoir Louis XV, le salon Louis XIV en bois d'amarante et orné de tapisseries d'Aubusson. Son ton général sera bleu clair, les glaces et les jardinières sont posées. Le grand lampadaire du centre sera entouré de fleurs et d'un siège circulaire.

Toutes les boiseries ont été travaillées à New-York.

Les tentures, brocarts, satins brochés, velours arrivent de Lyon et de Venise.

A l'extrémité sud de la façade est la salle à manger de style Charles II, tendue de cuirs gaufrés, la salle de jeu, un fumoir turc et la salle de billard, dont les meubles ont été dessinés par Casarin avec beaucoup de goût et d'originalité.

Montons l'escalier privé du président et nous nous trouverons de plain-pied avec le jardin et avec les appartements de réception. Le grand salon, dit salon de la Paix, occupe tout le corps principal, c'est-à-dire la place de quatre des anciens appartements. Il a quatorze portes-fenêtres dont chaque entre-deux sera orné de deux colonnes de marbre noir et gris, des carrières du Borrego et de l'Escanda. Le siège d'honneur du président a été taillé dans un bloc de marbre blanc de Tepeaca. La porte en malachite qui décorera l'extrémité nord du salon, a orné le palais de San Donato, le prince Demidoff l'avait payée, dit-on, 600,000 francs. Le plafond du salon, dont les frises cintrées ne sont pas encore posées, représentera la Paix, les Sciences et les Arts. Quatre grands tableaux orneront les deux extrémités : l'*Entrée de Fernan Cortès dans Mexico* et le *Cri de Dolorès;* la *Présentation des Notables à Miramar* et *Maximilien remettant son épée au général Escobedo.*

Le salon de la Paix sera tendu de soie rouge et 400 points lumineux l'éclaireront à *giorno.*

Le premier étage du palais contiendra aussi une bibliothèque et un musée d'antiquités nationales. Dans le bâtiment détaché, au pied de l'ancien Observatoire, transformé en château d'eau, on travaille aux boiseries de la salle d'ar-

mes qui sera ornée d'armures et d'armes espagnoles des xvᵉ et xvıᵉ siècles.

L'ensemble de ces travaux fait le plus grand
honneur à don Alejandro Casarin qui, avec une
ardeur infatigable et une rare facilité de travail,
a fait les plans, dessiné les modèles des meubles
et des boiseries, choisi les bois et les marbres,
peint les plafonds, modelé les statues. Il sera le
Primatice de ce Fontainebleau en miniature,
l'unique palais de l'Amérique du Nord et l'une
des plus somptueuses villas du monde.

JÉSUS ARRIAGA

DIT CHUCHO EL ROTO

Cet intéressant personnage s'est acquis une importance qui appelle sur lui l'attention du voyageur amoureux d'aventures exotiques.

Il est amusant de constater par quelle bizarrerie singulière de nos contemporains, les assassins et les voleurs sont parvenus à conquérir toutes les sympathies que les gens naïfs avaient autrefois l'habitude d'accorder à leurs victimes.

Dernièrement à Paris, Campi et Marchandon, de vulgaires chourineurs, s'étaient fait passer pour des hommes du monde auprès du public imbécile des cours d'assises et avaient réussi à mettre de leur côté toutes les portières de la capitale, qui, pour un peu, seraient venues en chœur se jeter aux genoux du président Grévy pour obtenir leur grâce. Aujourd'hui on s'attendait sur le

sort de ce pauvre Chucho, un si brave homme qui
envoyait en Belgique toutes ses économies pour
payer l'éducation de sa fille dans un couvent de
Bruxelles, et que l'arrestation de son brave homme
de père va déshonorer. Voilà pourtant où nous en
sommes venus depuis que l'Opéra-Comique nous
a seriné *Fra Diavolo*, l'opéra bouffe ses Falsacapa.

Chucho el Roto n'est possible que dans les pays
montagneux où toutes les carrières sont plus ou
moins « d'Amérique » et où l'aventurier a souvent
un caractère chevaleresque qui le distingue et le
relève aux yeux de ses contemporains.

Si j'ai choisi celui-là parmi les héros de la montagne mexicaine, peu nombreux à l'heure actuelle, c'est parce qu'il a été mêlé à mon voyage
au Mexique. Chucho el Roto ne me connaissait pas,
et cependant il a attenté à mes jours, car c'est lui
qui a fait dérailler le premier train allant de
Mexico à New-York, et qui a joué ainsi un rôle
imprévu dans la cérémonie d'inauguration. Que
voulez-vous, Chucho n'aime pas les chemins de
fer, ce sont pour lui des empêcheurs de piller en
rond.

Les méfaits qu'il a commis à Mexico sont trop
nombreux pour être rappelés; il ne s'est pas, depuis plusieurs années, accompli un vol important
sans qu'il y ait pris part : arrêté, condamné,
il s'était échappé et établi à Querétaro, où il

continuait son petit commerce sous les yeux bienveillants des gens qui pleurent aujourd'hui son arrestation, toujours à cause de sa pauvre fille.

Au moment de son arrestation par la police de Querétaro, il essaya de nier son nom d'Arriaga, et dit se nommer José Véga d'Orizaba. Comme il existe réellement une famille de ce nom à Orizaba, le juge insista, lui présenta une de ses photographies prises lors de sa première arrestation et lut un signalement sur un mandat d'amener datant de 1882, qui indiquait deux cicatrices : une à la joue gauche et une à la main droite provenant de sa première profession de charpentier. Devant ces preuves évidentes, Arriaga ne persista pas dans ses dénégations et fut enfermé et gardé à vue.

Le préfet vint le voir dans sa cellule et lui fit remarquer avec une douceur angélique que ce qu'il avait déjà volé dans le passé aurait pourtant dû lui suffire et qu'il aurait pu vivre en honnête homme, ce à quoi il lui répondit solennellement : « J'ai une fille qui fait ses études en Belgique, c'est là que j'envoie tous mes petits bénéfices afin qu'elle acquière une éducation honorable, car pour moi je me doutais bien que cela finirait mal un jour ou l'autre ».

Enfin, il a été remis entre les mains des auto-

rités de Mexico qui l'ont écroué à la prison de
Belem, où il est gardé à vue; il est possible que
cette fois la justice suive son cours et mettre fin
aux exploits d'un bandit qui avait su se créer une
légende par son audace et par la façon impudente
dont il se jouait des murs des prisons les plus
élevées aussi bien que des sentinelles les plus
attentives.

Ses évasions, toutes aussi prodigieuses que variées, sont particulièrement curieuses à connaître.
La prison de Belem a été le théâtre de la plupart.

Une première fois il parvint à dérober la ca-
pote d'un soldat de garde et se sauva sous ce
déguisement. Une autre fois il sauta de la fenêtre
de sa prison sur le sol, et, tout meurtri par la
chute, il eut la force de s'échapper. Dans une autre
occasion, il suscita une révolte parmi les prisonniers, et lorsque la garde commença à tirer des
coups de fusil, il profita de la confusion pour
s'échapper; un jour, il trouva le moyen de s'enfuir
du tribunal où l'on était en train de le juger.

Sa plus curieuse évasion a eu lieu sur le chemin de fer de Vera-Cruz, où il était emmené sous
la garde d'un piquet spécial; un peu avant Paso
del Macho, il entra dans les water-closets; deux
gardes restèrent à la porte; en arrivant à la station
il se laissa glisser par la lunette, et tomba sur le

sol, puis il s'enfuit dans la montagne où l'atten-
daient ses amis.

Arriaga est d'une taille au-dessus de la moyenne.
Il paraît aujourd'hui friser la cinquantaine; sa
tenue est toujours très convenable; il porte habituellement un chapeau de paille de dimensions
ordinaires, et sa physionomie révèle une grande
vivacité. A Querétaro, où il s'était réfugié depuis
le mois de décembre dernier, on l'appelait:
« l'Homme mystérieux », à cause de ses dispari-
tions inexplicables.

Il se promenait tranquillement dans les rues où
il était fort connu, et si tout à coup apparaissait
le képi d'un agent de police, il disparaissait ins-
tantanément comme par miracle.

Il avait à Querétaro trois domiciles qui ont été
trouvés munis d'une machinerie des plus compli-
quées, avec trappes, échelles, etc., de vraies maisons de Hanlon Lees.

Chucho a de nombreux obligés parmi les députés et sénateurs; il n'assassine pas, il tue seulement ceux qui lui résistent ou qu'il considère
comme ses ennemis. Il ne vous prendra rien à
vous voyageur si vous le saluez comme votre
égal, et si vous lui dites que tout ce que vous avez
est à lui. Bien mieux, il vous offrira l'hospitalité
et une escorte pour aller plus loin.

Si le préfet ou le gouverneur est son ami, il

l'aidera à faire la police et ne souffrira pas qu'aucun des siens inquiète les habitants de cet État. C'est un *Caballero* achevé, il n'a pas deux paroles, son amitié et sa haine sont à toutes épreuves. Voilà pourquoi, lorsqu'il ne peut s'évader tout seul, il fait parvenir un mot à un des puissants du moment devant lequel toutes les portes s'ouvrent et qui savent boucher les yeux des gardiens les plus vigilants. C'est égal, voilà un gaillard avec lequel la Compagnie du « Nuage d'argent » devrait bien se mettre d'accord ; j'avoue que, pour ma part, je passerais de meilleures nuits sur les couches luxueuses du Central Railway, si je savais ce *Caballero* en bons termes avec M. Nickerson.

EN TERRE CHAUDE

Vers le milieu du mois d'août, en rentrant à l'heure de la sieste obligatoire, je trouvai un mot de don Carlos Quaglia, le gouverneur de l'État de Morelos, m'informant qu'il regagnait son poste avec quelques amis par des chemins de traverse, et qu'il serait heureux de faire les honneurs de son État au correspondant du *Figaro*.

Une excursion en terre chaude, je vous crois, mon cher monsieur Quaglia, d'autant plus que je vous tiens pour un charmant compagnon avec lequel on a beaucoup à apprendre.

Au Paseo je rencontre Albert Samson : « Vous en êtes, n'est-ce pas! » me crie-t-il du plus loin qu'il m'aperçoit.

Mais, pardon, je désire vous présenter mon ami Samson. C'est un des types les plus réussis de la colonie française de Mexico — où il y en a de

bien bons. — Élève de l'École polytechnique,
Samson est au Mexique depuis quatorze ans; il y
est venu parce qu'il avait souligné ses opinions
politiques le fusil à la main sous le régime de la
Commune. Je crois même qu'il avait été un peu
le collaborateur du délégué à la guerre Rossel,
dont il était le camarade de promotion.

L'amnistie lui permettait de rentrer, mais le
Mexique était devenu sa seconde patrie, et il
ne voulut pas la quitter. Samson adore la vie
large et aventureuse de ce pays où il y a
autant de hauts et de bas qu'il y a de montagnes et de vallons. Plus que personne il subit
toutes les séductions de ce milieu aimable où
son caractère loyal, ses connaissances variées et
son naturel aussi courtois qu'indépendant lui ont
valu de nombreux amis parmi les meilleures familles du Mexique. En sa qualité d'ingénieur, il
a été souvent chargé par son ami intime, le brave
général Pacheco, de travaux importants qui lui
ont rapporté beaucoup d'aventures et pas mal de
piastres. — Il parle la langue castillane avec une
facilité étourdissante, et il explique le pourquoi
des choses avec l'élégance d'un docteur en Sor-
bonne et l'entrain d'un gamin de Paris.

— Et qui vient avec nous? lui demandai-je.

— Trois bons amis à moi : le docteur Govantès,
le major Ricoy et Tovar, le préfet de *Cuernavaca*,

vous serez content. Heureux gaillard, savez-vous
que Quaglia a organisé cette excursion exprès
pour vous? Attendez-vous à être reçu partout avec
les honneurs dus à un ami choyé du gouverneur.
Il va annoncer votre arrivée par télégraphe à
toutes les autorités civiles et militaires, et il vous
conduira chez les riches *haciendados* (fermiers)
de l'État de *Morelos.*—Ah! le beau pays que nous
allons traverser en chemin de fer, à cheval, en
voiture et en diligence. Vous verrez là des sites
merveilleux qui déconcerteront votre plume.

1re JOURNÉE

Rendez-vous à la gare, derrière le palais, à
7 heures. — Nous portons tous le costume mexicain : vestes et pantalons courts et collants, *sombrero* à torsade d'argent, grand revolver *Colt* avec
ceinturon de cartouches.

Le gouverneur a retenu un wagon-salon, nous
nous y installons après avoir donné l'accolade
fraternelle à une excellente gourde de vieux cognac qui vient en droite ligne de chez Voisin —
oui, vous avez bien lu, du *Voisin, de la rue Saint-
Honoré, à Paris, en France* — dont la réputation
ne m'a jamais paru mieux justifiée.

Une locomotive américaine pousse un grand
cri rauque, nous voilà partis... D'abord nous

filons à travers de vastes champs d'aloès, de cactus et de maïs, desquels surgissent à de longs intervalles quelques huttes en *adobe*, ou mottes de terre séchées au soleil. — La voie est gardée par des employés armés d'une lance au bout de laquelle est attaché un guidon blanc. Nous longeons le lac de *Texcoco*, sur lequel est bâti Mexico et qui vaut à cette ville tant de fièvres de marais; puis nous nous mettons à descendre. Au fur et à mesure que nous diminuons d'altitude, les ardeurs du soleil deviennent plus intenses; en revanche, notre respiration est moins gênée et la transpiration — chose inconnue sur le plateau de Mexico — commence à perler sur nos fronts.

A *Amecameca*, nous sommes au pied du *Popocatepelt*, ou plutôt au village d'où l'on part pour faire l'ascension de ce géant qui a 600 mètres de plus que le Mont-Blanc — et d'où l'on découvre une région de 40 lieues carrées — et le golfe du Mexique, situé à 50 lieues de là. Ce volcan éteint est le plus haut point de l'Amérique du Nord. — Les Aztèques avaient érigé en divinités le *Popocatepelt* (montagne qui fume) et l'*Ixtaccihualt* (Dame blanche), presque aussi haute que son voisin. Cette dernière produit réellement l'effet d'une femme colosse aux puissantes mamelles, étendue sur le dos — recouverte d'un manteau de neige d'une blancheur éclatante.

A partir d'*Amecameca* nous filons directement sur la terre chaude — en passant par *Ozumba*, *Nepantla* et *Yecapixtla*, villages qui furent, il y a trois siècles, les champs de bataille de Fernand Cortès et des rois indiens. En vérité, il y a là des sites charmants, souvent grandioses; mais quelle singulière voie que ce chemin de fer de Morélos!

L'ingénieur a dû suivre les ordres de son patron — car aucun ingénieur jouissant de son bon sens n'aurait construit une ligne qui ressemble plus à un labyrinthe compliqué à plaisir qu'à une route pour aller d'un point à un autre. — Il y a des petites collines que nous contournons plusieurs fois avant de nous décider à les lâcher; on se croirait sur un de ces chemins de fer d'enfant que l'on trouve dans les foires, où ils font concurrence aux chevaux de bois.

L'entrepreneur recevant du gouvernement tant par kilomètres de rails posés, son intérêt d'entrepreneur lui défendait d'abréger la distance. Quelle différence avec la voie ferrée de Vera-Cruz à Mexico, construite par les Anglais et où les obstacles à surmonter étaient autrement difficiles.

Un des plus effroyables accidents connus dans les annales de la traction à vapeur eut lieu dernièrement sur cette ligne, à *Yecapixtla*.

7

Il y avait eu fête à Cuautla, la ville voisine ; trois cents soldats avaient assisté à ces réjouissances.

L'entrepreneur, M. Delphin Sanchez, rassembla ces militaires, les fit monter dans un train de marchandises lourdement chargé de pétrole et d'eau-de-vie, puis expédia le tout par grande vitesse à Mexico. Arrivé sur un pont jeté en travers d'une *baranca* (fossé), la charpente dont les bois étaient pourris s'écroula et précipita la locomotive, avec tous les wagons, en bas du fossé. L'huile et l'eau-de-vie s'enflammèrent. — Trois cents et quelques personnes trouvèrent la mort dans une agonie épouvantable. Quand on sut la nouvelle, il y eut un cri unanime d'indignation à Mexico ; les parents et amis des sinistrés parcoururent le pays avec l'intention bien arrêtée de pendre haut et court le nommé Delphin Sanchez. Celui-ci se déroba à cette justice sommaire en se cachant dans une plantation de cannes à sucre. Les morts vont vite : deux ans plus tard une note paraissait à l'*Officiel*, faisant l'éloge de Sanchez et lui confiant la construction d'un autre chemin de fer ! Il est vrai que cela se passait sous la présidence du général Manuel Gonzalès, et qu'un pareil scandale ne pourrait se reproduire avec un chef d'État aussi intègre et aussi soucieux de sa bonne renommée que le général Porfirio Diaz.

Cuautla est la principale ville de l'État de Mo-rélos; le nom vient de *Quauhtli* (ravissantes collines). — Notre train passe à travers les rues où je vois des maisons coquettes à côté des cases indiennes en *adobe*. La végétation est si puissante que les rails disparaissent sous des branches de ricin, de palmiers et de grandes lianes qui s'enchevêtrent autour des traverses.

Tous les mois les employés sont obligés d'enlever par leurs racines des plantes énormes qui sortent de la voie comme par enchantement et la transformeraient vite en un fourré tropical.

Deux mille Indiens sont à la gare, vociférant, gesticulant et faisant partir des pétards. — Quarante musiciens de la garde rurale embouchent leurs instruments de cuivre et attaquent la *Marseillaise*. — Le préfet de *Cuautla*, l'honorable Mascarera, nous attend au marchepied du wagon-salon; — derrière lui viennent l'alcade et ses adjoints.

Après des protestations d'amitié et des étreintes énergiques, nous nous réfugions tous contre les ardeurs du soleil dans une auberge, à proximité de la gare.

Cette grande baraque en briques blanches et rouges effritées, entourée d'un jardin débraillé,

est une *fonda* tenue par un vieil insurgé polonais. de Varsovie. Comme j'avais été prévenu de
la nationalité de l'aubergiste, je réponds à son
salut mexicain par quelques paroles en langue
russe; le bonhomme se déride, son œil brille, il
a l'air de sortir d'un long sommeil; — puis, je
lui dis en polonais : « Il y a deux ans à pareille
époque j'étais à Varsovie, le pays où tous les
hommes sont braves et où toutes les femmes sont
belles. » Alors le vieux me saute au cou et se
met à pleurer comme un enfant. « Il y a
trente ans, me dit-il, que je n'ai entendu la
langue de ma mère — soyez doublement le bien-
venu. »

Après cette petite scène digne des plus beaux
jours de l'Ambigu, le bonhomme surmonta son
émotion et fit venir d'excellentes bouteilles de
Xérès que nous bûmes de grand cœur à sa patrie
absente. — Quant au déjeuner, le gouverneur
l'avait commandé par le fil électrique; il fut suc-
culent et des plus gais. Je ne vous citerai pas tous
les plats de ce festin, j'aurais l'air de vouloir
faire concurrence à Monselet; mais je ne puis
passer sous silence un certain plat de truites.
Ces poissons, qui sortaient de la rivière de
Cuautla, nous étaient servis par fournées comme
des crêpes. Jamais je n'ai rien mangé de plus
exquis. Albert Samson leur trouva un nom scien-

tifique et profita de la surprise qu'il nous causa
pour en manger plus que sa part.

Pendant le déjeuner, nouvelle sérénade, nou-
velle *Marseillaise* et excellents cigares de la
« Compagnie des tabacs mexicains » — signé :
Daniel Lévy.

Après la sieste — nous passons le reste de la
journée à parcourir la ville, à visiter les églises,
les monuments et à présenter nos devoirs aux autorités locales. Le soir, illumination générale,
feux d'artifice — et *aguacero* en notre honneur.
Ce dernier divertissement ne figurait pas, à vrai
dire, sur le programme, mais il n'était pas le moins
intéressant pour moi. Voici en quoi il consiste :
Le ciel devient noir comme de l'encre, des éclairs
s'entre-croisent en zigzags aveuglants, puis une
série de détonations formidables, répercutées
dans la montagne, font taire les hommes et af-
folent les bêtes. Quelques minutes après, la pluie
tombe par paquets, on se croirait sous une douche
monstrueuse circulaire et ascendante. — Le
moyen de s'étonner après cela d'une végétation
aussi généreuse! Un pareil soleil et une pareille
pluie ne peuvent enfanter que des phénomènes!

Nous couchons sur de petits lits de camp ins-
tallés au milieu de la chambre, de façon à éviter
les *alacrans*, scorpions de la terre chaude,
— aussi communs que les guêpes en France.

La piqûre de cette bête brune au corps allongé, aux pinces en forme de croissant et à la queue flexible, est souvent mortelle. L'*alacran* émet un son qui ressemble à celui du cri-cri. Avant de se coucher il est d'usage d'aller les clouer contre le mur avec des épingles, de crainte qu'ils n'atteignent le plafond et ne se laissent tomber sur le lit. — Il y a des villes où une femme ne peut sortir à pieds sans en trouver une demi-douzaine dans ses jupes en rentrant. — L'accoutumance du danger finit par en inspirer le mépris — et le *caballero* qui ferait des embarras pour un malheureux *alacran* trouvé sur son lit ou dans ses bottes exciterait la risée des personnes présentes. — Je ne crois pas que les scorpions m'aient empêché de dormir, quoique Samson prétende m'avoir vu dans la nuit allumer une bougie pour chercher sous le lit et sur les murs des *alacrans* imaginaires; mais ce dont je suis sûr — c'est d'en avoir rêvé.

2ᵉ JOURNÉE

A cinq heures du matin, une ombre se dresse à mon chevet, l'ombre me crie : — « Allons! debout, les chevaux sont là ». Quels chevaux? m'écriai-je encore à moitié endormi. — « Ah ça, me dit le Dᴿ Govantès, vous aviez donc oublié votre promesse de venir faire un temps de galop avec moi dans la montagne? — Mais non, mais non, m'écriai-je tout à fait réveillé, excusez-moi, vous êtes un ange, mon cher docteur, d'avoir donné suite à cette excellente idée; le temps de fourrer ma tête dans un baquet d'eau et je suis à vous! »

Dix minutes après nous étions à cheval avec une escorte de deux gardes ruraux armés jusqu'aux dents, carabines en bandoulière, revolver et sabre. Nous sommes seuls dans la rue, les bonnes gens de *Cuautla* attendent le soleil pour se lever — et ne comprennent guère que nous nous dérangions pour aller à sa rencontre.

Juan Govantès est le médecin des fous de Mexico, — c'est un fin lettré et un esprit des plus déliés; il parle français avec aisance, et ce qui vaut encore mieux, bavarde dans cette langue avec toute la franche cordialité d'un Gaulois, — et cependant il n'a jamais quitté le Mexique! Je n'aurai qu'un reproche à lui faire, c'est d'avoir poussé l'amitié jusqu'à chercher à me faire apprendre les gros mots de la langue castillane; grâce à lui je possède un vocabulaire épouvantable d'imprécations espagnoles qui ont dû me faire bien du tort auprès des *gachupins* — à en juger par le plaisir que prenaient les Mexicains à me les faire répéter.

Nous sommes vite sortis de la petite ville, et après avoir franchi le pont qui traverse la rivière, nous tournons la tête de nos chevaux dans la direction du *Popocatepetl* et nous partons au galop dans la campagne, toute voilée d'une belle rosée blanche et transparente. — Les premiers rayons du soleil ne tardent pas à se montrer et à nous révéler toutes les beautés de ce paysage tranquille et hardi. Au bout d'une heure, nous nous arrêtons sur la crête d'une colline escarpée, semée de gros arbres et de rochers habillés de mousse. Nous mettons pied à terre et nous descendons vers une petite rivière qui bouillonne en sautant de pierre en pierre, comme une jeune nymphe folle de son corps. Nous remontons vers sa source — une crevasse dans le flanc volcanique de *Popocatepetl*. L'eau bleutée et trouble dégage une forte odeur de soufre. Il paraît qu'elle possède les mêmes vertus curatives que celle d'Aix-les-Bains. — Combien de stations thermales sans rivales au monde ne pourrait-on pas exploiter au Mexique! Pour ma part, j'ai vu au moins dix sources merveilleuses, dont deux ou trois à une demi-heure de voiture de la capitale, où l'on pourrait attirer les malades du Mexique et des États-Unis. Mais patience, il ne faut pas chercher à « danser plus vite que les violons » — surtout dans un pays où les violons ne sont pas pressés. A neuf heures, nous rentrons et nous prenons une douche, puis une grande tasse de café au lait avec Quaglia, Tovar et Samson, qui paraissent regretter de n'avoir pas pris part à notre sortie matinale.

Carlos Quaglia nous annonce que nous sommes invités à déjeuner par *Mendoza Cortina*, le planteur de cannes à sucre. Ce favori de la fortune possède près de quarante lieues carrées entièrement recouvertes de cette plante aussi gracieuse que productive.

Avant de nous rendre à l'hacienda de *Cuahixtla*, où réside ce richissime cultivateur, nous allons faire un tour dans la propriété d'un de ses confrères. — C'est un jardin dans un jardin. J'y ai vu réunis toutes les plantes, fleurs et arbres fruitiers de terre chaude — et j'avoue m'être cru subitement transporté dans un monde meilleur où le rêve devenait la réalité, et où il y avait quelque chose de « féerique » qui ne fût pas du domaine purement imaginaire des *Mille et une nuits*. Il paraît que je dois en voir bien d'autres ; — je m'arrête donc au moment où j'allais saisir mon crayon dans l'espoir de vous faire partager mon plaisir.

⁎

Mon ami le gouverneur Quaglia est un artiste ; il aime son pays jusque dans ses verrues. Après

7.

m'avoir ébloui par le luxe de ce *Paradou* tropical,
il veut me montrer la prison de la ville. — « Dans
le pays de mon père, me dit-il (M. Quaglia est
d'origine italienne), on a l'habitude de mettre des
oiseaux en liberté pour fêter un grand personnage. Aujourd'hui « Figaro » est notre hôte, je ne
puis mettre des oiseaux en liberté, ils le sont
tous; mais je veux gracier des prisonniers en
votre honneur. Voulez-vous venir avec moi? »

Une prison mexicaine, voilà qui ne doit pas
manquer d'intérêt, surtout lorsqu'on la visite
dans de telles conditions.

La sentinelle présente les armes au gouverneur et le gardien fait jouer les gros verrous
de bois de son lugubre palais. Un instant après,
nous sommes entourés de figures de voyous indiens qui s'adressent tous au gouverneur en lui
racontant leur cas. Carlos Quaglia demande à
voir le registre et, d'après le nombre de bons
points affixés au nom des détenus pour délits
de droit commun, il choisit une dizaine de ces
pauvres diables et leur signifie qu'ils sont libres.
Joie de ceux-ci et murmures de ceux qui restent.

C'est le tour de messieurs les assassins. Avant
de les faire entrer, le gardien fait occuper le
grand parloir par des gendarmes qui se rangent
l'arme au pied devant la porte qui va s'ouvrir.
Deux énormes verrous sont tirés : — une tren-

taine d'hommes à la figure hideuse, au regard
haineux, au front bas, aux lèvres bestiales, arrivent lentement et silencieusement devant nous
en s'efforçant vainement de prendre un air qui
puisse inspirer la pitié et la clémence. J'ai visité
toutes les prisons d'Europe, mais je ne me souviens pas d'avoir vu une collection de têtes aussi
horriblement déformées par le vice.

Il y en avait un qui avait assassiné son frère et
sa mère pour une bouteille *d'aguadiente*, qu'ils
lui avaient refusée! Un autre qui avait tué ses
enfants et sa femme pour pouvoir se remarier, un
troisième qui avait étranglé sa belle-mère. En
apprenant quel avait été le crime de ce dernier,
je dis à Quaglia, en français: « Figaro » recom-
mande à votre indulgence cet égaré qui a eu tort
sans doute de se faire justice lui-même, mais qui
a dû être poussé à bout par ce démon du foyer
qui s'appelle une belle-mère. — Le gouverneur
cligna légèrement de l'œil, demanda au gardien
combien le prisonnier en question avait encore
d'années à purger, et en apprenant qu'il lui
en restait dix, il lui en retrancha neuf du coup.
Belle-mère! du haut du ciel, ta demeure dernière, tu ne dois pas être contente!

Après avoir signé quelques autres commuta-
tions de peine en faveur de condamnés beaucoup
moins intéressants que mon protégé, le gouver-

neur m'entraîna hors de la prison pendant que la garde refoulait derrière leur grille ces sinistres coquins.

C'était l'heure de l'apéritif obligatoire — bien que superflu dans une expédition où l'appétit s'ouvre tout seul. Après avoir rempli cette formalité, nous montons dans la voiture d'un petit tramway qui nous mène à travers deux lieues de cannes à sucre. De tous les côtés, aussi loin que l'œil peut sonder, on ne voit que des tiges d'un vert tendre et clair, deux fois plus hautes qu'un homme. Ce vaste champ est soigné comme un jardin, arrosé à la main par des milliers d'Indiens, débarrassé chaque jour des mauvaises herbes qui pourraient absorber une partie de la sève et surveillé par des gardes à cheval contre les déprédations des rôdeurs et des ennemis. Au Mexique il est rare qu'un homme riche — surtout quand il est Espagnol — n'ait pas autant d'ennemis que les chiens ont de puces.

Chemin faisant Quaglia me dit : il faut me permettre de vous rappeler quelques détails historiques sur le héros dont mon État porte le nom ; votre excursion ne vous en paraîtra que plus intéressante. — On donna le nom de Morélos à cette belle province parce que le célèbre chef insurgé de ce nom y soutint un siège contre les Espagnols à l'époque de la guerre de l'Indépendance. — Mo-

rélos était comme vous savez un prêtre — mais ce
que vous ignorez peut-être c'est qu'il était le père
du fameux *Almonte*, le diplomate qui conçut
l'idée de l'empire mexicain. *Al monte* signifie « à
la montagne ». Morélos ne se séparait jamais de
son fils dans ses campagnes et lorsqu'il y avait
quelque danger, il criait : *El niño, al monte*
(allons l'enfant à la montagne). — Il est curieux
de voir l'enfant Almonte contribuer à restaurer
l'empire dans ce pays que le père avait délivré
du joug étranger au prix de sa vie.

Laissez-moi vous esquisser les hauts faits du
père.

*

Jose Maria Morélos naquit en Morélie le 30 septembre 1765. Ses parents étaient pauvres et, jusqu'à l'âge de trente ans, le jeune Morélos gagna sa
vie comme vacher. Poussé par ses aspirations il
fut envoyé au collège de Saint-Nicolas, en Morélie, et travailla pour entrer dans les ordres sous la
direction du Père Hidalgo. Ordonné prêtre, il
occupa différentes cures.

Lorsque la révolution éclata (1810), Morélos,
plein d'enthousiasme et de conviction, en devint
un des chefs. En 1811, les Espagnols recon-
naissaient en lui un vaillant champion de l'Indépendance mexicaine. Le 5 décembre de la
même année il défit Musito, le chef espagnol et

le passa par les armes. Le 10 il entrait à
Yzucar sous un arc de triomphe de lauriers. Le 17
il battait les royalistes devant cette ville. En
janvier 1822, le brigadier Porlier attaqua Morélos
espérant le vaincre, mais le courageux prêtre
et ses troupes irrégulières détruisirent entièrement l'armée de Porlier, et la côte du Pacifique
fut débarrassée des Espagnols. Morélos rassembla 3,000 hommes à *Cuautla* pour attaquer la ville
de Mexico.

Trois fois les Espagnols furent repoussés avec
de grandes pertes. Après soixante-deux jours de
siège, Morélos se fit jour à travers les colonnes
ennemies, passa comme un éclair au milieu des
assiégeants et de *Cuautla* se rendit précipitam-
ment à *Tehuacan* en octobre 1812, attaqua *Orizaba*, l'enleva à la pointe de la baïonnette, fit un
grand nombre de prisonniers et s'empara d'une
quantité de tabac évaluée 75,000,000 de francs,
jolie prise soit dit en passant pour un insurgé
dans la gêne.

De *Oaxaca* il passa à *Acapulco* où la garnison
espagnole et la marine royale capitulèrent le
25 août 1813. Le 14 septembre de la même année, Morélos réunissait à *Chilpancingo* le premier
congrès mexicain. Le premier acte du congrès
fut de nommer Morélos capitaine général : après
avoir réorganisé ses forces, il attaqua *Morélia* le

22 décembre. Il fut repoussé et Matamoros, son
lieutenant fut fait prisonnier. A travers les montagnes, Morélos revint à *Acapulco* pour protéger le
congrès. On se battait chaque jour avec acharne-
ment. Près de la ville de *Texmalaca,* il fut fait
prisonnier, le 5 novembre 1815, et passé par les
armes le 21 décembre à San Christobal Teatepec.

Vous avez dû être présenté aux petites-filles de
Morélos, deux jeunes femmes bien connues de la
colonie américaine de Paris, où elles habitaient
encore tout dernièrement le quartier des Champs-
Élysées. — A Mexico, on reconnaît facilement les
demoiselles *Almonte y Herran* — à leurs allures
indépendantes et prime-sautières.

* *

Arrivés à *Coahuixtla,* nous gravissons lentement une pente pierreuse conduisant à un véritable château fort avec des approches solidement fortifiées. Figurez-vous un vieux village
espagnol dont les maisons formeraient un grand
carré creux, planté irrégulièrement sur le versant d'une colline; dans un coin de ce carré,
un édifice flanqué à l'extérieur d'un escalier
tournant et protégé par de lourdes portes en bois
et en fer; les murailles sont épaisses, sombres et
rugueuses; dans un autre coin une vaste construction ayant plutôt l'air d'un donjon à ou-
bliettes que d'une usine de raffinerie; autour

du village, des remparts délabrés en terre et en briques: c'est l'*hacienda* de Don Manuel Mendoza Cortina. Ce propriétaire, m'assure-t-on, est une exception à la règle, il n'a rien de commun avec ceux qui après avoir été chassés à coups de fusil du pays, ont trouvé le moyen d'y rentrer pour exploiter les passions et les faiblesses de cette noble race indienne.

Sur le perron, entouré de ses employés, le vénérable Mendoza Cortina nous attend et il descend les marches de l'escalier pour venir au-devant de nous. — Malgré son grand âge c'est un homme très valide et de haute mine, vêtu d'un complet de coutil bleu. Il me serre la main et m'affirme que tout ce qu'il a est à moi, que je puis en disposer à ma fantaisie: enfin me voilà à la tête d'une hacienda et de propriétés valant bien vingt-cinq millions de francs! Comment vais-je en disposer? Don Manuel me tire d'embarras en m'offrant un verre de bière de San Louis. — C'était donc un rêve? Du moment où c'est lui qui offre, il est clair que je ne suis pas chez moi. Je me console de mon mieux en buvant la bière et en caressant un magnifique chien danois — lequel tente aussitôt de me mordre, sans doute pour me faire comprendre que lui non plus n'est pas à moi.

J'aurais cependant mauvaise grâce à ne pas reconnaître la large hospitalité de ce doux vieil-

lard, lequel, pour me mettre encore mieux à mon
aise, me dit :

« Nous avons ici une surprise à vous faire, qui
« vous intéressera sans doute plus que tout ce
« que nous pourrons vous montrer dans l'*ha-*
« *cienda*. C'est un rédacteur du *Figaro*. » — Quoi!
m'écriai-je, un confrère, un collaborateur — en
pleine terre chaude absolument comme si j'étais
à dix minutes de Tortoni!

« J'ai l'avantage de vous présenter M. Louis de
« Balestrier qui a collaboré autrefois au *Figaro*,
« lequel est maintenant mon secrétaire particu-
« lier et le plus entendu de tous mes contre-
« maîtres. — Il voudra bien vous servir de
« cicerone dans l'usine et il pourra vous initier
« à tous les mystères de la fabrication du
« sucre! »

Ce gentilhomme français, vivant avec un mil-
lionnaire en blouse et deux chiens au milieu
d'un océan de cannes verdoyantes, m'inspire tout
de suite autant de curiosité que de sympathie.

Et par quel hasard, monsieur, êtes-vous venu de
la rue Drouot jusqu'ici, lui dis-je? Oh! c'est toute
une histoire — un roman d'aventures — bast! à
quoi bon vous le raconter, on n'entend que cela
au Mexique — il vous suffira de savoir qu'après
des revers de fortune je cherchai à gagner ma
vie dans le journalisme, puis n'y parvenant pas,

je vins à Mexico où je mis la main à toute espèce
de besognes, sans parvenir à conjurer la guigne
et à me tirer d'affaires. Un beau jour je fus en-
gagé par un industriel de Marseille, comme interprète ; il venait poser des appareils perfectionnés
dans cette *hacienda*, je le suivis, et j'eus la bonne
fortune de plaire à M. Mendoza Cortina qui m'offrit d'abord deux cents piastres par mois, pour
finir par me confier la surveillance de ce
vaste domaine. Je ne m'amuse pas précisément,
mais je me suis « emballé » sur la canne à sucre
et suis devenu d'une jolie force sur le *Clairçage*,
les *Cuissons dans le vide*, les *Filtres Taylor*, les
Étuves, les *pompes pneumatiques* et tout ce qui se
rapporte au sucre. Regardez mon excellent patron, voilà trente ans qu'il passe son temps sous
sa blouse bleue, assis sur une pierre, le menton
dans la main, ses deux chiens couchés à ses côtés,
devant un de ces interminables champs de cannes.
Il a des millions — mais son plus grand
bonheur au monde est de caresser ses chiens et
de causer d'un perfectionnement pour la culture
de la canne ou d'un nouveau système d'ex
traction.

Moi je n'en suis pas encore au chien, mais j'en
suis à ne désirer rien de mieux que la bonne
venue de ces grands panaches verts. — En vous
entendant parler, il me semble écouter une voix

d'outre-tombe. — Vous êtes le premier Parisien
que je rencontre depuis longtemps.

M. de Balestrier se calomnie en disant qu'il
s'est identifié avec la canne à sucre. J'ai trouvé
au contraire en lui un esprit fort éclairé sur tout
ce qui concerne le Mexique et un causeur charmant dont il était facile de reconnaître le pays
d'origine.

Nous visitons les *filtres*, *turbines*, *claires*,
grands fourneaux et *petits fourneaux*, machines
puissantes et ingénieuses, le dernier appareil que
vient d'installer un ingénieur français, M. Léon
Laîné, — le *noir animal* et une foule d'autres
choses imaginées pour torturer, pressurer cette
jolie canne et transformer son liquide savoureux
en pains de sucre blanc.

Tout le monde à table! Ce déjeuner est un
dîner, un banquet pantagruélique dont je renonce à dresser le menu. — Tout ce que je puis
faire, c'est d'indiquer le point de départ. Nous
sommes cinquante-trois à table dans une vaste
salle et nous commençons par un mouton entier,
accompagné de riz, d'œufs pochés et de bananes
frites. Il y a vingt-cinq plats de cet acabit que
nous arrosons de bière américaine, et de vins
d'Espagne. — Après déjeuner je faisais plus
ample connaissance avec mon confrère de Balestrier, lorsque celui-ci me proposa de « brûler » la

sieste et d'aller faire un tour à cheval *à l'ha-
cienda de bénéficio de patio*, dirigée par Don
Fernando Cortina Barrios, le cousin de Don
Manuel.

Ce dernier est bien un des plus agréables *gentle-
men* auxquels j'aie serré la main dans le Nouveau
Monde. Don Fernando a longtemps résidé en
Europe, et particulièrement à Londres, où il
me déclare s'être beaucoup plu. Quel contraste cependant entre la métropole brumeuse et
bruyante, et cette campagne inondée de soleil,
où l'on ne perçoit que le chant d'un oiseau ou
le bruissement des tiges vertes froissées par les
chevaux!

Une usine de réduction pour des minerais
d'argent est toujours intéressante, surtout lorsqu'il s'agit de faire connaissance avec le système
par lequel les Espagnols ont réduit le caillou ar-
gentifère depuis trois siècles, système bien diffé-
rent de celui employé par les Américains d'aujourd'hui.

Une heure de promenade à travers champs
nous amène à l'usine. Nous donnons nos chevaux
à un *peon* (ouvrier mineur) et nous entrons dans
une cour où il y a des petits tas de terre brune
rangés les uns contre les autres. — Vous voyez
cela, me dit Don Fernando en prenant une poignée de cette terre et en me la mettant dans la

main ; c'est de l'argent, il y en a pour vingt mille piastres (cent mille francs) dans cette cour.

— Ne craignez-vous pas qu'on vous vole, lui demandai-je.

— Oh ! non, me répondit-il, qu'est-ce que les voleurs en feraient. Il y a une loi qui nous oblige à porter tous nos lingots d'argent à la monnaie et on ne les accepte que sur certificats d'origine, puis tous les ouvriers sont surveillés pendant le travail et fouillés avant de sortir. Du reste, je vais vous expliquer en détail notre façon de procéder.

Une fois le minerai extrait de la mine, on l'écrase avec une pierre de meule recouverte d'une épaisse bande de fer. La roue est mise en mouvement par deux mulets attachés à un arbre moteur. Il y a un tamis grossier en fer sous la pierre, et au fur et à mesure que le minerai est écrasé, le *peon* le place sur le tamis.

Tous les petits morceaux obtenus ainsi sont entassés dans un caveau qui se trouve sous le tamis. Ensuite on les place sur des litières et on les transporte aux *arrastras*, qui sont des pierres plates en granit, tournant dans un grand baquet, lequel est à moitié plein d'eau. Les *arrastras* moudent les morceaux de minerai en poudre fine dans l'espace de vingt-quatre heures. Le minerai pulvérisé prend le nom de *Lama*, on le place dans

une auge (*batea*) et on le porte au *patio* ou à la
cour. Le *patio* qui a donné son nom au système
est pavé avec des pierres plates. On place dessus
la *lama* humide jusqu'à une hauteur de soixante
centimètres. Dans cette masse boueuse on introduit du *magistral* (sulfate de fer et de cuivre) ou
du vitriol bleu, du sel et du mercure, puis on fait
piétiner cette *torta* comme on l'appelle, par des
mulets. Un *peon* retrousse ses pantalons (quand
on peut donner ce nom au vêtement indispensable dont il est recouvert) et se tient debout
dans la *torta* avec les rênes de trois mulets entre
les mains. Le conducteur excite ses bêtes et les
fait marcher dans toutes les directions, de façon
que le minerai pulvérisé s'imprègne des différentes substances chimiques. Les mulets s'agitent dans la *torta* pendant sept heures chaque
jour et pour que la masse soit convenablement
mélangée, il faut de deux à quatre semaines,
selon la qualité du minerai.

La *torta* est alors portée dans des *lavaderos* ou
grandes citernes, où on la lave, en la brassant
avec des gaules. L'argent étant plus lourd que le
reste, se précipite au fond de la cuve, et deux ou
trois jours après, on peut tirer l'eau boueuse.
L'amalgame ou *polla*, qui a été ainsi obtenu, est
sorti des *lavaderos*, déposé dans une sorte de
four ou trou creusé dans la terre et recouvert

d'un capuchon métallique appelé *Capellïna;* le mercure se dégage par le procédé de la distillation et au bout de quatre jours il ne reste plus qu'un bloc d'argent tout prêt à être monnayé.

C'est par ces moyens que depuis trois siècles on a retiré des minerais mexicains la somme énorme de P. 3,700,000,000, *dix-huit milliards, cinq cents millions de francs,* et que l'on exporte encore en Europe tous les ans environ P. 14,000,000 ou 70,000,000 de francs!

Cette usine rapporte à Don Fernando cent mille dollars par an. « Je connais des mines, me dit-il, qui rapporteraient certainement plus. Amenez-moi des capitaux et nous nous associerons; je me promets tous les ans de retourner en chercher à Londres, mais franchement, je gagne assez pour ne pas être contraint de courir après des capitalistes aussi éloignés. Il y aurait moyen de faire de belles affaires avec les Américains, si ces braves *Yankees* n'étaient pas aussi impatients et avaient un peu plus de souplesse dans leurs manières. L'Anglais est raide comme la justice, mais il apporte dans les affaires un grand sentiment des convenances, et nous aimons avant tout à traiter avec des gens bien élevés. »

Retour à l'*hacienda* par un soleil couchant qui inonde toute la vallée de ses rayons dorés et met en relief les collines bleues et les cimes neigeuses des hautes montagnes.

Il nous faut maintenant prendre le « coup de l'étrier » en remerciant sincèrement Don Manuel et Don Fernando de leur hospitalité si cordiale.

— N'oubliez pas, me dit Don Fernando en me donnant une vigoureuse poignée de main britannique, que vous avez laissé un ami à *Cuauhuixtla*.

— Mille grâces, Don Fernando, souvenez-vous que nous avons rendez-vous à Londres !

En attendant ce voyage à Londres, nous réintégrons l'auberge du brave polonais à *Cuautla*.

Nous n'avons que le temps de faire un bout de toilette et de dîner à la hâte. On nous attend à la municipalité où un bal populaire a lieu en notre honneur.

Avant d'entrer au bal, le gouverneur me conduit dans la salle de délibération de l'hôtel de ville pour me faire asseoir dans le fauteuil du héros Morélos et me montrer la grande table de chêne sur laquelle fut signé l'acte d'indépendance mexicaine.

Au-dessus de l'énorme fauteuil dans lequel je me carre, j'aperçois le portrait de Morélos — tête énergique enroulée dans un foulard, que l'on retrouve un peu partout au Mexique — avec son compagnon de lutte, le curé Hidalgo.

* *
*

Un bal en terre chaude, avec des danses nationales n'est pas un spectacle à dédaigner. A peine sommes-nous entrés, que les danseurs s'arrêtent et que la musique joue la *Marseillaise*.

C'est gentil de nous jouer ça en guise de bienvenue, mais ces strophes sanguinaires détonnent un peu dans ce milieu paisible. N'y aurait-il pas moyen de mettre cet hymne révolutionnaire en polka à l'usage des gens qui aiment à manifester dans les bals? L'orchestre, composé de quatre guitares, trois mandolines, un piano, deux flûtes et une grosse caisse, s'arrête après le premier refrain, et nous déposons les armes pour offrir notre bras à d'accortes *signoritas*. On me présente à la fille d'un *ranchero* (fermier métis, moitié espagnol, moitié indien), la signorita *Concha* — ce doux nom familier aux débitants de tabac parisien est le diminutif de *Conception*, un nom aussi commun au Mexique que Marie l'est en France. Concha est une jolie brune aux grands yeux longs, doux, humides, qui lancent des éclairs. Son opulente chevelure noire coiffée avec la raie à gauche et un grand bandeau descendant sur la tempe droite jusqu'au sourcil, encadre un visage ovale au teint mat. Son costume se compose d'un jupon de soie rouge, d'une veste olive brodée d'argent et de fleurs et d'une gorgerette de fine batiste. Nous nous mêlons aux toilettes

bigarrées, curieusement éclairées par des lanternes chinoises et des torches de résine parfu-
mée, placées autour des musiciens. C'était la
première fois que je dansais la *havanaise,* sorte de
valse lente où les couples se meuvent langoureu-
sement, s'arrêtent pour se balancer avec d'autres
couples et se remettent ensuite à tourner volup-
tueusement au son d'une musique pleine de
soupirs et de sourires. La *Tanza,* comme on appelle ce pas ondoyant, est avant tout un pré-
texte à causerie et une occasion d'échanger ces
mille propos galants plus tendres que la froide flir-
tation du *Yankee* et moins vifs que la déclaration
passionnée du Parisien. J'ai cru remarquer aussi
que la coquetterie mexicaine était d'une nuance
plus délicate que celle de l'Espagnole, qui a
généralement une façon d'être un peu criarde et
débraillée.

C'est également la première fois que je vois
danser le *Jarabe.* Place à mon compagnon de
voyage le major Ricoy! un tout jeune officier très
estimé de ses supérieurs et qui me paraît obtenir
beaucoup de succès auprès des jolies indigènes.
M. Ricoy fait face à une gracieuse jeune femme
dont les vêtements collants dessinent à merveille
la taille cambrée et le buste palpitant. En se
tenant à deux mètres l'un de l'autre, ils piétinent
avec la pointe et le talon sans faire de mouve-

ments bien perceptibles. La femme a ses bras
serrés contre les hanches et l'homme a les siens,
repliés derrière le dos. Ils piétinent ainsi sur
place, pendant cinq minutes, puis se meuvent en
décrivant un demi-cercle, sans modifier le pas ou
l'allure. Au bout d'un quart d'heure le mouvement s'accentue un peu, et le cavalier enlève son
sombrero pour le poser sur la tête de sa danseuse.
Alors les spectateurs battent des mains et poussent des cris de satisfaction. Un autre cavalier
remplace le major Ricoy et au bout de quelques
minutes met son chapeau sur celui de son prédécesseur, un troisième lui succède et ainsi de
suite, jusqu'à ce que la danseuse s'arrête et tende
la main au vis-à-vis qui a sa préférence. Il n'est
pas rare qu'à ce moment-là, la danseuse ait sept
ou huit chapeaux sur la tête.

Ensuite nous avons assisté au pas de l'écharpe.
Une danseuse reçoit de son cavalier une *faja*,
écharpe rouge que le *ranchero* porte autour de la
taille. Elle la laisse tomber à ses pieds, puis se
met à exécuter sur un rythme saccadé et mono-
tone une série de petits pas au-dessus de l'é-
charpe. Quand elle s'arrête haletante, le cavalier
se baisse, ramasse l'écharpe et la fait passer aux
spectateurs. Nous constatons qu'elle a été nouée
par les pieds agiles de la danseuse et nous applau-
dissons à ce gracieux tour d'adresse.

On nous passe un rafraîchissement fait avec
des ananas, des oranges, et des fraises — tout le
monde fume, les fenêtres et les portes sont
grandes ouvertes — et la foule nous attend au dehors en tirant des pétards et en poussant des *vivats*.

3ᵉ JOURNÉE

A quatre heures du matin — nous remontons
dans le wagon-salon qui nous a amenés à *Cuautla*
et nous partons par un clair de lune pour *Yautepec*.

Impossible d'aller plus loin sur ce chemin de
fer de *Morélos* qu'un entrepeneur audacieux a
décoré du nom pompeux de *chemin de fer interocéanique*. — Pendant trois quarts d'heure que
dure le trajet nous restons continuellement en
présence de la *Dame-Blanche*, dont nous pouvons
admirer à notre aise les formes gigantesques et
sculpturales. Je dois avouer que je ne pense jamais au Mexique sans évoquer le souvenir de
cette montagne et partager le culte qu'elle inspi-
rait jadis à ces braves Aztèques. — Du temps de
leur civilisation les Indiens adoraient l'Être su-
prème en levant les yeux sur le *Popocatepell* et
sa compagne l'*Ixtaccihuall,* qu'ils considéraient
comme une manifestation imposante du grand
architecte de l'Univers. — Aujourd'hui qu'ils ont

la civilisation catholique, ils adorent le créateur
au moment de l'élévation de l'hostie. — Élévation pour élévation je dois avouer que je com-
prends mieux celle de l'*Ixtaccihualt*.

Yautepec est le pays des orangers — il y en a
trois cent mille dans cette petite ville de cinq
mille âmes. — Il n'y a pas d'autres arbres; les
maisons, les jardins, et les places publiques disparaissent sous ces arbres chargés de fleurs capiteuses ou de pommes dorées.

C'est ici qu'attendent les voitures et les chevaux avec lesquels nous devons continuer notre
excursion. D'abord nous déjeunons dans une
petite auberge — où j'ai dégusté du bon café pré-
paré à l'orientale et du *tasajos*, viande découpée
en lanières et séchée, ou plutôt cuite au soleil ;
c'est un plat qui n'est pas à dédaigner.

Le gouverneur me fait monter dans sa voiture
avec Albert Samson auquel il remet un fusil à deux
coups, une bonne provision de cartouches — et une
gourde de fine champagne Voisin. — Carlos Quaglia, toujours grand seigneur, monte sur le siège.
Le Dr Govantès, le major Ricoy et Tovar montent
dans une autre voiture. Derrière nous vient l'escorte du gouverneur, composée d'une soixantaine
de *rurales* à cheval. Je ne puis voir ces beaux cavaliers, sans regretter de n'être pas dessinateur,
aussi je me réjouis à la pensée que je vais vivre

8.

à côté de ces « soldats de Cromwell » en pleine
montagne, avec la perspective de rencontrer
une bande de deux cents brigands qui errent dans
l'état de *Morélos* guettant une proie possible.
« Il est toujours bon de prendre des précautions,
me dit Carlos Quaglia, en jetant un regard à ses
fidèles ruraux », ils sont quelques-uns qui m'en
veulent par ici ; voilà cinq ans que je traque les
ladrones (brigands) et j'en ai abîmé quelques-
uns.

Savez-vous, me dit Samson, ce que le gouverneur entend par « en abîmer quelques-uns? » Il
en a fait fusiller près de six mille ; oh, c'est un
« lapin! » Croyez bien que ce déploiement de
cavalerie a été commandé par lui beaucoup plus
pour vous donner une garde d'honneur que dans
la crainte d'une attaque. Il lui arrive souvent de
venir à Mexico de chez lui à cheval par la montagne sans autre compagnon que son aide de
camp Villegas, — le gaillard que vous voyez derrière la voiture tenant en laisse ce beau cheval
entier, — bête favorite du gouverneur.

Quaglia est sur le point de quitter l'État de
Morélos pour devenir le président du Sénat. Il a
été question de lui comme gouverneur de
Mexico ; vous verrez qu'il ira loin. Dans l'État
que nous traversons tous les propriétaires d'haciendas sont venus dernièrement le supplier de

rester avec eux. Ils lui ont même offert vingt mille piastres chacun par an — et ils sont cinq, ce qui ferait le joli denier de cinq cent mille francs par an à ajouter à ses appointements, mais il est très lié avec Porfirio Diaz pour lequel il a une profonde admiration — et aucune considération personnelle ne saurait le faire rester quelque part, alors que le général a besoin de lui ailleurs.

— Il y a donc toujours des brigands au Mexique?

— Il y en a par moments, me répondit Samson, mais beaucoup moins qu'autrefois. Aujourd'hui encore il n'est pas rare de voir une centaine de gens à l'air fort paisible se mettre en révolte contre l'autorité et « prendre la montagne ». Ils sont vite rejoints par les mécontents et besogneux des villages. Tous ces hommes ont des chevaux, et ils vivent de bric et de broc en attendant l'occasion de « plagier » un riche propriétaire.

« Plagier » est le mot usité ici pour désigner l'acte d'enlever un homme riche et de le garder avec menaces de mort jusqu'à ce qu'il ait fait venir une forte somme, — une bonne partie de sa fortune.

Ils ne plaisantent pas, ces *ladrones*. Dernièrement, ils ont pris un vieil avare riche à millions, et voyant qu'il ne se décidait pas à faire venir

les cent mille piastres demandées pour sa rançon,
ils enfouirent le prisonnier dans la terre jusqu'à
la ceinture et bâtirent un enclos en bois autour
du reste de son corps, puis ils envoyèrent chercher des rats, et les mirent un à un dans l'enclos! Le malheureux se laissa dévorer de cette
horrible façon plutôt que de lâcher ses écus.

Vous comprenez maintenant pourquoi Quaglia
est populaire parmi les *haciendados* et combien
ils seraient tous heureux de s'assurer contre de
pareils « accidents » au moyen d'une somme annuelle versée à un gouverneur à poigne.

L'histoire des rats me fit faire la grimace,
mais je dois vous dire que l'ami Samson parle
un peu sans conviction des brigands, il les a vus
de trop près pour ne pas avouer que les filous des
grandes villes lui paraissent plus dangereux que
les voleurs des grands chemins ; les brigands généralement ont le côté bon enfant et humain de
gens qui risquent leur peau en plein soleil.

Pendant que nous devisons ainsi, un rural ga-
lope à côté de notre voiture avec un fouet long
de cinq ou six mètres qu'il lance adroitement sur
un des quatre mulets de notre attelage. La route
que nous suivons ne ressemble guère à un sen-
tier battu ; c'est un chemin de traverse inventé
par le gouverneur dans l'espoir de rencontrer du
gibier. Cet espoir n'est pas déçu. Dans une large

éclaircie au milieu d'une forêt d'acajous, près
d'une source d'eau ombragée par des rocouyers à
grappes rouges, trois chevreuils aux pieds légers
s'élancent à notre approche. Quaglia arrête la
voiture, saisit le fusil entre nos jambes et tire les
deux coups. Le chevreuil le plus près de nous
fait un bond et va s'abattre sur une grande touffe
d'herbes odoriférantes. Villegas voyant que son
chef n'a pas fait coup double, sort prestement
son revolver et envoie une balle dans le flanc
d'un autre chevreuil qui détalait au plus vite.
Quaglia sourit de contentement, en ayant l'air de
penser, « tant que ce brave-là aura des cartouches, je n'ai rien à craindre de mon prochain. »

Dans une vallée de hautes herbes, pleines d'orchidées en fleurs, sur la lisière d'une forêt
d'arbres immenses grimpant à l'assaut d'une
colline abrupte, nous passons devant une série
de huttes indiennes à clôtures de bambou.
« De quoi peuvent bien vivre ces hommes-là,
demandai-je à Samson, je ne vois rien de
cultivé par ici et pas une plante qui puisse leur
servir de nourriture. »

— C'est un vrai village indien, me répondit-il,
— observez-les, ils sont presque nus et nous regardent avec défiance. Ils bâtissent leurs huttes
dans les endroits peu passagers, et afin de mieux
dépister l'étranger, ils vont cultiver la terre loin

de leurs habitations. Si nous étions passés moins
près, vous ne vous seriez jamais douté qu'il y
avait des êtres humains enfouis dans ces fougères à l'ombre de cette forêt vierge.

Tout à coup sur la crête de la montagne apparaît une nuée de cavaliers ; ils viennent sur nous à
fond de train. Ce ne sont pas des brigands —
mais cela en donne bien l'illusion — à tel point
que notre escorte, qui était à quelques centaines
de mètres derrière nos voitures, arrive au galop
pour reconnaître la cavalcade qui fond sur nous.
Les voici : une centaine de citoyens de la petite
ville de *Tlaltissapam*, ont tenu à venir au-devant
de nous. L'alcade et le gouverneur s'embrassent et causent un instant pendant que les ruraux fraternisent avec les nouveaux venus. Ces
derniers ont tous des têtes de sorciers, secs et
nerveux comme leurs petits chevaux, ils caraco-
lent autour de la voiture en déchargeant leur revolver et en poussant des cris de joie.

Les cloches de *Tlaltissapam* sonnent à toute
volée, les pétards éclatent avec fracas, et des vivats nourris nous souhaitent la bienvenue.

Mais nous ne pouvons nous attarder, on nous
attend à déjeuner à l'hacienda hospitalière de
Don Ramon Gavino. L'impression causée par la
vue de ce nouveau château fort, qui contient une
des plus belles sucreries de l'État, est inoubliable.

Par un soleil qui marque 45 degrés centigrades,
sous la calotte magique de ce ciel bleu pâle d'une
profondeur inouïe, à travers un léger voile de
poussière j'aperçois un édifice à coupoules rouge
et or, émergeant d'un fourré de cocotiers géants,
de palmiers royaux et de bananiers fantastiques.
Ici un grand lac vert tendre, ce sont les cannes à
sucre ; là des fougères arborescentes, des maisons basses à demi ruinées, des sapotés au feuillage sombre, des lianes vigoureuses se tordent
comme des serpents végétaux autour de brillants
orchidées, et dominant le tout, les hautes montagnes de Guerero, qui se précipitent les unes
sur les autres ainsi que des cavales affolées.
Des papillons et libellules rouge et bleu, des oiseaux mouches au plumage miroitant, voltigent
dans l'atmosphère tout vibrant de chaleur. On
dirait une toile de Fromentin.

Nous entrons dans la cour de l'enceinte forti-
fiée de l'hacienda avec notre escorte pour y
demeurer vingt-quatre heures. Une misère de
soixante-dix personnes et d'autant de chevaux à
loger et à nourrir. Qu'on ne vienne pas après
cela me parler de l'hospitalité écossaise !

Don Ramon nous met à notre aise, il nous indique toutes les ressources de sa résidence et
nous laisse libres comme l'air.

Nos chambres, à lits entourés de fines moustiquaires tombant jusqu'à terre, sont meublées simplement, mais tout y est d'une exquise propreté.

Après nous être débarrassés de la poussière que nous avions ramassée sur la route, nous attaquons l'excellent repas de notre hôte. Ces dîners d'*haciendas* où il y a seize entrées, quatre rôtis, huit entremets sucrés et vingt-quatre espèces de fruits ne sont pas une plaisanterie, surtout lorsqu'on est placé à côté du maître de la maison et qu'il faut manger et remanger de chaque plat, sous peine de lui faire un affront.

Si au bout de huit jours de ce régime on n'a pas attrapé une bonne gastrite, on peut être sûr de ne jamais avoir de maladie d'estomac?

Cette magnifique propriété est un oasis, au milieu de la savane et des forêts vierges; il y a sûrement beaucoup de villes françaises où l'on n'a pas la moitié des commodités et du luxe qu'on trouve dans une grande ferme mexicaine. Les nécessités de la vie et tout ce qui peut la rendre agréable au point de vue matériel, sont emmagasinés dans l'hacienda, et comme cela vient de loin, on n'a rien oublié.

Nous visitons le jardin, et admirons de près les élégants cocotiers, et les palmiers superbes que nous avions aperçus de la route. C'est bien dans sa végétation que l'on voit la terre chaude dans toute sa gloire.

Pour peu que la main de l'homme guide la nature dans ses manifestations exubérantes, les résultats obtenus sont étonnants, la moindre petite fleur ou plante européenne confiée à cette serre naturelle devient un arbre trappu et touffu.

Don Ramon est riche — très riche, il a un associé non moins riche, et non moins aimable que lui — mais tout n'est pas rose dans son existence. Deux fois déjà il a été « plagié » par des brigands qui ont prélevé de fortes sommes avant de le rendre à ses chères études. Depuis que le gouverneur Quaglia est là, aucune bande n'a osé enlever le propriétaire d'une *hacienda;* mais aujourd'hui que son départ est devenu irrévocable, Don Ramon est soucieux. Si on allait de nouveau l'emmener dans la montagne où la note à payer est proportionnée aux ennuis qu'on y éprouve.

Ils sont trois cents dans l'État de Morélos, trois cents qui guettent une proie (septembre 1884). Le gouverneur les a bien sous l'œil, il peut punir sûrement et sévèrement, mais il lui est difficile de prévenir un coup de force.

En attendant il est bon d'être prudent. Le bétail est rentré tous les soirs; nous voyons les *péons* galoper dans les environs, faisant tournoyer le *lazo,* lançant le nœud coulant sur les cornes des taureaux qu'ils ramènent entre les

9

murs de l'*hacienda*. Lorsque le cheval a trop
de mal à entraîner la bête, un petit Indien
jette son chapeau de paille à quelques pas
devant elle; celle-ci fond dessus et la corde
se détend de façon à permettre au cavalier d'a-
vancer.

A l'heure où le soleil se couche, tous les Indiens se réunissent dans la grande cour et font
leur prière à haute voix; ils récitent d'un ton
dolent une espèce de cantique où ils remercient
Dieu de ses bontés et le supplient de veiller sur
eux pendant la nuit. Puis tous les *péons* disparaissent, les uns dorment sous les tables, les
autres sous des charrettes, roulés dans leur zara-
pés. Ils ont une sainte horreur du lit, et même
d'une litière de paille.

A ce moment, Don Ramon et ses hôtes sont
assis sur des chaises à bascule devant la porte
intérieure, fumant de vrais *puros* de la Havane et
dégustant à petites gorgées du *raki*, venu en
droite ligne de Constantinople. Au-dessus de
nous se prépare un orage, dans le genre de celui
de *Cuautla*; pour ma part je m'en réjouis, ces
orages tropicaux ont une majesté incontestable,
et jamais plus imposante qu'en pleine campagne.
Dans ce pays convulsionné, la foudre se joue
comme un jeune phoque dans une mer houleuse;
les gros nuages se zèbrent de couleurs vives,

des lueurs étranges éclairent les fourrés épais.
Chaque coup de tonnerre ébranle le sol et laisse
une odeur sulfureuse, puis le ciel s'entr'ouvre
et laisse échapper un torrent. La terre chaude
absorbe cette masse liquide comme un Indien
altéré vide une calebasse de *pulque*. Et alors des
vapeurs bleuâtres s'élèvent et remplissent l'air
de senteurs capiteuses qui charment et troublent
comme la fumée d'opium.

Toute la nuit, les moustiques bourdonnent autour du rideau protecteur dont les bouts sont
soigneusement enfoncés sous mon matelas.

4ᵉ JOURNÉE

Je dormais profondément lorsqu'à six heures,
j'entends une sonnerie; c'est le boute-selle. Dans
la grande cour, les ruraux à cheval attendent
notre bon plaisir. Le gouverneur a fait venir de
Cuernavaca des chevaux pour Samson, Govantès
et moi. On m'amène un bien joli *Tordillo* (cheval
pommelé gris) à crinière flottante. Oh! la jolie et
bonne bête que j'ai eue là pendant quatre journées
entières.

Don Ramon ne veut pas nous laisser partir sans
une collation; il est sept heures quand nous lui

serrons la main pour la dernière fois en lui souhaitant longue vie.

Nous chevauchons à travers de curieux villages indiens enfouis dans les panaches des palmiers encore humides de la pluie de la veille. En peu de temps, nous gagnons une belle route construite par les soins du gouverneur Quaglia, laquelle doit nous conduire, après six heures de cheval, à sa maison de *Cuernavaca*.

Nous passons par *Xochitepec*, où nous mettons pied à terre pour prendre un verre de *tequila* chez un vieux curé, un vrai type de curé de village. Le *padre* est très aimé des pauvres indiens : il est leur conseiller beaucoup plus pour les choses de ce monde, que pour leur salut dans l'autre ; il guérit plus de malades qu'il ne sauve d'âmes ; mais le curé est plein de confiance dans son Dieu « lequel, dit-il, est trop bon pour faire du mal à ces enfants de la nature, si facilement contents de leur sort, et qui n'envient rien à personne. »

Plus loin, à *Chiconcuac*, nous longeons les belles propriétés de Don Jorge Carmona, le sympathique mexicain, qui possède depuis long-temps à Paris, avenue Hoche, un bel hôtel dont il a fait les honneurs à l'élite de la so-ciété parisienne, — trait qui le distingue de la plu-part de ses semblables, lesquels dépensent leur

argent dans les restaurants et avec des filles, sans
jamais soupçonner la vraie vie parisienne. Ceux-
ci paraissent oublier que si dans les Amériques
l'argent est tout, en France, il est *beaucoup moins
que tout*, et qu'un goujat exotique, eût-il le plus
coûteux hôtel de l'avenue du Bois de Boulogne,
ne jouit pas autant de Paris qu'un Gaulois avec
six mille livres de rentes..... et du savoir-vivre.

Malgré ses riches haciendas de *San Gaspar* et
de *San Vincente*, où il a aussi une grande raffinerie de sucres, fonctionnant avec les excellents
appareils de Séraphin frères, M. Georges Carmona
préfère le voisinage du parc Monceau et des
Champs-Élysées au chaos de montagnes, aux fourrés de palmiers, à la savanne et aux forêts vierges.
J'avoue que si j'étais Mexicain, je serais de son
avis; mais ne l'étant pas, je me plais infiniment,
pour le moment, au milieu de ce paysage grandiose, où les arbres sont perpétuellement chargés
de fleurs et de fruits, où le soleil est toujours
éblouissant et où les *rurales* sont si bons enfants;
car je dois vous dire que j'ai déjà fraternisé avec
le colonel Alarcou, chef des ruraux, avec le capitaine Roldan, et avec tous les hommes de l'escorte. Ces mousquetaires hantent mon cerveau
la nuit, quand la fatigue me permet de rêver.
Suivi d'un régiment de ces gaillards-là, je voudrais parcourir le monde pour redresser les torts

et mettre fin aux abus. Il est probable que nous ne serions pas les plus forts, mais nous aurions un si bon temps !

*
* *

Cuernavaca! s'écrie le gouverneur, en me montrant une petite ville coquettement parée, le long d'une colline verdoyante et ensoleillée. Tout à l'entrée de la ville, sur une pente élevée, le gouverneur nous arrête ; nous sommes devant sa maison, une belle habitation en pierre de taille, à deux étages, avec cour intérieure, toit à terrasse et de nombreuses dépendances. La rue est bien pavée, les maisons bien blanches et les Indiens convenablement vêtus ; le tout a un air de propreté qui repose du peuple en guenilles et des eaux croupissantes de la capitale. Du reste, il est à remarquer que l'Indien de terre chaude est plus propre que son frère de terre froide, lequel a l'excuse d'être plus directement en contact avec l'Espagnol crasseux.

Dans la galerie du premier étage, le gouverneur me présente à sa femme, Mme Soledad Quaglia, en lui disant : ma chère *Chole* (diminutif de Soledad), je vous présente M. Bertie Marriott, rédacteur du *Figaro*, dont je vous ai annoncé la visite ; il se plaint que le Mexicain ne montre pas volontiers sa femme à un étranger, il a peut-être

raison : en tous cas, je compte sur vous pour
lui faire oublier qu'il est étranger, et pour le traiter en ami de la maison.

Mme Quaglia est une charmante créole d'une
grande distinction, ressemblant étrangement à
l'Adelina Patti d'il y a vingt ans. Elle comprend
le français, mais préfère parler le castillan. Ses
grands yeux noirs étincelants ont l'air d'écouter
les paroles que je lui adresse pour lui dire combien je suis touché de son gracieux accueil.

Après un copieux déjeuner arrosé de vieux
crus de Bourgogne, provenant toujours de la première cave de France, celle du restaurant Voisin
(3e mention), — dont le gouverneur est, à deux
mille lieues de distance, un client des plus sérieux,
— nous allons faire un tour en ville.

Cuernavaca, le chef-lieu de l'État de *Morélos*,
s'appelait autrefois *Quauhnahuac* (c'est-à-dire :
près des jolies collines). Elle fut conquise par les
Espagnols en l'année 1521, et il est intéressant de
noter en passant que les deux usurpateurs étrangers, Cortez et Maximilien, firent de cette ville
privilégiée leur résidence favorite.

On me conduit dans la maison que Fernand
Cortès se fit construire et dont on se sert maintenant comme de palais de Justice. C'est un grand
édifice dans le style mauresque, d'où l'on a une
vue magnifique sur la vallée et les montagnes

environnantes. Quand on songe que tout cela est resté tel quel depuis le temps où l'aventurier espagnol vint avec ses camarades rançonner le pays et conquérir pour son roi la plus belle colonie qu'aucun pays ait jamais possédée, on s'étonne de ne pas rencontrer ces fiers-à-bras buvant et braillant dans quelque cabaret du voisinage.

Quant à la villa occupée par l'infortuné Maximilien, en 1866, du mois de janvier au mois d'octobre, elle est maintenant transformée en un collège de Niños (Ecole d'enfants).

5e JOURNÉE

Allons faire un tour aux jardins *Borda*, me dit Quaglia. C'était jadis les plus beaux du Mexique. Voilà dix ans qu'ils sont complètement délaissés.

Ce Borda était un homme comme on en voit peu, il jouait avec des mines comme on joue avec des cartes. Chaque fois qu'il avait besoin d'argent, il partait tout seul la pioche sur le dos et il ne manquait jamais de découvrir quelque filon d'une extrême richesse. Il en découvrit comme cela cinq ou six qui lui rapportèrent des millions et des millions, aussitôt dépensés dans la construction d'églises où il se faisait dire des messes.

Un jour la fortune se lassa de lui fournir des mines à volonté; alors il mourut dans la plus profonde misère et l'on porta son corps dans un des trous qu'il avait creusés avec sa pioche, — cette pioche qu'il appelait sa « clef » et avec laquelle il ouvrait les coffres-forts des montagnes.

Ce disant, Quaglia me conduisit à dix minutes de sa maison dans un joli château un peu délabré, derrière lequel je vis le jardin le plus original que l'on puisse rêver. Figurez-vous une longue suite de terrasses étagées sur le versant d'une montagne et se communiquant par des escaliers de marbre : sur chacune d'elles une piscine déverse son eau qui retombe en cascades sur les marches. Puis recouvrez le tout de palmiers, de caféiers, de manguiers, des arbres décoratifs qui poussent sous les tropiques, imaginez tout cela croissant au gré du hasard sur un sol de feu où il suffit de huit jours pour qu'un chemin soit obstrué par une végétation aussi abondante que capricieuse, et vous aurez une faible idée du fouilli grandiose qu'on appelle les jardins *Borda*.

Mais quel dommage de voir se perdre tant de beaux fruits. Ces mangues (plus savoureuses que la meilleure pêche de Montreuil) qui valent vingt francs pièce sur le marché de Londres, avec quel mépris on les laisse pourrir sous le bel arbre

9.

qui leur a donné leur chaire dorée et fondante !

A ce propos, il est surprenant de voir le peu de cas que font les Mexicains de leurs fruits. Il est rare qu'on serve un ananas sur une table mexicaine. Il est vrai qu'en terre chaude on peut en acheter aux Indiens à raison de deux pour un médio (6 sous et demi), et si vous marchandez on vous en donnera quatre pour le même prix. Il en est de même pour les *granadas, zapotas, chirimogas, mameyes, tunas, goyabes, membrillos, platanas* et tant d'autres fruits qui sont laissés aux pauvres Indiens.

Je dois à l'hospitalité prévenante de Mme Quaglia d'avoir goûté souvent et longuement ces fruits, que je n'avais fait qu'entrevoir sur les arbres et dans les marchés indiens.

* *

Après déjeuner, Samson, Govantès et moi nous laissons le gouverneur à ses affaires et nous faisons une longue promenade à cheval dans les environs de *Cuernavaca,* accompagnés d'une escorte de six hommes.

Nous gagnons le village d'*Acapacingo,* à travers champs et par de petits chemins adorablement verts, avec les cimes neigeuses des deux volcans se détachant hardiment sur les coteaux boisés et bleuâtres.

Comme dans presque tous les villages indiens, notre passage est salué par les aboiements féroces de chiens maigres à tête de loup, avec des yeux à reflets rougeâtres.

Nous mettons pied à terre pour visiter une autre maison déserte, la résidence jadis préférée de la pauvre impératrice Charlotte. C'est là qu'elle venait avec l'empereur Maximilien, oublier les mille tracas du pouvoir, loin des regards des courtisans et des conspirateurs.

Enfouie dans une masse informe de balsamiers, de lianes, de touffes de sensitives, de mimosas épineux, la maison impériale est restée telle qu'elle était, une petite construction sans prétention en briques rouges, avec des volets verts.

Après l'exécution de Maximilien, l'État confisqua les meubles, ferma la porte et déposa les clefs chez le gouverneur. A grand'peine nous nous frayons un passage dans le jardin où les arbres fruitiers, les berceaux fleuris et les allées humides, ombragées par des bananiers géants, s'entrelacent et se confondent.

Nous dérangeons toute une meute de chiens hargneux qui s'élancent sur nous et nous barrent le passage. Après les avoir repoussés à coup de *machete* (sabre court, droit, effilé) nous arrivons à travers les hautes herbes jusqu'à la porte.

Dix-sept ans! Personne n'a pénétré dans ce nid depuis dix-sept ans. Ce n'est pas sans une certaine émotion que j'introduis dans la serrure rouillée la clef que le gouverneur Quaglia m'avait confiée en partant. La porte cède et s'ouvre en gémissant.

MAISON A LOUER !

Salon et salle à manger de chaque côté du couloir, chambre à coucher et cabinet de toilette au premier étage, avec une vue superbe de tous les côtés; les murs sont ornés de panneaux gorge-de-pigeon et or.

C'est dans cette villa, qui me rappelle dans sa coquette simplicité, la petite maison de campagne où les Parisiens vont cacher leurs amours, que l'impératrice Charlotte et le descendant des Hapsbourg ont passé les derniers jours d'une vie de bonheur, qui allait être brisée d'une façon si tragique.

En m'accoudant au petit balcon devant la fenêtre de leur chambre à coucher, je me souviens de cette touchante lettre que l'empereur écrivit la veille du jour où on le fusilla aux portes de *Queretaro*, après l'odieuse trahison du misérable Lopez. Cette lettre adressée à sa femme, devenue folle et internée actuellement dans un des palais de son père, le roi des Belges — je ne puis résister à la tentation de la relire :

« *A ma Charlotte bien-aimée,*

« Si Dieu permet jamais que tu guérisses et que tu puisses lire ces lignes, tu sauras combien a été cruelle la fatalité qui n'a cessé de me poursuivre depuis ton départ pour l'Europe.

« Tu emportais avec toi mon âme et mon bonheur. Pourquoi ne t'ai-je pas écoutée? Tant d'événements, hélas! tant de catastrophes imméritées m'ont accablé que je n'ai plus d'espoir dans mon cœur, et que j'attends la mort comme l'ange de la délivrance. Je meurs sans agonie, je tomberai avec gloire, comme un soldat, comme un roi vaincu. Si tu n'as pas la force de supporter tant de souffrances, si Dieu nous réunit bientôt, je bénirai la main divine et paternelle qui nous a si rudement frappés. Adieu! adieu!

« Ton pauvre

« MAX. »

A ce moment, un bel oiseau — cardinal à gorge noire — qui se balançait sur une branche de caféier, poussa un petit cri plaintif et s'envola.

Était-ce l'âme de Maximilien venue pour revoir l'endroit où il avait été si heureux avec sa bien-aimée Charlotte ? *Quien sabe !*

*
* *

Qu'est-ce que vous avez ? me dit Samson en me voyant tout rêveur, c'est un joli site, n'est-ce pas, la propriété est vaste ! si le cœur vous en dit, Qua-glia vous la fera avoir pour cinq mille piastres, 25,000 francs. Cela vaudra dix fois plus dans quinze ans, et puis quelle belle distillerie d'eau-de-vie de canne à sucre nous pourrions installer dans cette maison...

C'est ainsi qu'ici-bas on est brusquement ra-mené à la réalité des choses, et que le présent nargue le passé !

Le soleil darde ses dernières flèches d'or sur le *Popocatepell,* les fraîcheurs de la nuit commen-cent à se faire sentir ; nous rentrons au galop faire honneur au dîner à la française que le gouver-neur nous a commandé, avec de nombreuses sur-prises mexicaines.

« L'idée de Samson n'est pas mauvaise, me dit Quaglia, il n'y a pas une seule distillerie publi-que d'eau-de-vie dans ce pays de canne à sucre, où les Indiens raffolent d'*aguadiente.* Tous les *ha-ciendas* ont des petites distilleries particulières pour leur personnel, mais ils n'en vendent pas au dehors. Il y aurait là une belle affaire, tâchez donc de revenir avec des capitaux, je vous ferai avoir du terrain pour rien et toutes les facilités que vous pourrez désirer. Ce n'est pas la seule affaire, il y en aurait une autre excellente, qui consisterait à monter une fabrique de tissus de coton à *Cuernavaca*. Pensez donc, je vous fournis le terrain et l'eau et vous pouvez y faire pousser le coton, faire vivre les ouvriers du produit du terrain, fabriquer vos tissus et les vendre *sur place* aux Indiens de l'État et des États voisins. Quand même je ne serais plus gouverneur, j'aurais toujours le moyen de vous faire avoir tout ce que vous voudrez dans l'État de Morélos. »

— Mon cher gouverneur, ce que vous dites est très juste et votre offre est des plus appréciables, mais à l'heure actuelle, les Français emploient toute leur énergie à soutenir le gouvernement dans sa lutte avec la Chine. Les colonies sont en voie d'être augmentées, les impôts aussi. — Si le Mexique veut faire un nouvel emprunt, les concierges parisiens lui prêteront peut-être leurs économies à sept pour cent, mais on aura garde d'aller faire fructifier son argent soi-même, c'est bon pour les peuples qui se trouvent mal chez eux. Vous ferez difficilement comprendre aux bonnes gens, qui poussent si loin l'amour de

la patrie, les avantages d'une affaire comme
celle que vous venez de m'offrir ; si je leur
en parle, ils me répondront avec politesse que
c'est « bien loin » ; que si je veux mettre la
chose en actions, ils en prendront quelques-unes
pour ne pas me contrarier, mais qu'on ne va pas
au Mexique, « le pays des fièvres, des brigands et
des révolutions ».

C'est avec des phrases toutes faites de ce
genre-là que nous nous laissons battre dans la
lutte pour l'existence par les Américains, les
Allemands, les Anglais, et par les Mexicains eux-
mêmes, qui finissent souvent par s'apercevoir
qu'ils peuvent faire tout seuls ce qu'ils atten-
daient de l'Étranger.

6ᵉ ET 7ᵉ JOURNÉES

Le gouverneur veut faire photographier *Figaro*
et ses compagnons de voyage avec l'escorte des
soixante ruraux. Nous voilà donc tous à cheval,
adossés à la maison. Le gouverneur, sa gracieuse
moitié, son neveu et don Carlos Govantès, le frère
de mon bon ami le docteur, sont aux fenêtres.
C'est une heureuse idée. — Quel joli souvenir à
emporter à Paris ! Hélas ! le photographe indigène
ne sait pas l'a-b-c de son art, il laisse brûler ses

négatives par le soleil et n'obtient que des
épreuves charbonneuses. — C'est le premier
contre-temps de l'excursion et on nous le cache
jusqu'à notre retour, afin que rien ne vienne
gâter notre plaisir.

Nous passons le reste de notre temps à explo-
rer les environs, à admirer les magnifiques col-
lections de bois précieux que produit l'État de
Morélos, à chasser la perdrix blanche et le faisan
royal, à fraterniser avec toutes les autorités locales, à écouter les discussions animées de Samson et du Dr Govantès, lesquels, n'étant jamais
d'accord, font jaillir une quantité de lumière suf-
fisante pour m'éclairer sur tout ce qui se fait, se
fera ou doit se faire au Mexique.

La soirée de la septième journée m'est rendue
particulièrement mémorable par un événement
qui ne manque pas de couleur locale. Nous ve-
nions de savourer une tasse de café d'*Uruapam*,
lorsque le chef politique Tovar apporta une dépêche au gouverneur : celui-ci, après en avoir pris
connaissance, nous pria de l'excuser un instant.
Cinq minutes après, il revint et nous dit : *Figaro* a de la chance, les brigands se dérangent
pour m'aider à lui procurer des souvenirs de
voyage. Cent cinquante *ladrones* se sont abattus
à l'instant sur le village d'*Acapacingo*, où vous
avez été hier, et ils ont enlevé tout le bétail, une

partie de la population et, ce qui est un peu violent, onze gendarmes. Voilà des gendarmes qui
ne sont vraiment pas sérieux et dont il faudra
avoir des nouvelles. Je viens d'envoyer une centaine de vos amis les ruraux dans la montagne ;
je serais bien surpris s'ils ne me ramenaient pas
quelques-uns de ces farceurs-là.

Le gouverneur parlait encore, lorsque le bruit
des chevaux, défilant sous la porte cochère, attira
mon attention.

Il pleuvait à torrents, c'étaient les dernières
pluies de la saison et jamais elles ne m'avaient
paru plus impitoyables.

De la fenêtre, je saluai le capitaine Roldan qui
me rendit mon salut en me faisant signe que je
pouvais l'accompagner. Samson et moi, nous
brûlions de partir, mais le gouverneur s'y opposa
formellement.

Cette nuit-là, je m'endormis très tard.

8ᵉ JOURNÉE

Le lendemain, nous étions en train de déjeuner
lorsque l'aide de camp Villegas apporta une formule imprimée au gouverneur.

Celui-ci signa, puis, en se remettant à trem-
per un petit pain chaud dans son chocolat, il nous

fit passer l'imprimé. C'était un ordre d'*enterre
ment*.

— Vous voyez, me dit-il, cela n'a pas été long,
les brigands ont été rejoints dans la nuit. Après
une escarmouche où nous avons eu un homme de
blessé, ils ont pris la fuite en nous laissant les
onze gendarmes qui s'étaient attaché les mains
pour faire croire qu'ils étaient prisonniers. Roldan nous a ramené ces drôles ce matin et, à
9 heures, ils étaient jugés et condamnés à vingt
ans de travaux forcés pour lâcheté et désertion.

Pendant qu'on les conduisait sur la route pour
les faire travailler, ils ont tenté de fuir, et la
garde les a fusillés.

Ces paroles laconiques du gouverneur furent
toute l'oraison funèbre de ces onze hommes
qui étaient dans toute la force de la vie une heure
auparavant.

Samson m'expliqua que je venais d'assister à
une mise en pratique de la *ley fugua*. La peine
de mort est abolie au Mexique, il faut trop de
formalités et trop de préparatifs pour exécuter
un homme selon les prescriptions du Code.
Mais on ne pourrait maintenir l'ordre dans
le pays s'il fallait observer la lettre de la loi.
On condamne donc les prisonniers à une peine
quelconque ; on les mène hors de la ville, puis
on leur signifie qu'ils peuvent se sauver à leurs

risque et péril. Aussitôt qu'ils sont à une certaine distance, on tire dessus, et il est rare qu'on les manque.

9ᵉ JOURNÉE

C'est le jour du départ. — On ne quitte pas sans un véritable regret des amis aussi charmants que M. et Mᵐᵉ Quaglia. — Ils me promettent de venir à Paris. — Viendront-ils? — Je l'espère bien. — Certes, l'Arc-de-Triomphe de la place de l'Étoile ne vaut pas l'*Ixtaccihuatl;* mais ce monument parisien fait partie d'un ensemble qui vaut bien la peine qu'on se dérange.

Venez donc vite, mon cher gouverneur; pardon, à l'heure où paraîtra ce livre, vous serez président du Sénat mexicain. Félicitations sincères, et merci encore de toutes les aimables attentions dont vous avez comblé le correspondant du *Figaro !*

Mais il ne faut pas connaître le gouverneur pour croire qu'il va nous laisser partir comme cela. Il commence par s'excuser de ne pas nous reconduire jusqu'à la limite de son État, puis il insiste pour que nous prenions ses chevaux jusqu'au village lointain où nous devons monter en diligence. Ce n'est pas tout, l'escorte de soixante cavaliers de la garde rurale nous accompagnera jusqu'à la frontière et passera une nuit avec nous.

C'est une hospitalité royale qui se prolonge au delà du domicile de notre hôte et qui nous confond par sa cordialité.

Par prudence, un piquet de huit cavaliers part en éclaireur; les brigands de la veille peuvent avoir l'intention de prendre une revanche — quoique ce ne soit guère probable: ils savent que le gouverneur n'entend pas qu'on le taquine de cette façon-là.

***

Il est difficile de voir un spectacle plus enchanteur que la route que nous venons de faire de *Cuernavaca* à *Huitzilac*. — *Cuernavaca* est à mille sept cent quatre-vingt-dix mètres au-dessus du niveau de la mer. Nous sommes maintenant, après une superbe promenade de trois heures, à *Huitzilac*, soit à trois mille trois cents mètres. Le chemin est un des plus anciens du Mexique et représente la plus haute route carrossable du monde entier — si je dois m'en rapporter au grand Humboldt.

Adieu terre chaude! nous voici en terre froide. *Froide*, si l'on veut, car il faut être frileux en diable pour avoir froid quand on est sous le soleil tropical. Adieu palmiers, bananiers, grenadiers, cocotiers, oiseaux, singes, reptiles, *haciendas*, plantations de cannes et jardins fleuris ! — tout cela est remplacé par des pins, des plaines et des précipices.

On se croirait maintenant en Suisse, si de temps à autre un rare maguey ou nopal ne venait nous rappeler que nous sommes encore au Mexique ; mais il est difficile de s'imaginer que nous ne sommes qu'à trois heures du paradis terrestre où nous avons flâné pendant huit jours !

Nous dînons et passons la nuit à Huitzilac, petit village indien où l'on débite un bon *mezcal*. L'air vif nous fait trouver tout délicieux, les ruraux ne se couchent pas, ils se mettent à jouer aux cartes dans la prévision d'une alerte. Un Indien est venu nous dire qu'une centaine de cavaliers avaient été vus dans la montagne, une heure avant nous et qu'ils devaient être campés dans le voisinage.

Il faudrait le pinceau de Meissonier pour fixer sur la toile ces reîtres aux crânes allures avec le feutre en bataille, les hautes bottes à gros éperons sous la table, les cartes en main, le pot de mezcal au coude et le revolver à la ceinture. Vus à la demi-clarté d'une mauvaise chandelle, à travers la fumée bleue des cigarettes, ces soldats d'aventures avaient l'air de figurer dans quelque vieux drame de cape et d'épée. Le si-

lence de la nuit n'était troublé que par le bruit
des piastres, le hennissement d'un cheval, ou le
pas régulier des deux sentinelles qui marchaient
en se croisant devant la porte de notre vieille baraque en bois.

10ᵉ JOURNÉE

A six heures du matin nous remontons à cheval
et nous continuons à cheminer à travers la montagne jusqu'à *la Guarda*, où nous disons adieu au
capitaine Roldan, à l'aide de camp Villegas et à
toute l'escorte. Je quitte mon joli *tordillo* pour
grimper sur le sommet d'une grosse diligence, et
pendant six heures nous voyageons à travers bois.
Sur la route, les postes prévenus par le gouverneur nous présentent les armes, et dans chaque
village important de copieux repas nous attendent « par ordre supérieur ». De temps à autre
nous rencontrons des Indiens trottinant avec des
charges de deux ou trois cents livres sur le dos,
fruits et légumes, s'en allant à Mexico. Le
paysage est égayé par de vrais coupe-gorge, semés
de croix marquant les endroits où des hommes
sont tombés en vendant chèrement leur vie. Puis
soudainement la vallée de Mexico, avec ses volcans éteints, ses lacs et ses villages en adobe nous
apparaît de l'autre côté de la montagne.

A *Huipulco* nous prenons un voyageur nouveau, un colonel soudard, qui passait son temps à boire et à offrir un horrible mélange qu'il appelait « cognac ». On lui apprend que je regrette de n'avoir pas vu de brigands, il me tend la main et me dit : Regardez-moi *senor caballero*, je suis le père de tous les *ladrones*, ils me connaissent bien, j'ai vécu de leur vie pendant vingt ans ! Et il disait vrai. Ce n'est que depuis cinq ans, depuis qu'il y a des chemins de fer au Mexique que ce joyeux drôle a cessé d'arrêter les diligences pour entrer au service du gouvernement.

* * *

Quel supplice qu'un voyage dans une diligence mexicaine. Deux malheureuses femmes qui sont à l'intérieur avec leur mari et leurs enfants, n'ont cessé d'avoir le mal de mer, par suite de la façon incroyable dont ce carrosse monstrueux, traîné par onze mulets, roule et se penche dans tous les sens. Avec Govantès nous nous cramponnons de notre mieux, mais à chaque instant nous descendons dans des ornières où il paraît impossible de ne pas verser, mes bras sont presque arrachés de mes épaules à force de supporter tout le poids de mon corps. Ah ! mon cher don Manuel Gargollo, je ne voudrais rien vous dire de fâcheux, car je vous aime bien, mais avouez qu'il fallait qu'on eût diablement besoin de voyager, pour que vous ayez gagné une fortune avec ces boîtes à supplice! C'est moi qui comprend le cheval au Mexique.

A quatre heures et demie de l'après-midi je rentre tout moulu à Mexico. L'aimable administrateur de l'hôtel ne me reconnaît pas tout d'abord. Mon sombrero, mes bottes, mon énorme pistolet, ma jaquette de cuir bariolé d'argent et mon visage bronzé m'ont rendu méconnaissable. Une demi-heure après avoir repris mes vêtements parisiens, j'allai faire un tour au *Paséo* en attendant le moment d'aller occuper la loge n° 8 au théâtre *Nacional,* où l'on donnait *Carmen* et où je devais causer avec mon ami Lejeune d'une nouvelle excursion.

10

POÈTES, ROMANCIERS

ET JOURNALISTES.

Un auteur américain, qui a récemment visité le
Mexique, émet l'opinion aussi commune qu'erronée
que ce pays n'a pas de littérature. Il voit bien que
l'art y a fait des progrès surprenants, mais il lui
a été impossible de découvrir un seul éditeur de
livres. Il y a là une exagération. Il est vrai que la
publication des livres ne constitue pas en ce pays
un grand commerce, et que les éditeurs rencon-
trent de grandes entraves de la part du gouvernement. Le papier y est frappé d'un impôt deux
fois plus fort que dans les principaux centres
commerciaux des États-Unis.

Cette politique maladroite a pour effet d'arrêter
l'essor de cette industrie au Mexique; mais il y a
malgré cela dans la capitale plusieurs maisons qui
ont été bien récompensées des efforts qu'elles
ont faits par la réputation qu'elles se sont acquise.

Je pourrais citer les noms de Mobar, Chanez, Aguilar y Hijos, Diaz de Léon, Murguia, Dublan et Cᵉ et plusieurs autres.

Maintenant voici quelques-unes des entraves auxquelles je faisais allusion. La taxe sur les livres n'existant pas, les ouvrages des meilleurs écrivains, tant anciens que modernes, sont importés en masse. Le prix de revient des livres est beaucoup plus cher au Mexique qu'en Europe et les profits réalisés par les libraires sont plus grands sur les publications venant de l'étranger que sur celles qui s'éditent sur place ; de là un nombre d'éditeurs nécessairement restreint. Et cependant le Mexique a une littérature qui est bien à lui. Il a vu naître plusieurs écrivains dont bien des nations seraient fières. La littérature indigène brille surtout par sa poésie ; de nos jours cette pléiade d'écrivains comprend un nombre remarquable de vrais poètes, tels que Altamirano, Guillermo Prieto, Juan de Dios Peza, José Cuellar, Plaza, Gomez Florès, Segura, Tréjo, Manuel Gutierez Najera, Alfaro, Ignacio Ramirez et Coutreras.

L'archéologie est un champ sur lequel plusieurs Mexicains se sont distingués ; notamment A. Chavero et R. Alcaraz. Parmi les géographes et les mathématiciens, je citerai P. Coutreras, Garcia Cubas et Diaz Cavarrubias.

Vallarta a traité d'une manière remarquable tous les sujets ayant trait à la législation, aux lois mexicaines et internationales. Barrera, mort il y a quatre ans, était un écrivain philosophe des plus originaux.

Parmi les auteurs les plus appréciés, il convient encore de nommer Alaman, J. Zarate, J. Dios Arias, G. Baz et l'enthousiaste Orozco y Berra.

Par son caractère et son imagination, le Mexicain se rapproche plus du Français, de l'Espagnol et de l'Italien que de l'Allemand et de l'Anglais. Il a dans les veines un fort mélange de sang latin, et lorsqu'il appartient aux classes privilégiées, on rencontre chez lui beaucoup d'imagination et de poésie qui le portent à écrire des romans. La littérature mexicaine est plus riche en ouvrages d'imagination qu'en science en histoire, en critique, en philosophie ou en voyages.

A propos de cette dernière branche, il est à remarquer que le Mexicain a peu voyagé. Avant l'avènement des chemins de fer, un voyage était pour lui une corvée formidable. C'est aussi la raison pour laquelle il n'a pas frayé avec ses voisins autant qu'il eût été désirable. Il a trop vécu comme vécurent les Chinois et les Japonais, avant que leurs grands empires ne fussent ouverts au monde et au commerce extérieurs par les invasions

répétées de ceux que les naturels du Céleste
Empire appelaient « les Barbares du dehors ».

Mais en abattant ces barrières fictives, en détruisant ces murs d'exclusion qui existaient jadis
en Chine et au Japon, un grand essor a été
donné à l'instruction et au commerce de ces
deux grands peuples, et le monde entier en a
profité.

Il en sera de même pour le Mexique à mesure
que les communications par terre et par mer de-
viendront plus fréquentes et plus faciles entre ce
pays et le reste du monde. Le Mexicain voyagera
et se rendra compte de ce qui se passe chez
les autres nations ; il s'instruira plus largement,
recueillera des faits, des observations qui lui permettront d'améliorer la condition de sa patrie ;
il connaîtra mieux ses voisins, les jugera avec plus
d'impartialité, se fera des alliances qui lui
seront profitables. De plus, il enrichira sa littérature nationale de récits de voyages et de souvenirs qui fourniront à ses concitoyens moins
aventureux une nourriture intellectuelle encore
plus variée.

J'ai à cœur de consacrer quelques lignes à un
Indien pur sang qui est le plus grand écrivain
et l'un des hommes d'État les plus distingués de
Mexico.

Comme journaliste, la carrière d'Altamirano a

été des plus brillantes; l'activité de sa plume a toujours été au service du parti libéral, proclamant fièrement et avec une ardeur passionnée les principes de la liberté, de l'égalité et de la fraternité. En Guerrero, il édita deux journaux: *El Eco de la Reforma* et *La Voz del Puebla*; il dirigea *El Siglo* et *El Monitor Républicano*, écrivit fréquemment pour *El Domingo, El Seminario Illustrado, El Artista*; fonda le journal littéraire *El Renacimiento*, avec les écrivains Ramirez et Prieto, et *El Federalista*, avec Manuel Payno, l'historien, l'obligeant et savant agent général du Mexique à Paris. Ces deux dernières publications sont les meilleures qui existent dans ce pays.

Comme romancier et comme poète, ses ouvrages ont toujours été couronnés de succès; ses romans sont remarquables par la couleur locale et la façon pittoresque dont les mœurs et les coutumes mexicaines y sont traitées; sa poésie se distingue par la délicatesse des sentiments exprimés et par la pureté de la langue.

La carrière politique d'Altamirano n'a pas été moins brillante. Il a occupé quelques-unes des positions les plus hautes auprès du gouvernement et a été notamment président de la Cour suprême. Sa conduite dans ces hautes fonctions lui valut l'estime universelle, tant à cause de la droiture de ses jugements que de sa

stricte observance des lois. Mais c'est surtout
comme orateur sans rival qu'Altamirano est célèbre. Sa réputation a traversé l'Atlantique et
quelques-uns de ses discours ont été reproduits
par la presse européenne. En sa qualité de défen-
seur de l'indépendance du Mexique, de champion
du parti libéral, d'avocat passionné de la régéné-
ration de sa patrie calomniée, d'adversaire achar-
né du parti clérical, qu'il considère comme responsable de la dégradation et de la superstition
dans lesquelles la nation est encore plongée, il a
toujours employé son superbe talent avec une
énergie et un désintéressement à toute épreuve.
Le rôle qu'il a joué dans l'histoire de son pays
l'a fait comparer à Saint-Just.

Quoique Altamirano possède le véritable caractère du polémiste et consacre ses forces vives
aux luttes et aux controverses, il s'adonne également aux travaux plus calmes de la littérature.
On peut le considérer comme un des foyers
de la vie intellectuelle au Mexique; le charme
de ses manières attire naturellement à lui
tous ceux qui professent les mêmes goûts, et
sa bibliothèque particulière contient les auto-
graphes des plus célèbres écrivains de son
temps. Il a fondé au Mexique plusieurs sociétés
littéraires et scientifiques, il est membre de
presque toutes les institutions savantes, tant en

Europe qu'en Amérique, et est actuellement président de la société de statistique et de géographie.

Le fait d'avoir été élève d'Ignacio Ramirez, condisciple des plus grands écrivains de son pays, ami intime et associé de Juarez, auquel il était attaché par les liens d'une même origine et d'une grande similitude d'existence, suffirait à le rendre remarquable. Mais c'est principalement la protection qu'il a accordée à l'éducation en général, et les encouragements qu'il a prodigués aux jeunes écrivains, qui le rendent digne de la reconnaissance de sa patrie.

Je dois déclarer que parmi les hommes de lettres auxquels j'ai été présenté, aucun ne m'a accueilli avec plus de courtoisie et ne m'a plus vivement impressionné.

Les questions qu'il m'a posées sur la littérature française moderne m'ont démontré qu'il était au courant des moindres événements du Paris littéraire. Altamirano m'a parlé d'Aurélien Scholl, de Vacquerie, de Claretie, d'Albert Wolff, d'Alexandre Hepp, de H. Fouquier, de Renan, de Zola, de Daudet, de Rochefort et de bien d'autres encore, comme si c'était lui et non moi qui venait de les quitter. Il lit *le Figaro*, *le Gaulois*, *l'Événement*, *le Voltaire*, *le Gil-Blas*, *le Temps* et *la Liberté*, auxquels il est abonné. Il possède une carte de Paris où il jette les yeux chaque fois que le nom d'une rue ou d'un endroit public est cité dans le journal. « Comme cela, me dit-il, je puis me rendre compte des endroits où se passent les scènes qui sont décrites et je me figure que j'y suis. »

Tout l'homme est dans cette sincérité minutieuse, et dans ce désir de bien faire tout ce qu'il entreprend.

Je ne puis terminer ce chapitre sans envoyer mes meilleurs souvenirs et l'assurance de la haute estime dans laquelle je tiens leur personne et leur talent, à mes excellents confrères mexicains Ireneo Paz, directeur de la *Patria;* Gonzalès Esteva, directeur du *Nacional,* autrefois l'un des plus brillants attachés diplomatiques du Mexique à Paris ; Vicente Garcia Torres du *Monitor,* le mieux informé de tous les journaux politiques du Mexique ; Victoriano Aguero, qui dirige le *Tiempo,* journal catholique qui n'a de commun avec l'*Univers* que le talent et les convictions religieuses de son directeur ; car le *Tiempo* est un journal des plus vivants et des plus alertes ; Justo Sierra, Lancaster Jones, Manuel Gutierez Najera, le spirituel chroniqueur de Mexico, auquel je dois tant d'heures agréables et tant de renseignements utiles, Alfred Chavero, Dario Balandrano,

Villasana, Juan de Dios Arias, Anselmo et Francisco Alfaro, Joaquin Trejo, Jose Patricio Nicoli et bien d'autres encore, dont j'espère pouvoir un jour serrer la main à Paris.

LES THÉATRES DE MEXICO

L'Indien adore la musique, un orchestre l'attire, le fascine et le rend muet, comme une grande joie. Au *Zocalo*, il y a tous les soirs une foule de pauvres diables à demi nus, qui se collent contre les murs du kiosque, comme des mouches sur un morceau de sucre.

Mais le théâtre où l'on joue l'opérette a pour l'Indien aisé un charme très grand. Il faut dire que Mexico possède un directeur très habile, connaissant à fond son théâtre et son public. M. Moreno, auquel j'envoie mes meilleurs souvenirs et la nouvelle expression de ma reconnaissance pour les bonnes soirées qu'il m'a fait passer, monte au théâtre national de Mexico, toutes les nouveautés parisiennes.

Les dames mexicaines vont peu au théâtre, elles font cependant une exception quand Maurice Grau amène sa troupe d'opéra, comme on l'appelle à Mexico. Les hommes au contraire sont presque tous abonnés, et dans les entr'actes ils se retrouvent pour se raconter les petits cancans de la journée, absolument comme dans une ville de province française. Belle salle, orchestre passable, troupe ayant beaucoup d'ensemble et suffisamment de talent, pour jouer opérettes, vaudevilles, opéras comiques, tragédies lyriques, tous les genres séparément, parfois en même temps; spectateurs se connaissant tous — voilà plus qu'il n'en faut pour clore une journée de soleil et de songes. Parmi les meilleures pensionnaires de mon ami Moreno, je dois une mention spéciale à Mlle Lluch et à Mlle Paca.

Bettina, Gillette, Olivette, Fatinitza, et de votre nom ordinaire: Josefina Lluch, non seulement je suis un de vos admirateurs, ô belle princesse des Canaries, mais je suis encore votre obligé. Sans vous, nous aurions été réduits, Lejeune et moi, à consacrer régulièrement nos soirées à une partie de jacquet intéressante sans doute, mais bien désagréable quand on est bloqué. Nous vous savons un gré infini, madame, de nous avoir fait entendre quatre ou cinq fois par semaine des sons plus harmonieux que le bruit de nos dés.

C'est qu'il n'est pas facile de tuer les soirées de

Mexico. Elles se défendent, les gaillardes! Le prince de Galles lui-même rentrerait souvent bredouille à minuit, même s'il était accompagné par ses amis de Paris, les comtes Du Lau et Hallez Claparède, même s'il était muni d'une lettre de crédit illimité sur la banque de Londres. Après quelques essais infructueux, il renoncerait vertueusement aux grandes fêtes, et il ferait un whist, les soirs où Josefina Lluch ne chanterait pas.

Carmen en espagnol, joué par des Espagnols d'Espagne, ce serait parfait si les Espagnols savaient jouer et chanter, c'est-à-dire s'ils n'étaient pas des Espagnols.

J'ai vu jouer *Carmen* par des Français et par des Italiens à Paris, à Londres et à New-York, et je n'ai jamais vu la couleur locale, le *fortunisme* de la pièce aussi bien rendu qu'au *Nacional*.

On se sent en Andalousie chez Moreno, tout autant que lorsqu'on lit la nouvelle de Mérimée. « Quoi! tout ça, c'est des épagneuls!... oh! nom d'un chien! » s'exclame Dupuis, à la fenêtre de l'auberge des *Brigands* d'Offenbach. De même, on est tenté de s'écrier de sa stalle, au *Nacional* : Ce sont de vrais Espagnols! — Le toréador Maugé, Don José Tournié et tant d'autres — faux Espagnols. Minnie Hauck, Anna de Belocca, Émilie Ambre, des artistes, mais pas des Espagnols. Ici,

costumes, décors, paroles, tout est du pays où
fleurissent le joles et la jota. Les paroles surtout,
qui sont d'Alfredo Chavero, ce charmant écrivain
si bien fait pour traduire Meilhac et Mérimée,
nous donnent la vraie *Carmen*, celle qui ne parlait
pas français évidemment.

La danse sur une table pendant la scène de
l'auberge est une trouvaille ; quand on voit danser Mᵐᵉ Paca, il vous semble boire un plein verre
d'un grand cru de Xérès, d'un des ces vins dorés
et capiteux qui, authentiquement, n'ont pas été
fabriqués à Cette.

Ses reins se cambrent, sa taille ploie, ses bras
se nouent et se dénouent comme pour des étreintes. Les traditions arabes ont imprégné ces danses
de la langueur voluptueuse de l'Orient. Et les
airs qui les accompagnent, tour à tour lascifs et
turbulents, piqués par les notes de la guitare,
comme par une légion de tarentules et de cantha-
rides, vous donnent envie d'aimer une Anda-
louse, de jouer du couteau pour elle et de boire
de l'amontillado dans son verre !

L'adaptation des pièces françaises est admirablement comprise par Alfred Chavero. C'est un
homme de lettres qui s'est assimilé le goût parisien avec un rare bonheur.

L'idée de traduire nos pièces en espagnol est
excellente, mais que de talent gâché ! Quel mal-

heur qu'Alfredo Chavero n'écrive pas une pièce
originale dont l'action se passerait en Terre-
Chaude ! Il y pourrait faire du fortunisme tout à
son aise, — jarabes, sérénades, revolvers, l'Américain cocasse remplaçant l'Anglais comique de
nos anciens vaudevilles, un chœur de *rurales* qui
certes ferait meilleur effet que le chœur des poli-
cemen des *Pirates of Peuzance.* Que de condi-
ments de haut goût, quelle sauce au chile toute
prête pour ce plat national ! Et ce ne seraient pas
les amoureux qui manqueraient en Terre-Chaude,
ni les beaux motifs à décors. Je suis sûr que
Herrera tirerait du Rincon Grande d'Orizaba la
plus jolie maquette qu'il ait jamais faite.

Avec le Théâtre-National, il y en a un autre, la
salle Arben, où l'on joue l'opérette aussi, mais avec
moins de succès, puis un théâtre de gros drames
et le cirque Orrin, très gai et rempli d'acrobates
américains que Franconi engagerait tout de suite,
si ces virtuoses se décidaient jamais à franchir
l'Atlantique pour lui donner une séance. Pendant l'hiver, on construit dans un coin de la place
de *Zocalo* un théâtre populaire en planches, recouvertes de plaques en tôle, où l'on joue des
tandas. C'est une espèce de fumoir chantant, à
l'usage des pauvres Indiens. Là dedans, on débite
de la musique à tant par acte : pour quelques sous
on a droit à un acte, et ceux qui veulent rester jus-

qu'à la fin sont forcés de renouveler leur première mise ; pas d'argent pas de chanson. Au moment des fêtes de Noël, il est de grande mode pour les classes dirigeantes d'aller en bandes s'esbattre dans les *tandas*. On en revient généralement avec des amis sur lesquels on ne comptait pas, des infiniment petits qui ne paraissent pas avoir d'autre patrie que le royaume de la saleté ; mais, bast ! dans un pays où il y a tant de bêtes gênantes, on ne se formalise pas pour si peu. Une bonne friction à l'*aguadiente* et c'est oublié.

LES PEINTRES MEXICAINS

Quand j'ai dit que l'Indien avait le don de
l'imitation, je n'avais pas encore visité l'Académie de San-Carlos et celle de Guadalajara, ni
l'École des beaux-arts de Puébla, car j'aurais
ajouté que les Mexicains ont le sens artistique
très développé. En effet, ces académies renferment des toiles que les plus grandes nations
seraient fières de posséder dans leurs musées.
Ces toiles sont l'œuvre d'*Indiens pur sang,* et font
très bonne figure à côté des Murillo, des Velaz-
quez, des Zurbaran et des Ribera que l'on peut
admirer dans les cathédrales de Mexico et de
Puébla et dans l'église de la *Compania* de cette
dernière ville. — MM. Baltazar de Echanc, Juarès, Ibarra et Félix Parra ont, à San-Carlos, des
tableaux qui valent selon moi mieux que les Leo-
nardo da Vinci, Corregio, Carreno, Rubens, Ve-

lazquez et Murillo, exposés dans la ville voisine et dont l'authenticité me paraît très discutable. L'Espagne peut avoir envoyé de bonnes copies des grands maîtres à sa colonie, et les avoir vendues plus cher que les originaux n'ont été payés.

La *Sainte Famille* de Luis Juarès pourrait être signée Murillo. Cet artiste, qui vécut au commencent du xviie siècle, devrait avoir une statue à Mexico, à côté de son illustre homonyme.

La *Chute des anges révoltés*, par Cristobal Villalpando, a des effets d'ombre et de lumière dignes du pinceau de Rembrandt. — Les *Juifs emmenés prisonniers à Babylone*, de Joachim Ramirez, est un tableau plein de sentiment et de vigueur, témoignant une connaissance délicate de toute la gamme chromatique. — *El Padre de las Casas*, par Félix Parra, de notre époque, est un chef-d'œuvre dans toute l'acception du mot. Un ignorant en fait d'art se sentirait remué par cette toile, tout comme il le serait à Anvers devant la *Descente de la croix* ou la *Sainte Cécile* à Bologne.

El Padre de las Casas représente le prêtre charitable Las Casas, suppliant Dieu de protéger les Mexicains contre les cruels traitements auxquels ils étaient soumis par les Espagnols.

Bartolome de Las Casas était un prélat castillan

qui vint avec Christophe Colomb à la découverte
du nouveau monde. Il fut très ému de la façon
barbare dont les conquérants espagnols traitaient
les indigènes vaincus et il traversa douze fois
l'Atlantique pour venir plaider leur cause devant
Charles V.

Dans le tableau, on voit Las Casas debout, tenant
une croix dans ses bras, tandis qu'à ses pieds, sur
les marches d'un Teocali (grandes pyramides
sur lesquelles les Aztèques sacrifiaient au dieu
Huitxilopoxtli), un chef indien blessé perd son
sang à côté de sa femme agenouillée et éplorée.

Il serait vivement à souhaiter que le Mexique
envoyât ce tableau, avec beaucoup d'autres, à
l'Exposition qui doit avoir lieu à Paris en 1889, je
serais heureux de voir mes humbles apprécia-
tions ratifiées par un comité d'artistes français.

Les Indiens sont des graveurs comme il y en a
peu au monde. J'ai vu de merveilleux travaux
exécutés par ces braves gens dans les écoles du
gouvernement.

Quels beaux résultats le Mexique obtiendrait en fondant des bourses de voyages pour
ses enfants si extraordinairement doués ! — En
confisquant les biens que le *gachupin* a volés si
effrontément ces dernières années au pays, on
pourrait envoyer en Europe, chaque année, une
centaine de jeunes gens et les maintenir pendant

11.

trois ans partout où ils pourraient s'assimiler ce qui a été fait de bon et de beau sur l'ancien continent.— Ce serait une fin qui justifierait bien le moyen.

TAUREAUX ET COQS

Ah! le joli cadeau que les Espagnols ont fait là aux Indiens. Un taureau assassiné lentement par des amateurs maladroits, des chevaux trottinant fièvreusement dans une muette agonie, éventrés par les cornes du taureau et perdant leurs intestins, des hommes couverts d'oripeaux se multipliant pour torturer les bêtes! Pouah! le vilain jeu! Lisez ce programme grotesque que je traduis littéralement.

TAUROS EN EL HUISACHAL

GRAND COMBAT DE TAUREAUX

Pour l'après-midi du 8 juin 1884

AU BÉNÉFICE DU PLUS ANCIEN DES TOREROS

BERNARDO GAVINO

et de sa fameuse troupe.

Quatre taureaux sauvages et arrogants sortis de la fameuse hacienda de San José Piedras Négros seront dans l'arène.

Un taureau courageux sera harcelé par des chiens.

En voilà plus qu'il n'en faut pour bonder les
vingt-cinq voitures de tramways sur le Zocalo,
pour faire louer tous les fiacres de la ville et
mettre en branle tous ceux qui ont une piastre en
poche! Le Huisachal est une *hacienda*, en dehors
de la ville. Le propriétaire de cette ferme a fait
construire sur la colline qui domine les environs
de *Chapultepec* une vaste enceinte ressemblant au
grand amphithéâtre de Rome.

L'emplacement est accidenté et d'un aspect
romanesque. C'est une jolie promenade à cheval
et à travers champs. Tout le monde y va. Le gouverneur a défendu ce sport dans l'enceinte de la
capitale à cause des excès que la population com-
mettait après avoir vu ce spectacle brutal et san-
glant. Comme il faut une heure et demie pour
rentrer par le tramway, l'excitation a le temps de
se calmer, et il ne peut guère se produire que des
rixes sur la plate-forme des wagons.

Je ne décrirai pas autrement ces courses de
taureaux; à l'heure actuelle tous mes lecteurs
doivent connaître les répugnantes péripéties de
ce grossier divertissement. Je préfère consacrer quelques lignes aux combats de coqs, ou
peleas de gallos. C'est aussi un des passe-temps
du dimanche.

Sous de légers édifices en bois recouverts
de chaume, les habitants font battre des coqs aux

pattes desquels ils ont attaché des éperons en
acier; villes, villages et hameaux mettent leur
amour-propre à avoir les meilleurs coqs, absolument comme nos villageois s'évertuent à avoir
les meilleurs orphéons.

De gros paris s'engagent sur ces volatiles, auxquels on fait absorber des drogues variées pour
leur donner du cœur et les rendre *muy valiante*.

Les coqs se donnent des coups d'éperon comme
si l'enjeu était pour eux une poule préférée, et
les propriétaires de ces bipèdes enragés termi-
nent la fête par de bruyantes disputes où le couteau devient un argument tranchant.

MŒURS MILITAIRES

(ANCIEN RÉGIME)

LE DRAME DE CHAPULTEPEC

Pendant que j'étais à Mexico, il se passa dans cette ville un drame qui mérite d'être noté, car il est typique. — On raconte de semblables anecdotes des officiers du czar de Russie alors qu'ils ont beaucoup bu et que les Bohémiennes leur ont monté la tête.

Les élèves et les professeurs du Collège militaire avaient offert un déjeuner au directeur de l'établissement, M. le colonel Juan Villegas. M. Fernando Gonzalez, fils du président, et le capitaine Pedro Garza, à l'issue du repas, sortirent du collège et montèrent dans la voiture du tramway de Tacubaya (petit village à une heure de la capitale, le Saint-Cloud de Mexico),

qui passait à ce moment. Ils restèrent sur la plate-
forme, car le wagon était plein.

La voiture n'avait fait que quelques pas, lorsqu'elle fut arrêtée par plusieurs personnes dont
quelques-unes purent monter sur la plate-forme
de derrière. Une autre paraissant être une ordonnance, escalada la plate-forme de devant où elle
chercha à s'installer malgré les observations de
M. Garza qui lui dit qu'il n'y avait plus de place.
Au moment où le wagon se remit en marche,
M. Fernando Gonzalez, un robuste gaillard d'une
vingtaine d'années, perdant son centre de gravité,
se heurta contre l'ordonnance. Celui-ci, croyant
que le fait était intentionnel, répondit par une
bourrade sur l'œil gauche de M. Gonzalez. Alors
le capitaine Garza tira son pistolet et fit sauter la
cervelle de l'agresseur. Celui-ci tomba agonisant,
tandis que le fils du président et M. Garza des-
cendaient de wagon.

Le capitaine, toujours son pistolet à la main,
voulut remonter par la plate-forme de derrière,
mais il fut repoussé par le jeune Sotomayor, fils
du colonel Domingo Sotomayor, qui voulait ainsi
mettre un terme à l'agitation qui commen-
çait à se produire dans l'intérieur du wagon;
mais M. Garza arma de nouveau son pistolet, et,
faisant feu sur Sotomayor, l'étendit raide mort à
ses pieds.

Les voyageurs, ne pouvant se rendre compte
de ce qui se passait et entendant des coups de feu
de l'un et de l'autre côté du wagon, s'enfuirent
par les fenêtres. Le colonel Luis Alvarez, commandant la gendarmerie montée, arriva sur le
théâtre de l'événement, et M. Fernando Gonzalez
le présenta lui-même au capitaine Garza en lui
racontant ce qui venait de se passer. M. Alvarez
chargea un officier, M. Garostiza, d'accompagner
dans un wagon le capitaine Garza et monta lui-
même dans une autre voiture avec le fils du président. En même temps il donnait l'ordre d'enlever les cadavres.

Le capitaine Garza étant le professeur du fils
du président Manuel Gonzalez, ledit capitaine
fut gardé un mois dans une bonne chambre con-
fortablement installée, où on ne le laissa manquer de rien, — puis il fut acquitté.

On espère que cela servira de leçon aux gens
qui seraient tentés de manquer de respect au reje-
ton de l'illustre général Gonzalez, le président
le plus désintéressé que les Mexicains aient
connu depuis qu'il y a des présidents au Mexique.

Dieu merci, sous la présidence du général Diaz
de semblables forfaits ne sont plus à craindre, et
bientôt on ne sera pas plus exposé aux coups de
revolver dans une voiture publique mexicaine
que dans un omnibus parisien.

HUIT JOURS D'ÉMEUTE A MEXICO

On m'avait beaucoup parlé des troubles qui ont trop souvent ensanglanté les rues de la capitale, et je dois avouer que je n'ai pas été fâché de voir de près un de ces soulèvements populaires.

Un soir, en rentrant à mon hôtel avec mes bons amis Manuel Najera et Pancho Garay, qui venaient de me donner une leçon de *boliche*, nous fûmes surpris de trouver la rue envahie par une foule d'Indiens et d'étudiants qui criaient à tue-tête : *Muera Manuel Gonzalès! Muera el Manco! Muera Noetzlin!*

C'était le peuple indien, conduit par les étudiants, qui se révoltait contre une commission de *treize millions de piastres* que M. Noetzlin, représentant de la banque Franco-Égyptienne de Paris, était sur le point de se faire voter par la Chambre des députés avec l'aide du président

Manuel Gonzalès, lequel au moment de céder le pouvoir à l'intègre général Porfirio Diaz, s'était pris subitement d'un beau zèle pour le règlement d'une dette anglaise, contractée il y a plus d'un demi-siècle.

Le Mexicain est bon enfant, mais au fur et à mesure qu'on lui apprend à lire, il devient assez difficile de lui faire prendre des vessies pour des lanternes. On a eu beau lui expliquer qu'il était très « moral » de payer ses dettes, et que la commission demandée par les *Franco-Égyptiens* était fort minime en comparaison du service que ces messieurs rendaient au pays, le Mexicain ne s'est pas laissé convaincre et il a donné un brutal coup de pied dans le pot aux roses, au moment même où *Shylock* et *Gachupin* réunis croyaient l'affaire « dans le sac » et faisaient une dernière rafle des fonds de la dette anglaise sur les marchés européens. La Chambre, toujours docile, avait voté le règlement en principe et s'apprêtait à en faire autant pour les articles du projet.

Muera el Manco! (mort au manchot) criait la foule aux abords de la Chambre des députés.

Le manchot, qui avait déjà tiré son épingle du jeu, se crut cependant obligé de voir jusqu'à quel point il pouvait aller sans se mettre tout le pays à dos. Il essaya de faire rentrer ces Indiens intempestifs chez eux à coup de sabre et de revol-

ver, mais cela ne fit qu'augmenter l'indignation
du peuple. Les coups de revolver furent rendus à
la police avec intérêts sous forme d'une grêle de
pierres, panachée de quelques coups de couteau.
La police dut battre en retraite et s'occuper de
la Chambre des députés, où les spectateurs des
galeries, prenant fait et cause pour leurs amis
de la rue, jetaient les banquettes sur les légis-
lateurs ahuris.

Ces derniers, qui avaient l'habitude de voter
entre une cigarette et un sourire et de considérer
comme des aliénés les gens qui parlaient contre
les projets du gouvernement, eurent une venette
de tous les diables, et ne se sentirent même plus
rassurés par l'appui de leur allié le *Diable d'argent*
dont le représentant, M. Noetzlin, était prudem-
ment reparti pour la France. Le président de la
Chambre télégraphia au général Gonzalès que ses
fidèles députés étaient en grand danger. Le chef
de l'État envoya un régiment de gardes rurales à
cheval, avec ordre de charger la foule et de dis-
perser les rassemblements en tirant en l'air. Il
était temps; la Chambre soutenait depuis deux
heures un véritable siège. Au moment où les
ruraux repoussaient la foule devant la Chambre
des députés et déchargeaient leurs carabines en
l'air, un petit étudiant, vrai voyou de Mexico,
eut un mot digne de son frère le gamin parisien ;

il cria aux gardes : « Eh! dites donc, vous autres,
est-ce que vous nous prenez pour des oiseaux? »
Ce mot-là eut peut-être désarmé des gendarmes
français, il ne fit qu'aigrir le colonel des ruraux.
Il commanda à ses hommes de charger et de tirer
sur les émeutiers.

Les Indiens ripostèrent de leur mieux, puis
s'enfuirent dans les vastes cours des hôtels Iturbide et San Carlos, qui ont des issues sur quatre
rues, pour se reformer ensuite derrière la cavalerie. Et les *Mueras!* de retentir de plus belle.
Très crâne, l'Indien sous le feu! Je ne m'étonne
plus que cet homme, en apparence si insouciant, devienne un bon soldat quand il s'agit
de défendre son pays.

Du reste, cette question de la *deuda inglesa* lui
rappelait l'invasion des Anglais, Français et Autrichiens réunis contre lui.

Pourquoi, disait un de leurs orateurs, fallait-il
encore verser de l'argent à ces étrangers qui venaient mettre tout à feu et à sang dans leur patrie? — A bas l'étranger! Nous ne voulons plus
en entendre parler! criait la foule. *Muera el Gachupin!* (Mort à l'Espagnol.) C'est ainsi que ces
descendants de Montezuma qualifiaient le président sortant.

Le seul *vivat* qui tranchât avec ce cri sinistre
mille fois répété de *muera*, s'élevait sonore et

puissant, quand un étudiant jetait le nom de Porfirio Diaz à ses voisins.

Pendant huit jours ces scènes se répétèrent
à tout instant. Les boutiques étaient fermées et
leurs volets se criblaient de balles.

Les étudiants promenaient les morts sur des
litières à travers les rues, en forçant les passants
à se découvrir.

A la fin, le soulèvement prit de telles propor-
tions que le général Manuel Gonzalès n'osa plus
insister et retira son projet de conversion et sa
cavalerie, en déclarant que cette opération ne
reviendrait devant la Chambre que si tel était le
bon plaisir de son successeur, le général Diaz.

Ce jour-là il y eut de grandes réjouissances,
la ville se pavoisa spontanément; le soir on
illumina et les rues étaient incendiées par des
feux de joie. Au milieu de la pétarade on acclamait
Diaz Muiron le jeune poète, député de Vera-Cruz,
qui avait secondé le mouvement insurrectionnel
par son éloquence passionnée.

Cette émeute victorieuse ne fut qu'une émeute,
grâce au désistement du gouvernement; mais cela
n'empêcha pas les grands journaux américains
d'être remplis de détails télégraphiques minu-
tieux sur la *révolution* au Mexique, lesquels renseignements étaient aussitôt résumés et transmis
en Europe.

Il est regrettable de voir que l'ancien monde ne s'occupe du nouveau que dans les moments où son sol tremble et où ses habitants se tirent des coups de fusil.

A vrai dire, ces « révolutions » sont plus pittoresques que dangereuses, et une course de taureaux émeut plus les spectateurs qu'une charge de cavalerie.

L'émeute une fois terminée, tout rentra dans l'ordre, j'allais dire dans l'insouciance habituelle, et la *Deuda Inglesa* n'est plus à l'heure qu'il est qu'un titre de *polka*.

Une maison des plus honorables et des plus solides est en pourparlers avec le gouvernement mexicain pour le règlement loyal — et sans commission monstreuse — des fonds de la dette anglaise; il y a tout lieu de croire que cette maison sera prochainement chargée par le général Diaz et la Chambre mexicaine d'émettre un emprunt important sur la place de Londres.

Ce serait une bonne affaire pour les deux pays et il est à regretter que l'emprunt de Maximilien, où l'épargne française fut si cruellement éprouvée, rende impossible pendant de longues années, l'émission d'un emprunt mexicain, par une banque parisienne, fût-elle de premier ordre.

UNE EXCURSION

DANS

LE ROYAUME DU TABAC

Ce chapitre est dédié aux fumeurs. C'est à leur intention que j'ai fouillé la terre chaude dans ses moindres recoins, et que j'ai demandé à M. de Coutouly, le sympathique représentant de la France au Mexique, une copie d'un curieux rapport déposé au ministère des affaires étrangères. Ce rapport, sur la culture du tabac au Mexique, est dû à la plume de mon excellent ami, M. Louis Lejeune, que je n'ai pas à vous présenter, puisque le ministre de France s'en est chargé dans une note qui a paru à l'*Officiel*, et que je reproduis plus loin.

Je vous ai narré par le menu une excursion en terre chaude sur le versant du Pacifique. Aujourd'hui, je vous prierai de vouloir bien m'accompa-

gner en terre *caliente*, sur le versant de l'Atlantique, dans l'état de la Vera-Cruz.

Cette fois, je me contenterai de reproduire simplement les notes que je retrouve sur mon calepin
de voyage, et en m'attachant à mettre en évi-
dence les côtés pratiques de ce merveilleux pays,
et cela en guise d'introduction au document si
clair, si précis et si concluant, qui doit être déjà
enseveli dans un carton poussiéreux du palais du
quai d'Orsay.

M. de Coutouly m'avait fait l'honneur de me
communiquer ses vues sur le grand avenir réservé
au tabac mexicain. En apprenant qu'il avait prié
M. Louis Lejeune de faire une enquête sur les
lieux même où de hardis pionniers allaient récolter le produit d'une intelligente initiative, je
proposai à M. Lejeune de l'accompagner. Il voulut
bien m'accepter comme compagnon de route, et
je lui suis redevable d'une des plus intéressantes
expéditions qu'il soit possible de faire sous les
tropiques.

Nous prenons le train pour descendre jusqu'à la
Vera-Cruz, et arrivés là nous louons des chevaux
et des mulets qui nous transportent avec nos bagages en trois jours dans la vallée du haut *Papaloapam* et de *Santa-Rosa*. Ici la nature est d'une
exhubérance véritablement étonnante.

Les terrains que nous parcourons appartiennent

à MM. Daniel Levy, Cid y Léon et Eugène Schnetz, fondateurs de la Compagnie des tabacs mexicains, trois audacieux qui sont en train de devenir plusieurs fois millionnaires.

Nous voici dans une immense serre, abritée contre le vent du nord, le terrible *Norte*, et où il pleut tous les jours pendant deux ou trois heures, sauf en mars et en avril. Pendant ces deux mois, les rosées sont assez abondantes pour remplacer la pluie. L'épaisseur de la couche végétale est de trois à quatre mètres.

La colonie Cid y Léon (c'est ainsi qu'elle a été baptisée), d'après le nom de l'aimable colonel qui a dénoncé les terrains sur lesquels opèrent le capitaliste Daniel Levy et l'ingénieur Eugène Schnetz, a près de *trente lieues carrées d'étendue*, et cependant elle ne représente qu'une partie de la terre à défricher, sans autre propriétaire que l'Indien, ivre de soleil et de pulque.

Ces terrains se trouvent sur une rivière navigable jusqu'à la mer; ils sont très riches en essences rares (acajou, cèdre, moral, caoutchouc, campêche, palissandre, bois de rose, d'amarante, etc.). Ils renferment aussi de grands massifs de palmiers à *Coyote*, c'est-à-dire qu'il y a là, outre le tabac et le bétail (deux affaires de grand avenir), une troisième affaire plus sûre encore, si c'est possible, celle de l'huile de palme. On trouve

à chaque pas des fibres admirables, de la *lignite*
(carbon de Piédra) en abondance.

Le cacao y est d'excellente qualité.

A propos du caoutchouc de ce pays, voici une
expérience faite par M. Schnetz : il a travaillé un
quintal de caoutchouc par le procédé du Pérou et
l'a envoyé à Paris, en même temps qu'un quintal du même caoutchouc mexicain sans indiquer
la provenance, il a demandé l'estimation et on
lui a répondu que ces échantillons valaient
90 piastres l'un (lesien) et 38 piastres l'autre,
c'est-à-dire le même travaillé par les Indiens.

Il ne se commet pas de crimes dans le pays; le
climat est doux et les nuits fraîches. L'été est un
peu chaud, mais il est à remarquer que les travaux
principaux, tels que plantation de tabac, exploitation de bois, défrichements, peuvent et même
doivent se faire en hiver. En été, on n'a à s'occuper que des soins à donner au tabac en magasin,
de la fabrication de l'huile (un travail d'intérieur
également) et des bestiaux.

En me voyant m'extasier devant cette richesse
inouïe et ignorée, un de nos compagnons de
voyage, général dans l'armée mexicaine, m'offrit
de former une société avec lui et me développa
séance tenante, un projet d'association. Je transcris ce document tel que je l'ai sténographié sous
sa dictée dans mon carnet. Cela donnera au lec-

teur une idée de la façon dont se traitent les affaires de ce genre :

* *
*

« *Projet du général* ***

« Les terrains sont dénoncés par vous et moi. On nous paiera nos terrains en nous donnant 150 actions, à raison d'une piastre l'acre américain (1). Il suffit donc de trouver 180,000 piastres de capital effectif pour la mise en valeur de l'affaire.

« Si les capitalistes veulent avoir la majorité des actions il sera facile de la leur donner en nous faisant payer comptant une partie (un 5me, par exemple), de la valeur des terrains. Nous aurions ainsi 120 actions et 30,000 piastres et les capitalistes auraient 180 actions. Donc :

COMPAGNIE AGRICOLE INDUSTRIELLE

POUR LA MISE EN VALEUR DES TERRAINS DE M. M***

Capital social . . Piastres 300,000
Capital effectif . . Piastres 180,000

Appoint sur la valeur des terrains. . . . . Piastres	30,000
Établissement d'une tienda (magasin-général) . . .	3,000
Petit remorqueur à vapeur et matériel de navigation	6,000
Bâtiments et routes.	6,000
Direction.	3,500
Comptabilité.	1,000
A reporter.	49,500

(1) Un hectare français = 2.471 acres américains.

Report.	49,500
Achat de 1000 bœufs à 18 piastres.	18,000
Enclôtures et garde de bœufs.	2,000
Achat des machines et installation de l'huilerie. . .	10,000
Exploitation de l'huilerie.	5,000
Plantations régulières de caoutchoucs, de cafés et de cacaotiers.	6,000
	90,500
Culture de tabacs (3 millions de pieds). . . Piastres	30,000
Exploration des terrains, essais d'exploitation et d'expédition en Europe et aux États-Unis des produits naturels de la propriété : textiles (pita Majagua, racine, etc.), bois de teintures (bois de Moral, bois de campêche, bois du Brésil, etc.); bois de menuiserie (cèdres, acajou, etc.); soie sylvestre; fruits (oranges, citrons, limons, bananes, mangues, etc,); graines (café, cacao); caoutchouc sylvestre; plantes médicinales (salsapareille, ricin, etc.); vanille, minerais et charbons.	20.000
Total.	140,500

« Vous voyez qu'il reste 35,000 piastres de réserve, ce qui permettrait, soit de consacrer plus d'argent au bétail, à l'huile et aux tabacs, soit d'entreprendre avec les procédés américains, la culture du coton, la seule qu'on fasse régulièrement dans le pays (fort mal d'ailleurs), soit enfin, de coloniser.

« Le rendement net probable dès *la première année* serait :

Tienda.	Piastres	2,000
Navigation		6,000
Engraissement du bétail.		15,000
L'huile de palme.		15,000
3,000 quintaux de tabac.		140,000
	Total	178,000

« La navigation est très chère actuellement sur ces rivières, chère et primitive. De nos terrains à Alvarado, la tonne coûte environ 10 piastres. On aurait la clientèle de tous les riverains producteurs de coton et le transport des bois.

« Les bœufs maigres s'achètent, pendant la saison sèche, dans les *haciendas* de la côte que dessèchent les *nords*, et qui n'ont plus d'herbes à cette époque. Ils valent alors de 12 à 18 piastres (le bœuf de 4 ans). Au bout de six mois, le bœuf engraissé dans les *potreros* si nourrissants de nos terrains vaut 26 et 28 piastres. On peut faire deux opérations d'engraissage par an.

« Quant aux tabacs, MM. Levy et Schnetz ont dépensé cette année 25,000 piastres et ils ont produit 3,000 quintaux de tabac d'une valeur de 80 piastres au moins le quintal.

« Je vous donne ces indications afin que vous puissiez causer de l'affaire en toute connaissance de causes. Je n'ai pas parlé de sucrerie, bien qu'il y ait ici d'excellents terrains à cannes.

Ce qu'il faudrait avoir c'est une petite usine à

eau-de-vie de canne. Tous les *haciendados* (fermiers) en ont en ce pays. Je ne compte pas non
plus le rendement en maïs, haricots, etc. Je n'ai
compté qu'une huilerie produisant 1,000 quintaux
dans l'année, et il y a des palmiers pour faire des
millions de quintaux.

« Je fais entrer en ligne le rendement des bois.

« Quant au bétail on pourrait acheter 2 et 3,000
bœufs. (Une *hacienda* voisine des terrains possède
65,000 têtes de bétail, 3,000 juments et 1,800 chevaux *d'élevage;* nous serions nous *d'engraissage*.)

« Les tourteaux de l'huile, le brou des *Coyotes*
de palmiers, les innombrables fruits perdus (mameyes, sapotes, mangues, cacaos, etc.) permet-
traient d'élever en grand des cochons.

« Qu'on ne s'étonne pas du prix très faible que
j'indique pour les bâtiments d'exploitation. Je me
base sur les frais qu'a fait M. Schnetz. Un *rancho*
coûte 1,000 piastres à Cuba. Les bois et les lianes
sont là pour cela. »

Je remerciai l'excellent général, et je promis de
me souvenir de son offre alléchante, ainsi que
j'ai dû promettre si souvent depuis mon arrivée
au Mexique. Et cependant le général dit vrai, c'est
avec de pareilles exploitations que l'on quintu-
plerait son capital en cinq ans, et cela à quinze

jours seulement de Paris où l'argent ne rapporte plus que du 3 et du 4 pour 100 !

Veuillez lire maintenant ce que dit M. de Coutouly, ministre de France, et son rapporteur, M. Louis Lejeune.

*
* *

» *A Monsieur le général Carlos Pacheco,*
Ministre des Travaux Publics du Mexique.

« Monsieur le Ministre et ami très honoré,

« Un Français d'une haute distinction qui habite Mexico depuis quelques temps et qui étudie avec un vif intérêt les conditions de votre pays, mon honorable ami, M. Louis Lejeune, que vous connaissez, m'a récemment adressé sur ma demande un très remarquable mémoire concernant les essais de culture de tabac de fine qualité qui ont donné cette année de si beaux résultats dans la fertile vallée de Santa-Rosa, affluent du Papalaopam. Ainsi que j'ai eu plus d'une fois l'honneur de vous le dire, je suis depuis longtemps persuadé qu'un des principaux éléments du progrès de votre pays, sera le développement de la culture du tabac. Quand j'ai appris qu'un des meilleurs ingénieurs de la régie française, M. Eugène Schnetz, qui a été pendant bien des années au service de cette administration dans l'île de Cuba, s'était associé avec M. Daniel Levy et le

colonel Cid y Léon, pour introduire au Mexique les
meilleures espèces havanaises et pour appliquer,
non seulement à leur culture, mais aussi à leur
préparation après la récolte, les procédés en usage
dans la Vuelta-Abajo, mon attention s'est tout
de suite portée sur l'entreprise de ces messieurs.

« Un des principaux chefs de l'administration
française de tabacs m'avait dit, l'année dernière,
que M. Schnetz était de tous nos ingénieurs celui
qui connaît le mieux la culture et le « bénifice »
de ce produit, et j'étais pour cette raison certain
que les résultats de ses efforts ne pourraient pas
être insignifiants. Aussi ai-je appris avec plaisir,
mais sans surprise, que la première récolte préparée par lui à Santa-Rosa était vraiment admirable. Toutefois je n'ai pas voulu me contenter de
renseignements vagues sur ce fait si intéressant.
Profitant d'une offre gracieuse de M. Lejeune, je
lui ai demandé un rapport complet et consciencieux, et il s'est mis à l'étude avec un zèle dont
je ne puis que lui être reconnaissant. Après avoir
fait un voyage à Cuba et un séjour à Santa-Rosa,
il m'a remis un travail excellent, dont j'ai immédiatement envoyé une copie au gouvernement
français qui, sans doute, lui donnera une publicité efficace dont votre pays profitera je l'espère.
Je me permets aujourd'hui de vous en offrir une
autre copie, certain que vous en prendrez connais-

sance avec un vif intérêt. C'est un don personnel que j'entends vous faire, mais il est bien entendu que si vous désirez donner de la publicité au beau travail de M. Lejeune, afin d'encourager une entreprise qui peut servir d'exemple fécond, je n'aurais aucune objection à faire valoir. Loin de là, vous ne pourriez, en prenant ce parti, que flatter votre très fidèle serviteur et ami.

« GUSTAVE DE COUTOULY. »

RAPPORT

« *A Monsieur Gustave de Coutouly, Ministre de la République Française, à Mexico.*

Mexico, 15 avril 1883.

« Monsieur le Ministre,

« Vous avez bien voulu me demander un rapport sur les tabacs mexicains.

« J'ai fait en novembre dernier une excursion dans la *Vuella-Abajo* de Cuba, et j'ai pu comparer les procédés de culture de cette terre classique du tabac aux procédés mexicains, et les résultats qu'on y obtient aux résultats qu'on a obtenus jusqu'à présent au Mexique.

. . . .

« Un seul pays, les États-Unis, importe plus de 70,000 quintaux de tabacs en feuilles, sortis de l'île, et notre tableau nous apprend que, deux années sur cinq, la production totale de la *Vuelta-Abajo* n'a pas atteint ce chiffre.

« Il est évident qu'il y a fraude. Personne n'ignore qu'on y importe librement le médiocre tabac de Puerto-Rico, l'autre île espagnole, afin de le réexporter comme tabac cubain. Personne n'ignore qu'on vend dans les entrepôts de la Havane, comme tabac de la *Vuelta-Abajo*, le tabac âcre et sans qualité de la *Vuelta-Arriba*. Personne n'ignore qu'on introduit chaque année à la Havane, pour y être vendus comme havanais ou pour y être mélangés aux tabacs havanais, beaucoup de tabacs mexicains. Exemple : Une personne établie au Mexique cultive du tabac dans l'État de Oaxaca à l'aide de fonds mis à sa disposition. Eh bien, elle paie les intérêts et l'amortissement de ces fonds en tabacs mexicains de l'État de Oaxaca, soigneusement emballés dans les *yagnas* (1) afin d'imiter les *tercios* (2) cubains.

« Voici comment se fait cette ingénieuse contrebande. M. X*** expédie ses balles mexicaines munies d'un connaissement sur l'Europe ou sur New-York, mais il a soin de les embarquer sur

---

(1) La *yagna* est un lambeau d'écorce qui se détache chaque mois de la hampe du *palma real*, qu'on appelle *yagna* au Mexique.

(2) Le *tercio* cubain est une balle de tabac dont le poids moyen est de 50 kilog.

une goélette qui ne va que jusqu'à la Havane ; on les y met en transit, on les munit d'un nouveau connaissement sur l'Europe ou sur New-York, celui-là daté de la Havane, on les réembarque, et le tour est joué. Avec ce nouvel extrait de naissance le tabac mexicain fera son chemin dans le monde et l'on savourera partout son arome havanais.

. . . .

Le marché des tabacs à la Havane est devenu mauvais :

« 1° Parce que le sol de la *Vuelta-Abajo* est épuisé ;

« 2° Parce que les cultivateurs ont abusé du guano ;

« 3° Parce que l'importation des tabacs étrangers et leur vente sous le nom de tabacs cubains sont devenues un procédé commercial habituel du pays.

. . . .

C'est au sud de l'État de la Vera-Cruz et à l'est de l'État de Oaxaca qu'il faut chercher les vrais terrains à tabac du Mexique. Depuis un demi-siècle les crus de *San-Andrès-Tuxtla* et d'*Acayucan* sont les plus renommés de la République. Leur sol, semblable à celui de la *Vuelta-Abajo*, a produit longtemps du tabac auquel il ne manquait pour égaler le havane que les soins de culture et de manipulation. Mais à *Acayucan*, la couche de terre végétale n'a pas plus d'un pied d'épaisseur; elle s'est épuisée comme celle de la *Vuelta-Abajo*. Près d'*Acayucan*, à *Jallipam*, à *Chinameca*, on peut encore obtenir de bons résultats. En voici une preuve : un Français, M. F***, avait été chargé l'an dernier par un fabricant de cigares de la Vera-Cruz, M. R***, d'acheter des tabacs dans le district d'*Acayucan*. Il en acheta pour la somme de 70,000 francs, payables en traites, mais M. R*** s'entendit avec une banque, vendit les plus belles capes du lot à la Havane et expédia le reste en France où la régie lui en donna 170,000 francs.

« Le tabac mexicain peut donc faire son chemin en France comme il le fait déjà si bien à Cuba et en Allemagne.

« A *San-Andrès-Tuxlla*, on a usé de bonnes veines de terre à tabac, comme à *Acayucan,* comme dans la *Vuelta-Abajo*. Puis, on a voulu profiter de la réputation acquise par le terroir et on a mis en culture les terres argileuses voisines. La qualité a disparu, et la réputation de *San Andrès* s'est évanouie.

« D'ailleurs, *San-Andrès*, situé près de la côte du golfe, est exposée aux vents du nord qui dessèchent cette région pendant l'hiver, c'est-à-dire pendant la saison où l'on cultive le tabac au Mexique. La petite sierra de *San-Martin* ne pro-

tège que très imparfaitement la vallée; le nord
brise les feuilles et renverse les pieds de tabacs
élevés; aussi a-t-il fallu renoncer à y planter le
tabac de l'espèce havanaise qui a la forme d'un
arbuste et dont les plus belles feuilles sont les
basses. On a dû adopter le tabac de *Tabasco,* qui a
la forme d'un aloès, c'est-à-dire dont les plus
grandes feuilles sont les plus basses. Or, les
feuilles basses ne peuvent fournir que de la *tripe,*
parce qu'elles sont plus exposées que les autres à
l'humidité du sol et aux limaces; parce qu'elles
manquent d'air et aussi parce que la force et
l'arome fournis par la plante montant et se portant
au sommet, les feuilles les plus fortes et les plus
aromatiques sont toujours les plus hautes, celles
de la *couronne.* Le tabac de *Tabasco,* dont les
bonnes feuilles sont les plus petites, est donc une
mauvaise espèce.

« Le Nord, qui oblige les cultivateurs de *San-
Andrès* à adopter cette espèce, cesse de souffler en
mars à la fin de la récolte, mais les vents du sud
s'élèvent alors très violemment quelquefois, et
nuisent à la dessiccation des tabacs qui doit se
faire par un temps calme.

« Malgré les inconvénients de la situation de
San-Andrès-Tuxtla et la faible quantité de bonnes
terres à tabacs que possède ce district, c'est jusqu'à cette année, le seul point au Mexique où l'on

ait produit du tabac réellement *marchand,* parce
que c'est le seul point où l'on ait traité le tabac
mexicain par des procédés cubains. Des Cubains
s'y sont établis, il y a quelques années, et y ont
apporté les traditions de culture et de manipulation de leur pays. Aujourd'hui, ces colons songent
à s'éloigner de la côte, et à chercher des terres
mieux situées et plus neuves. Quelques-uns se
dirigent vers le district de *Tuxtepec,* sur le haut
Papaloapam.

D. Ramon Balsa a été, en 1882, le pionnier
du tabac dans cette région.

« Venu fort jeune d'Espagne à Cuba, puis à
San-Andrès-Tuxtla, où il a été ouvrier classeur
de cigares, M. Balsa, aidé par un oncle riche, ins-
talla à Vera-Cruz, il y a quelques années, une
fabrique de cigares : *La Prueba.* Parcourant la
sierra d'Oaxaca pour y acheter quelques balles de
tabac aux Indiens, il reconnut la beauté, l'arome
des feuilles du tabac indigène, que les gens
d'Ojitlan et du *Valle-Nacional* plantaient parmi
leurs maïs et leurs cotons.

C'est près du village du *Valle-Nacional* qu'il a
acquis des terrains et fait ses premiers essais de
plantations. Aujourd'hui ses tabacs sont très
appréciés et ses cigares de *La Prueba,* dont les
capes viennent du *Valle-Nacional*, sont en vogue à
Mexico.

L'an passé, on a acheté à M. Balsa ses *capes-
premières* — le quart environ de sa récolte, — au
prix de 20 francs le kilog. Le reste de la récolte,
— *capes-secondes* et *tripes,* a été vendu à Hambourg 18 piastres l'arobe (6 fr. 30 le kilog.) ou
employé à la fabrique de *La Prueba.*

Les tabacs du *Valle-Nacional* de 1884 ont
dont atteint le prix moyen de 9 fr. 70 le kilog.,
prix plus élevé que les bons tabacs de la *Vuelta-
Abajo* (1), et comme les frais de première installation (achat ou rente de la terre, impôts, constructions, main-d'œuvre, etc.), sont bien moindres
dans cette partie du Mexique qu'à Cuba, ainsi que
nous le verrons plus loin, comme d'autre part, les
frais de transport y sont moindres que ceux de la
Vuelta-Abajo, les bénéfices réalisés par M. Balsa
doivent être considérables.

« Le *Valle-Nacional* s'est rapidement peuplé de

(1) On peut admettre 50 kilog. comme poids moyen
d'une balle à Cuba. Le prix de la balle varie entre 40 et
80 piastres, suivant les crus, soit 8 francs le kilog. en
moyenne. Quelque inférieure que soit la qualité, on ne
trouve plus à acheter à la Havane au prix de 35 piastres
la balle. Quant au prix de 80 piastres qu'on donne pour
limite supérieure, il est parfois dépassé, mais seulement
pour des tabacs de qualité exceptionnelle. En 1882, on a
payé des balles de *capes*, à la plantation même, au prix
de 2,000 et 2,400 francs.

N. B. — La piastre cubaine vaut 5 francs.

Cubains et de Canariotes, qu'a attirés l'offre de
terres payables en un certain nombre d'années,
par la concession du tiers de la récolte au propriétaire et par la vente qui lui est faite par
avance d'un autre tiers de la récolte à un prix
convenu.

« M. Balsa a essayé d'autres modes de contrats
avec les émigrants. Il fait aussi valoir lui-même,
avec l'aide des gens du pays et de quelques colons
payés à la journée.

. . . .

« L'Indien sait imiter. Quand il reproduit un
modèle ou quand il suit un exemple, il travaille
vite et bien. Mais il ne se met jamais à la recherche du progrès; le progrès doit venir à lui. L'Indien n'invente pas, ne réforme pas. Il attend un
guide, et si le guide ne vient pas, il fait ce qu'ont
fait ses aïeux. Le guide n'étant pas encore venu,
il n'a modifié ni la construction de sa hutte qui
rend sa demeure incommode et malsaine, ni la
fabrication de son pain de maïs, qui est enfan-
tine (1).

« Il n'est donc pas étonnant que dans une ré-

(1) On a dit à propos des galettes de maïs ou *tortillas*,
base de la nourriture de huit millions de Mexicains, que
la moitié de la nation travaille pour fabriquer le pain de
l'autre moitié.

gion où les « gens de raison » (2) ont rarement
pénétré et n'ont jamais rien enseigné, la culture
du tabac soit mauvaise.

« Vendant leur tabac au poids, et le vendant
toujours à très bas prix, qu'il soit laid ou beau,
bon ou mauvais, les Indiens désirent avant tout
récolter des feuilles qui restent lourdes après leur
dessiccation, c'est-à-dire des feuilles à grosse côte
et à grosses veines, très mauvaises par conséquent, pour la fabrication des cigares.

« Le choix du terrain ne leur importe qu'autant
que la plante y deviendra grande et que ses
feuilles y seront lourdes. Aussi la repiquent-ils
presque toujours dans les terres trop argileuses
ou trop riches en humus végétal. Les admirables
terrains de *Santa-Rosa,* et d'autres que je connais

---

(1) Les blancs — créoles ou Espagnols — se sont
donné le titre de « gens de raison ». Les rares représentants de la *gente de razon* dans cette partie de l'État
d'Oaxaca y font plus de mal que de bien. La plupart sont
des émigrés espagnols — Asturiens ou Galiciens — presque aussi ignorants et plus grossiers que les Indiens
qu'ils exploitent. L'épicier *(tendero)* « l'homme de raison » du village, débite le plus qu'il peut sa mauvaise
eau-de-vie de canne, encourage l'ivrognerie et achète,
souvent à faux poids et toujours à vil prix, les produits
indigènes, coton, cacao, caoutchouc ou tabac. J'ai vu
payer 0 fr. 13 cent. (la livre) le coton d'un Indien.

ont passé jusqu'à présent dans le pays pour des terres où le tabac *devenait trop fin.*

La culture du tabac n'étant chez eux qu'accessoire, parce qu'elle a donné jusqu'à présent un revenu incertain et peu proportionné aux soins qu'elle coûte, ils se contentent de planter quelques pieds dans leurs champs de maïs ou de coton. Or, le tabac est une plante jalouse, qui veut des soins spéciaux et qui dépérit, si on la met en contact avec d'autres plantes.

Les Indiens ignorent que le tabac gagne en qualité quand on le cultive plusieurs années de suite dans le même terrain, pourvu bien entendu, qu'on ne pousse pas le retour de la plante jusqu'à l'épuisement du sol. Ils abandonnent généralement la culture d'un champ après deux ou trois récoltes, et vont défricher un coin de la forêt voisine, croyant y récolter davantage.

. . . .

« La plus grosse faute qui soit commise par les cultivateurs mexicains, celle qui, plus que toutes les autres empêche le tabac du pays de prendre rang parmi les plus appréciés et les plus chers du monde, la faute qu'il est surtout important de corriger, la voici : on ne *bénéficie* pas le tabac au Mexique. On ne le soumet pas à la fermentation du *betun*, qui a été pendant trente ans, le grand secret des Cubains, la cause principale du succès des tabacs havanais. Le *belun* ou *blandura* est à la fois un ferment et un préservatif contre les fermentations putrides. Sous son action il se produit dans les feuilles du tabac des fermentations maliques et lactiques, encore peu connues, à la suite desquelles : 1° l'excès de nicotine diminue de 40 pour 100 ; 2° l'arome, dont le tabac brut contient le principe à l'état latent, se dégage et est mis en pleine valeur. « Sans la fermentation par- « ticulière obtenue par les procédés cubains, le « cru le plus renommé n'a ni goût ni arome et « reste détestable à fumer » (1).

« En France, les ingénieurs de la régie, dans le but de faire disparaître l'excès de nicotine, traitent le tabac par « des torréfactions, des macé- « rations, des lavages, etc., qui diminuent bien » la force, mais qui diminuent bien plus encore « la qualité des feuilles » (2).

« Au Mexique, après l'opération du pilon et le triage sommaire dont j'ai parlé, on abandonne le tabac à la nature, on l'emballe grossièrement dans des paillassons *(petates)* qui laissent pénétrer l'air, et les vents du nord, si fréquents sur la côte durant l'hiver, se chargent de diminuer à la fois la force et l'arome des feuilles. L'arome que ces

(1) *Le monopole des tabacs. Urgence d'une enquête par-lementaire,* Paris, 1882.
(2) *Id. ibid. V. page 36.*

vents ne peuvent épuiser est justement l'arome
qui n'a pas été dégagé, faute de *betun*, celui qui,
par conséquent, est perdu pour le fumeur et pour
la réputation du cru. Le *betun blandura,* ou vin
de tabac, se prépare quelquefois avec des feuilles
de *quebrado n° 1,* mais plus souvent avec des
fragments secs de la tige de la plante, parce que
la tige renferme certains sels qui manquent aux
feuilles, le chlorure de potassium, entre autres,
si utile à la bonne combustion du cigare.

On met ces débris de feuilles ou fragments
de tige dans un vase soigneusement lavé et on les
y laisse infuser dans l'eau pure. Au bout de trois
ou quatre jours, l'odeur et la saveur de l'infusion,
— du betun — sont très pénétrantes, sa couleur
est celle du bon vin de Xérès.

A l'aide d'une éponge fine, on asperge légèrement de *betun* les feuilles de tabac ; après quoi,
on les empile, on les recouvre et on les laisse fer-
menter pendant vingt-quatre heures.

C'est à la suite de cette opération qu'on forme
les balles ou tercios. La fermentation active se
ralentit dans les balles et devient très faible, mais
elle persiste, et quand le moment est venu de
soumettre les feuilles à la fermentation en baril,
celle qui précède immédiatement la fabrication
des cigares, on trouve en ouvrant les balles un
tabac flexible, solide et aromatique.

. . . .

J'ai dit l'insuffisance des districts de *San-Andrés-Tuxtla* et d'*Acayucan*. Le *Valle-Nacional* n'a que quelques centaines d'hectares propres à la culture du tabac. Sa fameuse « isleta de la Sepultura », formée par un coude de la rivière de Chiltepec et qui passe pour la meilleure veine de la vallée, n'a qu'une cinquantaine d'hectares d'étendue. Il fallait chercher ailleurs.

Après avoir parcouru et étudié avec soin la vaste région dont je viens de parler, M. Eugène Schnetz a fixé son choix sur la partie de la vallée du rio Santa-Rosa qui dépend du territoire l'*Ojitlan* et qu'un contrefort de la grande sierra sépare du *Valle-Nacional*.

Avant d'avoir étudié le sol de la vallée du Santa-Rosa, M. Schnetz était persuadé qu'on devait trouver dans ces parages de bons terrains à tabac.

D'abord, le tabac des Indiens d'*Ojitlan* jouissait à Vera-Cruz d'une réputation au moins égale à celui du *Valle-Nacional*, et M. Schnetz y reconnaissait les germes de grandes qualités dont la mauvaise culture et les mauvais soins que j'ai dits empêchaient seuls le développement.

Mais une autre raison, celle-là d'un ordre général et scientifique, lui faisait croire à l'avenir de ce territoire. Si l'on examine la carte du pays, on verra que les trois fleuves dont les vallées produisent les meilleurs tabacs du Mexique, — le *Coatzacoalcos*, le *San-Juan* et le *Papaloapam*, — prennent leur source dans le même massif de montagnes, dans la sierra d'Oaxaca dont les éléments géologiques sont très homogènes.

Ces fleuves, par la lente désagrégation des mêmes roches, ont formé des terrains semblables. Dans les trois bassins on trouve les mêmes alluvions.

La sierra d'Oaxaca est formée de grès arénacés semblables aux grès verts de Fontainebleau, et de roches schisteuses. Les eaux, en désagrégeant ces grès et ces schistes, ont entraîné un mélange de sable et d'argile qui s'est déposé, selon un mode régulier, le long des rives des cours d'eau.

. . . .

Au rancho où s'est installé M. Schnetz, et qu'on appelle Santa-Rosa, la largeur moyenne des terrains siliceux est d'environ 400 mètres, et l'épaisseur de la couche varie entre 2 et 4 mètres. C'est un sable rose, ou plutôt couleur *tabac de la Havane*, de cette couleur que les Cubains appellent *mulatta* et qu'ils apprécient tant.

La profondeur de la couche végétale et le sous-sol d'argile imperméable sur lequel elle repose permettent à ce sol si substantiel, de ne gar-

der des pluies que de la fraîcheur sans humidité.
On peut imaginer quelle vigueur la végétation
doit puiser dans ce « terreau du jardinier », arrosé pendant dix mois de l'année par de fréquentes averses, humecté pendant les deux autres mois par des rosées abondantes et toujours
chauffé par le puissant soleil du 18e degré.

La grêle qui cause en Europe et aux États-
Unis de si grands dégâts dans les plantations de
tabac et contre laquelle on ne s'assure en ces
pays qu'au prix de 6 pour 100 de la future récolte,
la grêle ne tombe jamais dans la vallée pendant
l'hiver, c'est-à-dire pendant l'époque de la culture
du tabac.

. . . .

La végétation exubérante rend assez difficile
le défrichement de la forêt vierge dans la vallée
du *Santa-Rosa*. Heureusement les rives des cours
d'eau ont été presque partout défrichées par les
Indiens qui n'ont guère, pour aller vendre leurs
produits, d'autres routes que les « chemins qui
marchent ». Les gens des villages voisins ont cultivé, à différentes époques, presque tous les terrains qui bordent les rios *Santo-Domingo* et *Santa-
Rosa*. Voici comment :

Un Indien quitte un beau jour son village,
Ojitlan, *Ixcatlan* ou *Usila*; il descend vers la rivière la plus voisine, et sans titres de propriété,

sans autre raison que son caprice, il choisit un coin de la forêt, la défriche et construit un rancho. Il sème un peu de coton et du tabac qu'il vendra, un peu de maïs pour sa nourriture ; il fait deux ou trois récoltes, puis il retourne à son village. Les souches, qu'il ne s'est pas donné la peine d'arracher, repoussent bientôt et font taillis, le rancho est envahi par les plantes grimpantes, et dans les clairières du taillis une abondante végétation herbacée prend possession du défrichement qu'on ne distingue au bout d'un an ou deux du reste de la forêt, qu'à l'absence de gros arbres et à la présence de quelques groupes de bananiers et d'ananas abandonnés.

Ces défrichements sont faciles à reprendre et leur remise en culture coûte peu. Même quand leur abandon date de cinq ou six années, la hache y est rarement nécessaire, le *machete* suffit. Les troncs s'extirpent sans effort du sol dans les parties sablonneuses. M. Schnetz a été surpris de la rapidité avec laquelle ses escouades d'Indiens ont transformé en plaine de culture une centaine d'hectares d'anciens défrichements. Au mois d'août dernier, avant de prendre possession des terrains de *Santa-Rosa*, M. Schnetz avait remis à M. Daniel Levy, son bailleur de fonds et son associé, un devis approximatif des dépenses à faire pendant la première année de culture.

N'ayant, comme tout le monde, que des renseignements contradictoires et des données vagues sur le prix de revient de toutes choses dans cette partie peu connue du Mexique, il avait simplement établi les prix d'une entreprise semblable dans la *Vuelta-Abajo* de Cuba. Tout étant fort cher à Cuba, il était probable que le capital nécessaire à une culture cubaine suffirait à une culture mexicaine d'égale importance. Je cite :

LABOURS

Pour les labours, on compte à Cuba, une paire de bœufs par *caballeria* (de 12 hectares environ). Cette paire de bœufs est estimée 120 piastres, soit 50 francs à l'hectare.

Pour l'achat de charrues et autres instruments agricoles, on peut prévoir une dépense égale à la précédente.

Les acquisitions ne sont à renouveler qu'après une période ce cinq ans d'usage.

SÉCHOIRS

Pour cinq ou six hectares, il faut un bâtiment évalué à Cuba 1,200 piastres, soit par hectare 1,000 francs.

Cette dépense sera considérablement réduite, ajoutait M. Schnetz, si l'on trouve sur place les bois de charpente comme il y a lieu d'y compter.

Les séchoirs à Cuba durent quinze ans au moins.

TRANSPORTS

« Dans la *Vuelta-Abajo* on a besoin pour les transports de 4 chevaux ou mules par *caballeria*, soit une bête de somme valant 120 piastres pour 3 hectares, ou 200 francs par hectare ; mais cette dépense peut être réduite si l'on établit des chemins accessibles aux charrettes ; elle se répartit d'ailleurs sur une période de dix ans.

« Les frais, à Cuba, par hectare de tabac, sont donc :

Dépense première.

Bœufs et instruments..	100 fr.
Séchoirs..	1,000
Moyens de transport et de communication.	200
Par hectare..	1,300 fr.

Frais annuels.

Intérêt à 6 pour 100 de 1,300 fr.	78 fr.

Amortissement de la valeur du matériel.

Un cinquième sur 100 fr.	20 fr.	
Un quinzième sur 1,000 fr.	66	106
Un dixième sur 200.	20	
Main-d'œuvre.		855
Par hectare..		1,039 fr. (1)

(1) Pour avoir le total exact des frais annuels d'un

« Au sujet de la main-d'œuvre, M. Schnetz entrait dans quelques détails, il disait :

« A Cuba, un travailleur blanc, *intéressé à la
culture*, peut soigner jusqu'à 20 et 25,000 pieds
« de tabac, soit 1 hectare au plus. Il ne faut pas
« chercher à atteindre ce chiffre au Mexique dans
« les premières années, car si le tabac n'est pas
« minitieusement soigné par le planteur, il ne
« rapporte que des mécomptes. D'autre part, il
« faudra probablement planter plus de 25,000
« pieds à l'hectare parce que les terrains sont
« vierges. Pour ces motifs, il est prudent de ne
« pas prévoir plus de quatre cinquièmes et même
« trois quarts d'hectare par homme. En Europe,
« où l'on n'a aucune idée de la grande culture du
« tabac, il ne faut pas moins de 6 à 7 personnes
« par hectare.

« A Cuba, où la vie est plus chère que partout
« ailleurs, un journalier gagne 25 piastres par
« mois, soit par an 300 piastres ou 1,500 francs.

hectare de tabac dans la *Vuelta-Abajo*, il faudrait ajouter à cette somme de 1,039 francs :

1° Environ 300 francs de guano ;

2° La rente de la terre ;

3° Les impôts.

A Santa-Rosa, la rente de la terre et les impôts sont
à peu près nuls. J'ajoute que les droits d'exportation
sur les tabacs, si lourds à Cuba, n'existent pas au
Mexique.

« On n'aura pas besoin d'engrais pendant quinze
« ou vingt ans, si toutefois, comme il y a lieu de
« le croire, le sol ne manque pas de sels de po-
« tasse.

« Ce chiffre de 1,039 francs à l'hectare est la
« limite extrême de la dépense annuelle possible
« pour la culture d'un hectare au Mexique. En
« effet, après une première récolte, tous les frais
« vont en diminuant, ceux de main-d'œuvre no-
« tamment; une fois au courant des travaux,
« chaque colon devra se charger d'un hectare de
« culture, et le salaire annuel se réduira alors à
« 685 francs par hectare. J'ajoute que le tabac
« n'occupe réellement les ouvriers que pendant
« huit à neuf mois de l'année. »

Quand il calculait ainsi le prix de la main-
d'œuvre au Mexique, d'après le prix de Cuba,
M. Schnetz n'était pas certain qu'on pût tirer
parti, dans une grande culture de tabac, du *paysan
mexicain*, c'est-à-dire de l'Indien. Il supposait que
la première condition, d'une entreprise de ce
genre, était l'importation d'ouvriers étrangers.

Il a pu constaté, cette année, que le travail
indigène, quand il est bien dirigé, peut satisfaire
aux besoins d'une grande exploitation. Dans ses
prévisions de frais de main-d'œuvre, il comptait
qu'un ouvrier *étranger*, payé 1 piastre par jour, cul-
tiverait trois quarts d'hectare, ce qui ferait pour

frais de main-d'œuvre à l'hectare, 855 francs. Or, les ouvriers indigènes sont venus s'offrir de tous les villages éloignés de quinze et dix-sept lieues. Ils ont montré presque tous beaucoup de bonne volonté et d'intelligence, mais leur mauvais outillage et leur inexpérience des procédés de culture dont M. Schnetz exigeait l'application, les ont empêchés de cultiver chacun trois quarts d'hectare. Il a fallu compter cette année un demi-hectare seulement par homme.

« Il est vrai que le salaire d'un homme à Santa-Rosa n'est pas de 5 francs comme à Cuba, mais de 2 fr. 20 (1).

. . . .

« Au chapitre des « transports et communications », il a été fait des dépenses importantes. On a ouvert dans la forêt un chemin de sept lieues de long, longeant le rio *Santa-Rosa* et le *Papaloapam* afin de mettre en communication les deux extrémités des terrains de la Compagnie. Ce chemin a coûté 1,000 piastres qu'il n'est pas très juste de faire figurer dans le prix de revient des tabacs, auxquels il a été inutile (2).

(1) En réalité, il est de 1 fr. 40; mais la *Compagnie des tabacs Mexicains* a cru devoir le porter à 2 fr. 20 de son propre mouvement.

(2) On n'a fait cette année de plantation importante que sur un seul point des terrains, à Santa-Rosa, où les

Cependant, faisons figurer ces 1,000 piastres au chapitre des transports et ajoutons-y 300 piastres pour les chemins qu'on a ouverts autour de la plantation et qui servent à la circulation et aux coupes de bois. Nous inscrivons pour les chemins une dépense de 1,300 piastres, soit 145 francs par hectare de tabac.

On s'est passé des 12 chevaux ou mules de 120 piastres dont on aurait eu besoin à Cuba. A l'heure actuelle, la récolte est très avancée et l'on n'a eu besoin, pour les transports, que de 2 bœufs de 30 piastres, de 3 mules de 30 piastres, d'un grand canot de 200 piastres et d'une charrette, soit une dépense d'environ 50 francs par hectare.

On a jugé utile l'établissement d'un magasin *(tienda)* où l'on vend aux Indiens au prix coûtant, et sans faire sur eux aucun bénéfice, les objets dont ils ont besoin : salaisons, sucre, paillassons, cotonnade, etc. Ce magasin a coûté 2,000 piastres, soit une dépense de 220 francs par hectare de tabac.

On a fait venir de Cuba deux contremaîtres, dont les frais de voyage et les salaires grèvent chaque hectare de 132 francs. Les voyages des

ouvriers viennent par d'autres chemins que celui dont il est question. Le tabac sera expédié par eau à Vera-Cruz. On organisera, cette année même, la navigation à vapeur de Santa-Rosa à la mer.

associés et d'autres frais d'ordre général peuvent s'élever à 66 francs par hectare. En résumé, et pour comparer les dépenses de première installation qu'on a dû faire à *Santa-Rosa* à celles qu'on aurait eu à faire à Cuba, on obtient les tableaux suivants :

Frais d'installation à Cuba.

(Par hectare de tabac.)

Bœufs de labour et instruments agricoles.	100 fr.
Séchoirs.	1,000
Routes et matériel de transport..	200
Total.	1.300 fr.

Frais d'installation à Santa-Rosa.

(Par hectare de tabac.)

Instruments agricoles..	12 fr.
Séchoirs.	47
Routes..	145
Matériel de transport..	50
Établissement d'un magasin.	220
Contremaîtres cubains.	132
Voyages, etc..	66
Total..	672 fr.

« Quant aux frais annuels, ils peuvent s'établir ainsi :

A Cuba. (Par hectare.)

Intérêt de 6 pour 100 de 1,300 fr.	78 fr.
Amortissement de la valeur du matériel. .	106
Main-d'œuvre.	855
Guano et autres engrais.	300
Rente de la terre..	Mémoire.
Impôts.	Mémoire.
Total.	1,339 fr.

A Santa-Rosa. (Par hectare.)

Intérêt de 6 pour 100 de 672 fr. . . .		40 fr.	32
Amortissement de la valeur du matériel.			
Un cinquième sur 12 fr. . . 2 fr. 40	⎫		
Un cinquième sur 47 fr. . . 6 40	⎬	28	30
Un dixième sur 195 fr. . . 19 50	⎭		
Main-d'œuvre.		990	»
Total..		1,058 fr.	62

Ces chiffres prouvent que l'établissement et la mise en train d'une culture de tabacs dans les vallées du Haut-Papaloapam coûtent moins cher qu'à Cuba.

Une telle culture rapporte-t-elle plus qu'à Cuba?

Oui, dès la première année.

M. Schnetz, dans la note qu'il avait remise à M. Lévy, s'exprimait ainsi au sujet du rendement probable d'une culture à Cuba :

« Dans la *Vuelta-Abajo*, l'hectare ne rapporte « en moyenne que dix balles de tabac. On obtien-

« dra certainement davantage dans les terres nou-
« velles, car celles de Cuba sont épuisées. On peut
« admettre 50 kilogrammes comme poids moyen
« d'une balle. Le prix du tabac à la Havane varie
« entre 40 et 80 piastres, selon les crus. »

D'où il résulte qu'un hectare dans la *Vuelta-Abajo*, coûtant 1,300 francs pour frais de première installation, et 1,339 francs chaque année,
sans compter la rente de la terre et les impôts,
donne en moyenne 500 kilogrammes de tabac à
6 francs le kilogramme, soit environ 3,000 francs.

Or, cette année, à *Santa-Rosa*, un hectare,
coûtant 672 fancs pour frais de première installation, et 1,058 francs pour dépenses courantes,
donnera 2,000 kilogramme (1) de tabac à 5 francs
le kilogrammes (2) au moin, soit environ 10,000
francs.

---

(1) La récolte n'étant pas encore terminée, je ne puis
donner qu'un chiffre de rendement approximatif. Le
chiffre de 2,000 kilog., probablement inférieur au rendement vrai, est basé sur le nombre des feuilles de
tabac et sur leur poids moyen à l'état de dessiccation
complète.

Dans le département du Nord, en France, on estime le
rendement moyen à 1,800 kilog. par hectare contenant
40,000 pieds à la feuille. En Belgique et en Hollande, le
rendement de l'hectare atteint 3,000 et 3,500 kilog.

(2) Nous avons dit que M. Balsa, le plus proche voisin de *Santa-Rosa*, a vendu l'an dernier sa récolte au

. . . . ; . . . .

La Compagnie pourra mettre en vente en juin, juillet et août prochain, environ 125,000 kilogrammes de tabac, produit tant de sa culture directe que de celle de ses *habilitados*. Il n'y a pas à Cuba plus de dix *vegas* qui puissent livrer au marché un lot aussi considérable.

La *vega* de Santa-Rosa a donc pris rang, dès la première année, parmi les plantations les plus importantes du monde. Il a fallu, pour atteindre du premier coup ce beau résultat, déployer beaucoup d'activité et de talent.

L'obstacle principal à la réussite d'entreprises de ce genre est, au Mexique, le manque de capitaux disponibles. Les capitalistes de Mexico placent presque tous leur argent sur hypothèques. Quelques-uns se risquent à acheter une grande ferme *(hacienda)*, mais toujours dans le voisinage de la capitale ou dans les États situés au nord ou à l'est de Mexico. Ils connaissent fort peu les

prix moyen de 9 fr. 70 le kilog. Les tabacs de Santa-Rosa sont, croyons-nous, supérieurs à ceux du *Valle-Nacional*, mais il est prudent de supposer qu'on les vendra moins cher et de leur attribuer seulement la valeur de 5 francs, prix qu'on obtiendrait sur place et sans faire aucune démarche.

Les prix des tabacs français, belges et hollandais varient entre 70 et 96 cent. pour la première qualité, et 18 et 20 cent. pour les qualités inférieures.

États du Sud et point du tout la région où se trouvent les meilleures terres à tabac. D'ailleurs, la culture du tabac au Mexique est, comme je l'ai dit, sinon nouvelle, du moins à l'état d'enfance.

Sans s'arrêter à ces difficultés qu'aggravait encore la crise commerciale, M. Daniel Lévy s'engagea à fournir le capital nécessaire à la mise immédiate en culture de *Santa-Rosa*. Il eut en cette affaire une confiance inébranlable et communicative, aujourd'hui parfaitement justifiée.

Le colonel mexicain Miguel Cid-y-Leon avait apporté à l'association 10 mille hectares de terrain. On ne devait pas mettre en valeur cette année la cent cinquantième partie de la propriété, mais il était bon d'avoir les coudées franches, de pouvoir choisir l'emplacement du premier établissement, d'avoir enfin la possibilité de développer presque indéfiniment les cultures et d'exploiter plus tard les richesses naturelles du pays. Le colonel Cid-y-Leon apportait d'ailleurs à ses associés, non pas seulement ses titres de propriété, mais encore une énergie et une activité peu communes.

J'ai dit quel rôle important a joué le troisième associé, M. Eugène Schnetz. J'ajoute qu'il a su prendre, en peu de mois, beaucoup d'influence et d'autorité morale sur les Indiens des

14

villages voisins. Sans contremaîtres étrangers (1),
à force de patience et de compétence, il a fait
ouvrir les routes, construire les habitations (2),
et les séchoirs et planter les tabacs qu'il récolte
aujourd'hui et qu'il manipule en faisant observer
strictement les méthodes cubaines.

Les Indiens ont vite reconnu les avantages
de ces méthodes. Ils ont dès le mois de novembre
cherché à imiter, dans leurs cultures particulières, tout ce qui se faisait à Santa-Rosa. Le
buttage, l'ébourgeonnage, le séchage par couples
de feuilles les ont surtout frappés par les résultats presque immédiats que ces procédés ont
donnés. La grandeur des feuilles, dont beaucoup
ont plus d'un mètre de longueur et plus d'un
demi-mètre de largeur, les a étonnés et charmés.
M. Schnetz leur a distribué des graines havanaises ; il leur montrera, cet été, comment on
bénéficie le tabac et comment on parvient, à l'aide
de la science et de l'expérience, à quadrupler la
valeur des feuilles.

La municipalité d'*Ojitlan* envoie, chaque
semaine, à *Santa-Rosa*, les chefs des escouades

(1) *Les deux contremaîtres cubains ne sont arrivés qu'en
février.*

(2) Les habitations ou *ranchos* du pays se construi-
sent en trois jours avec des perches, des lianes et des
palmes, et ne coûtent pas dix piastres.

qu'elle emploie à sa culture, afin qu'ils puissent observer et apprendre.

M. Schnetz me disait à ce propos que la routine des paysans de l'Alsace, son pays, était plus difficile à vaincre que celle des Indiens de *Santa-Rosa*.

« Le pays est très sain en hiver. En été, les imprudences et une mauvaise hygiène prédisposent à la fièvre intermittente. Les nuits sont toujours fraîches. La température varie entre un minimum de 17 degrés centigrades et un maximum de 25 degrés. Elle est donc, en moyenne, plus élevée que celle de Nice de 4 degrés.

« On peut espérer que, grâce à l'initiative prise par MM. Daniel Lévy, Cid-y-Leon et Schnetz, les ressources de cette belle région du Mexique se développeront rapidement.

« LOUIS LEJEUNE. »

LA VILLE DE OAXACA

L'ISTHME DE TEHUANTEPEC

Capitale de l'État du même nom :

Population 26,228; élévation 1,660 mètres au-dessus du niveau de la mer.

Cette ville a reçu dernièrement le surnom de *Oaxaca de Juarez*, d'après le nom de l'homme célèbre qui y naquit. Juarez était un Indien pur sang de la tribu de *Tzapotec*. Le général Diaz est aussi un enfant de *Oaxaca*, et il est gouverneur de l'État, quand il n'est pas président de la République. Après la conquête, Cortez se fit donner le titre de marquis de la vallée de Oaxaca, et il a encore des descendants établis dans l'État.

Cette fertile vallée sera bientôt une des plus recherchées du pays. Lorsque les lignes projetées et déjà en voie d'exécution auront été construites,

14.

le monde entier aura accès aux mines si riches
dont on peut voir les traces à fleur de terre. L'or,
l'argent, le fer, le cuivre et le mercure abondent
dans cette région. Nul part on n'obtient de plus
belles et de plus nombreuses récoltes de blés, de
haricots et de tabac. On y récolte aussi des quantités fabuleuses de cochenille. Le climat est un
des plus sains du Mexique et la végétation n'a rien
à envier à celle des autres États. La ville est une
vraie ville indienne triste et morne, mais qu'il
vienne seulement à *Oaxaca*, en une année, autant d'émigrants qu'il en vient à New-York dans
une seule journée (environ 1,000) et que ces émigrants soient des capitalistes ou des gens sachant
faire des clous, des miroirs, de la parfumerie, du
pain, de la charcuterie, des bouteilles et une
foule d'autres choses qui ne sont pas faites ou qui
sont très mal faites et très coûteuses au Mexique,
nous verrons Oaxaca devenir une des villes
les plus animées de la République mexicaine.
J'ai dit plus haut que le général Diaz désire
qu'on lui expédie dans les conditions les plus
favorables le plus grand nombre de Français
et d'Anglais possible. Le général veillera au
bien-être des émigrants européens et ne les lais-
sera pas à la merci de la négligence ou de la mal
veillance des autorités locales. L'émigrant français qui se rend dans cette belle province peut

donc être sûr d'avoir, comme on dit vulgaire-
ment, le « président de la République dans sa
manche » et cela est beaucoup, si ce n'est tout,
dans une république où le président est maître
absolu.

L'ISTHME DE TEHUANTEPEC

L'isthme de Tehuantepec est une des parties les
plus riches de l'État de Oaxaca et du territoire
mexicain, mais elle est encore fort peu connue au
dehors, et si le chemin de fer, qui est actuellement en construction, arrive à se terminer, il est
probable que les ressources naturelles trouveront
rapidement un sûr débouché et un prompt développement.

La température y est excessivement chaude
toute l'année, car le thermomètre y marque en
terme moyen 25 degrés à l'ombre. La croissance
n'y subit point d'arrêts et la végétation y a une
telle force que, sur la ligne du chemin de fer,
il est indispensable de parcourir la ligne, *toutes
les semaines*, en détruisant les plantes et les branches qui empêcheraient le passage des trains.

Tous les fruits tropicaux y poussent naturellement; le tabac, en particulier, croît magnifique-
ment dans ces terrains et là aussi il a un arome
supérieur à celui de la Havane.

Cette culture, qui donne dans l'isthme des résultats merveilleux, est une des plus grandes affaires qui se pourraient entreprendre depuis la la ratification du traité de commerce avec les États-Unis.

La population de l'isthme est de 8 à 10,000 Indiens. Ces indigènes sont tous propres et honnêtes, fait assez rare, mais qui dans l'isthme comporte peu d'exceptions. Ils sont doux et travailleurs. Les femmes sont les plus belles et les moins vêtues de la République.

Les montagnes de l'isthme semblent devoir renfermer de colossales richesses minérales en argent et particulièrement en mercure, dont le minerai donne en certains endroits jusqu'à 82 0/0 ; il est probable que lorsque le chemin de fer arrivera aux montagnes, on se trouvera en face de véritables trésors, faciles à exploiter.

A quinze ou vingt lieues au sud de *Jaltipan* on trouve un grand dépôt d'asphalte qui sort d'une espèce de source et forme un grand lac, si vaste que les habitants des environs ont dû construire des murailles pour opposer une barrière à cette inondation, et l'empêcher d'envahir les campagnes voisines.

La ligne du chemin de fer qui doit amener la richesse dans ce pays, avance malheureusement très lentement et dernièrement encore, la mort d'un des principaux entrepreneurs semble avoir paralysé les travaux.

Le gouvernement mexicain a voulu prendre charge lui-même de la construction de la ligne et là comme dans toutes les entreprises du général Manuel Gonzalès et de son digne associé Delphin Sanchez, le résultat a été triste.

Cette ligne aura certainement un jour son utilité, et somme toute ne présente pas de graves difficultés; la pente la plus grande ne dépasse pas 2 0/0 et l'altitude moyenne est de 800 pieds.

Une des plus sérieuses difficultés qui s'opposent aux travaux dans cette contrée est la durée de la saison des pluies, qui commence en juillet et finit en janvier, l'énorme quantité d'eau qui tombe en moyenne dans cette saison est d'environ 120 pouces.

N. B. — C'est à travers l'isthme de Tehuantepec qu'un *Yankee* remuant veut construire un chemin de fer fantastique. Je dirai mon humble avis sur cet audacieux projet dans un chapitre spécial, où je compte traiter cette question d'une route interocéanique, dont un séjour au Mexique fait vite comprendre toute la nécessité.

LE CANAL INTEROCÉANIQUE

Il serait difficile de trouver une entreprise intéressant à un plus haut degré le monde ancien et
nouveau, que celle du percement de l'isthme de
Panama. Au Mexique, j'ai pu constater qu'on
suivait les progrès de l'œuvre gigantesque de
M. de Lesseps, comme s'il s'agissait d'une œuvre
nationale.

Les Mexicains sont pénétrés de l'importance du
canal au point de vue du commerce de leur pays;
c'est un article de foi pour eux, que tôt ou tard,
leur nation tiendra la tête des républiques espagnoles, du Guatemala, du Honduras, du Nicaragua, de Costa-Rica, de San Salvador, de la Colom-
bie; pays avec lesquels ils ont de si puissants
liens d'intérêt.

Il est donc naturel que les Mexicains s'occupent d'une façon toute particulière de la construc-

tion du canal qui unira l'océan Atlantique et l'océan Pacifique. Sans compter que l'ouverture du passage interocéanique fournira à tous les ports de mer sur le versant du Pacifique tels que Colima, Acapulco, Guaymas, San Blas et Mazatlan, un moyen économique et rapide pour l'exportation des cafés, caoutchoucs, minerais, bois précieux, peaux de bêtes et matières colorantes, lesquels ne seront plus expédiés à grands frais (50 centimes par kilog.) par la voie ferrée de l'isthme de Panama pour être ensuite transbordés sur des bateaux à vapeur. Ces marchandises pourront être envoyées directement à leur destination à peu de frais, et en peu de temps.

Il faut en vérité que la confiance du Mexicain dans l'entreprise française soit bien assise, car il ne se passe guère de jour où la presse américaine ne lui apporte des articles dénigrant les travaux de la Compagnie dirigée par M. de Lesseps, et prônant une autre conception due à un Yankee du nom de Menocal. Ce Gusman américain ne connaît pas d'obstacle. Il passe pour avoir eu l'idée de ce canal par le Nicaragua, alors que cette idée est vieille d'un siècle. En effet, le capitaine Nelson, qui devint ensuite le fameux amiral Nelson, fut chargé en l'an 1783 d'occuper ce pays, de s'y établir et de prendre des mesures pour la construction d'un canal interocéanique à l'usage des grands navires. Pendant soixante-dix ans le projet du gouvernement britannique créa des difficultés entre les hommes d'État américains et anglais, et si de graves événements tels que la guerre de Crimée, l'insurrection indienne et la guerre de sécession, n'étaient venus faire diversion, l'Angleterre aurait peut-être donné une suite pratique à son projet. Les Mexicains connaissent bien le Nicaragua, aussi s'étonnent-ils fort de voir M. Ménocal parler d'un canal par le Nicaragua comme d'une chose simple, facile et peu coûteuse.

Il faudrait plusieurs digues et une quantité considérable d'écluses, les unes plus ingénieuses que les autres, pour construire ce canal à travers une chaîne de montagnes. En outre dans ce pays, comme dans toutes les républiques espagnoles, l'Américain est honni.

*   *
*

Gusman Ménocal est bien le type du spéculateur américain. Il a monté une société *provisoire* au capital nominal de cinq cents millions de francs.

Les membres *provisoires*, au nombre de onze, ont versé dans la cagnotte un acompte de *vingt-cinq mille francs* sur les cinq cents millions, et ils sont partis de là pour annoncer *urbi* et *orbi* qu'il existait un de Lesseps Américain, que c'était le grand ingénieur yankee Gusman Ménocal. Après

15

s'être lancé de cette façon-là, le grand yankee trouva le moyen de se faire envoyer au Nicaragua par son gouvernement, de toucher de beaux appointements pour rédiger un projet de contrat avec la république du Nicaragua, puis de faire des excursions dans l'intérieur du pays, aux frais de la République des États-Unis. Il y avait là une consécration officielle de l'entreprise et le comité provisoire touchait à son but. Ces messieurs pensèrent que le moment était venu de risquer le « gros coup » et de donner une forme définitive à la Société.

Avant de procéder à cette dernière formalité, le comité rédigea une « petite note » pour le gouvernement Américain, à côté de laquelle le mémoire de M. Purgon n'est que de la petite bière. Le comité y énumère les différentes dépenses du voyage extraordinaire de son Gusman au Niaragua. Le total de cette facture s'élevait à 4,500,000 dollars, ce qui fait vingt-deux millions cinq cent mille francs !

Le congrès Américain, malgré l'affection qu'il peut avoir pour son grand ingénieur, n'a pas encore payé, et il est douteux qu'il se décide à faire honneur à cette « petite note ».

Gusman Ménocal qui ne se décourage jamais, a rédigé un projet de société définitive, où il est dit qu'au moins *la moitié* des directeurs de la

Compagnie Maritime seront pris parmi les membres du comité provisoire. Un autre article stipule ingénieusement que le nombre des directeurs ne doit pas excéder le chiffre de onze ; de cette façon, le comité provisoire se donne la majorité des voix et le pouvoir de nommer tous les employés, de signer tous les contrats d'une entreprise devant coûter un milliard de francs au *minimum*. Et tout cela avec une mise de fonds de vingt-cinq mille francs !

Ce serait le moment de chanter avec Fahrbach :

> Pour vingt mille francs.
> Pour vingt mille francs cinquante !

Après cela, il est difficile de prendre au sérieux le canal Ménocal et de le considérer comme une concurrence possible au canal de Panama, qui est à l'heure où ce livre paraît, très bien commencé, tandis que le canal de Nicaragua n'existe que sur le papier — et quel papier !

* *
*

Pour un voyageur impartial, il y a des côtés assez gais dans la littérature Panaméenne.

Un exemple :

J'ai recueilli la lettre qu'un amiral Américain,

du nom de Shufeldt, adresse au *Chronicle* de San-Francisco. Ce vieux loup de mer émet bravement l'opinion qu'il faudra quarante ans avant qu'un seul bateau puisse traverser l'isthme de Panama, et qu'avant l'expiration de ce délai les capitalistes français seront fatigués. C'est à ce moment psychologique, ajoute l'amiral, que mes compatriotes feront bien de racheter à vil prix l'œuvre de ces Français en délire.

— Amiral Shufeldt, il est possible que vous soyez né malin, mais votre franchise vous fera du tort !

*\
* *

Un autre vaillant, le lieutenant de marine Eads, use son encrier et l'argent de poche de ses amis à vouloir faire avaler à ses contemporains qu'il a découvert le moyen de mettre des transatlantiques de quatre à cinq mille tonnes sur des roulettes et de les expédier à toute vapeur sur un chemin de fer, d'un océan à l'autre, sans creuser le moindre canal. Lui aussi s'occupe de monter une société pour mettre en « actions » sa théorie de navigation terrestre. Il est possible qu'il réussisse. Le projet a tout le charme de la nouveauté, il parle beaucoup à l'imagination des dames Américaines et ne déconcerte pas outre mesure les mathématiciens.

En attendant le versement des centaines de millions indispensables, le lieutenant Eads a fait construire à Londres, moyennant la bagatelle de cinquante mille francs, un petit joujou scientifique représentant une ligne de chemin de fer sur laquelle de gros navires vont et viennent comme un chariot sur une montagne russe. Je vois d'ici la tête de mes bons amis les Indiens apercevant un trois-mâts à deux cheminées s'amenant à travers leurs champs de maïs et d'aloès ! Et quel sport pour eux que le déraillement de cette machine diabolique !

— Lieutenant Eads, vous aussi, je vous soupçonne, comme Gusman Ménocal, de vouloir nous monter un bateau !

LES CHEMINS DE FER AMÉRICAINS

AU MEXIQUE

Les renseignements suivants sur les chemins de fer construits ou en construction au Mexique seront, je crois, d'un grand intérêt pour tous ceux qui désirent se faire une idée pratique des moyens de transport — dans un pays où la voie ferrée est plus que partout ailleurs le chemin de la fortune et de la civilisation.

CHEMIN DE FER DE SONORA

Le chemin de fer de Sonora s'étend d'un point nommé Benson sur la ligne du Southern Pacific jusqu'à Guaymas, au Mexique.

La longueur totale est de 350 milles, 19.

M. William B. Strong, de Boston, est le président de la Compagnie.

La portion située dans l'Arizona, de Benson à Los-Nogales, sur la frontière, se nomme chemin de fer de New-Mexico et Arizona.

De Nogales à Guaymas, la ligne se nomme chemin de fer de Sonora ; la ligne entière porte le nom d'embranchement de Sonora de la ligne Atchison, Topeka et Santa Fé.

Cette ligne met l'Arizona en communication directe avec le Pacifique.

La concession a été accordée le 14 septembre 1880, avec le privilège de construire un embranchement jusqu'à Alamos.

La longueur sur le territoire mexicain est de 262 milles, 11.

La subvention est de 11,265 piastres par mille (7,000 piastres par kilom.) ou environ 2,050,000 piastres pour la ligne entière dans sa portion mexicaine.

La portion de Guaymas à Los-Nogales a été commencée en mai 1880 et ouverte au trafic le 25 octobre 1882.

La voié est une voie ordinaire de 4 pieds et 8 pouces 1/2.

CHEMIN DE FER CENTRAL MEXICAIN

La concession du chemin de fer Central a été accordée le 8 septembre 1880, pour construire une ligne de Paso del Norte à Mexico, avec embranchements sur le golfe du Mexique et sur le Pacifique.

La voie est une voie ordinaire de 4 pieds 8 pouces 1/2.

La distance de Mexico à Paso del Norte est de 1,225 milles.

La ligne réunit à Mexico les capitales d'États suivantes.

Aguascalientes	31,872	habitants.
Chihuahua	12,116	—
Durango	28,538	—
Guanajuato........	100,000	—
Guadalajara.......	96,335	—
Mexico............	241,110	—
Querétaro.........	34,383	—
San Luis Potosi....	34,300	—
Zacatecas	30,113	—
	608,767	habitants.

La voie ferrée suit presque constamment les anciennes routes royales, en passant par un grand nombre de points importants qui sont les suivants :

Tula..............	5,834	habitants.
San Juan del Rio....	21,400	—
Celaya............	28,336	—
Salamanca	23,996	—
Irapuato	27,700	—
A reporter....	107,266	

Report........	107,266	habitants.
San Juan del Rio (Durango).............	7,800	—
Jimenez...........	6,000	—
Santa Rosalia........	6,000	—
La Barca............	22,890	—
Ocotlan.............	17,378	—
Tequila.............	6,814	—
Ahualulco.,........	10,634	—
Etzatlan.............	8,255	—
Silao...............	32,738	—
Leon............	100,000	—
Lagos..............	42,317	—
Fresnillo............	28,600	—
Las Nieves.........	10,969	—
Tepic..............	24,778	—
Tampico............	11,682	—
Jalisco.............	3,912	—
San Blas...........	3,518	—
Paso del Norte.......	6,000	—
Cuautitlan..........	4,803	—
Huchuetoca........	3,585	—
	465,939	habitants.

La population totale des États que le Central mexicain traverse est de 5.678.531 habitants, et les exportations en dehors du bétail se sont élevées pour l'année 1879-1880 à 3,842,982 de tonnes valant 89,100,976 piastres.

Les quantités d'or et d'argent frappées depuis cinq ans dans les hôtels des monnaies des villes que traverse directement la ligne sont les suivantes :

Mexico...............	4,351,440
Guanajuato..........	4,687,796
Guadalajara	1,302,610
San Luis Potosi.....	2,168,713
Zacatecas...........	4,950,706
Durango.............	813,943
Chihuahua..........	856,911
	19,132,119

La ligne a été terminée le 8 mars 1884.

L'embranchement de la ligne part de Tampico, passe San Luis Potosi et aboutit à Aguascalientes (380 milles).

L'embranchement Ouest va de San Blas, sur le Pacifique, à un point de la ligne qui sera sans doute Lagos (396 milles).

Sur l'embranchement du golfe, il y a environ 100 milles de terminés et 20 sur celui du Pacifique.

M. Thomas Nickerson, de Boston, est le président de la Compagnie.

Aux termes de la concession, la ligne a eu droit à 15,200 piastres par mille, soit environ 30,000,000 de piastres pour la ligne entière.

Cette subvention est payable en certificats de douane dont le cours était forcé pour 6 pour 100 des droits jusqu'au 16 septembre 1884, et 8 pour 100 par la suite.

Ces certificats s'échangent à raison de un million de piastres environ par an.

Le coût moyen de la ligne a été évalué à 25,000 ou 28,000 piastres par mille.

CHEMIN DE FER INTERNATIONAL MEXICAIN

Le chemin de fer international mexicain, président M. Huntington, s'étend de Piedras Negras sur le Rio Bravo, en face d'Eagle Pass, jusqu'au centre du Mexique.

La portion construite actuellement est de 150 milles environ.

Un pont en fer a été construit sur le Bravo entre Piedras Negras et Eagle Pass réunissant les deux Républiques.

Un embranchement de 34 milles met en communication Eagle Pass avec la ligne Galveston, Harrisbourg et San-Antonio, en un point situé à 134 milles à l'Ouest de San-Antonio.

La voie se construit sans subvention, le tracé n'en est pas définitivement adopté; il est probable qu'elle coupera la ligne du Central à 400 milles environ du Rio Grande et se dirigera directement sur Mexico.

La voie est de 4 pieds 8 pouces 1/2.

La ligne est ouverte actuellement au trafic jusqu'à Monclova, à 150 milles du Rio Bravo.

Le pont sur le Rio Grande est long de 930 pieds,

et sa hauteur au-dessus du niveau de la mer est de 720 pieds.

Cette ligne par sa connexion avec la ligne de Galveston, Harrisbourg et San-Antonio permettra de communiquer directement avec la Nouvelle-Orléans.

COMPAGNIE NATIONALE MEXICAINE DE CONSTRUCTION

La concession de cette Compagnie l'autorise à construire une ligne de Mexico à Laredo et de Mexico à Manzenillo sur le Pacifique.

Ces deux lignes se réunissent à Acambaro.

Les embranchements suivants ont été également concédés.

De Zacatecas à San Luis Potosi.

De Zacatecas à Aguascalientes.

De Monterey à Matamoros.

De Mexico à Maravatio.

Soit environ 2,000 milles de chemin de fer.

La voie est de 3 pieds.

Le président de la Compagnie est M. W. P. Palmer.

La ligne du chemin de fer National communique à Zacatecas avec celle du chemin de fer Central, et les deux lignes se croisent à Celaya.

A la fin de l'année 1883, il y avait 416 mille construits dans la portion sud, y compris les embranchements, et 282 milles dans la portion Nord, plus 182 milles environ dans le Texas et 30 milles dans la section de Manzanillo.

La distance de Mexico à Laredo est de 855 milles.

Les principaux centres que dessert le chemin de fer National, sont les suivants :

Mexico................	300,000	habitants.
San Luis Potosi........	45,000	—
Puebla...............	75,000	—
Leon.................	150,000	—
Silao................	38,000	—
Guanajuato...........	63,400	—
Guadalajara	80,000	—
Toluca...............	42,000	—
Colima...............	31,700	—
Zapotlan	22,000	—
Zacatecas............	46,000	—
Morelia	35,000	—
Monterey.............	35,000	—

La subvention est de 11,350 piastres par mille pour environ 1,900 milles de voie ou au total 21,500,000 piastres environ.

CHEMIN DE FER MÉRIDIONAL MEXICAIN

Le 14 mars 1884, le gouvernement mexicain a signé un contrat par lequel le chemin de fer International Océanique et Oriental Mexicain de

M. Jay Gould, et le chemin de fer Méridional Mexicain de M. U. Grant, étaient réunis en un seul sous la dénomination de chemin de fer Méridional Mexicain et sous la présidence de M. U. Grant.

La largeur de la voie est 4 pieds 8 pouces et demi.

La Compagnie est autorisée à construire une ligne de Laredo à Mexico par Guerrero, Mier, China, Ciudad Victoria et Tamazunchale, et de Mexico à Tehuantepec par Irolo, Puebla, Tehuacan et Oaxaca.

Soit 682 milles pour la première section et 523 pour la seconde — ou 1,205 milles au total.

La Compagnie peut construire un embranchement sur San Luis Potosi et un sur la frontière du Guatemala en partant de Tehuantepec.

La Compagnie s'est engagée à construire 250 kilomètres ou 155 milles tous les deux ans, et reçoit 12,875 piastres par mille dans la section N et 11,266 piastres dans la section S.

100 milles environ de voie ferrée sont déjà construits.

CHEMIN DE FER AMÉRICAIN ET MEXICAIN DU PACIFIQUE

Cette ligne connue sous le nom de *Compagnie télégraphique du Texas, Topolobampo et Pacifique*, est une des plus importantes du système, bien que les travaux soient encore peu avancés.

M. Willam Windom, sénateur des États-Unis, en est le président.

Par contrats du 3 juin 1881 et du 5 décembre 1882, la Compagnie a le droit de construire une voie ferrée, de Topolobampo sur le golfe de Californie jusqu'à Piedras Negras ou à Presidio del Norte, et un embranchement qui, se détachant de la ligne principale à l'est des Cordillères, ira au nord-est à Presidio del Norte sur le Rio Grande.

La première ligne sera de 700 milles et l'embranchement de 230 milles environ.

La Compagnie a aussi le privilège de construire un embranchement de Alamos, point situé sur le chemin de fer de Sonora, jusqu'à Mazatlan, port de 10,000 habitants sur le Pacifique.

Cet embranchement traverse du nord au sud l'État de Sinaloa et mesure 350 milles.

La Compagnie possède comme concession une étendue de 70 mètres de terrain tout le long de la voie ou 35 mètres de chaque côté ; elle peut construire à son gré des embranchements ne dépassant pas 100 milles ; et le gouvernement lui paye 8,064 piastres par mille.

La subvention totale s'élèvera à 15 millions de piastres.

Les marchandises qui circuleront sur cette

ligne sont exemptes, par le contrat, des droits de douane et de port.

Tous les travaux de reconnaissance sont terminés.

CHEMIN DE FER INTERNATIONAL DE TAMAULIPAS

Une concession a été accordée au comte Telff-ner pour la construction d'une ligne sous le nom de chemin de fer International de Tamaulipas, pour aller le long du golfe de Mexique, de Matamoros à Tampico et à Tuxpan, avec un embranchement de Tuxpan à Mexico.

Cette ligne est encore à l'étude et les travaux n'ont pas encore commencé.

Tels sont les principaux chemins de fer dont la construction ou l'exploitation est aux mains des Américains.

Les autres lignes principales sont : le chemin de fer Mexicain, de Vera-Cruz à Mexico (236 milles) qui appartient à une Compagnie anglaise.

La ligne d'Acapulco, Mexico, Irolo et Vera-Cruz qui appartient au gouvernement mexicain et dont une faible partie est en exploitation.

Le chemin de fer Interocéanique de Tehuantepec, qui va de Tehuantepec à Minatitlan et dont les travaux sont déjà commencés.

LE CHEMIN DE FER NORD ET SUD AMÉRICAIN

Le Comité des affaires étrangères de la Chambre des représentants à Washington vient de prendre l'initiative d'une entreprise gigantesque qui paraît chimérique aujourd'hui, mais qui se réalisera sans doute un jour.

Le Comité a fait préparer par le représentant Stewart, du Texas, un projet de loi aux termes duquel sera instituée une Commission de trois membres chargés de visiter tous les États de l'Amérique centrale et méridionale, dans le but d'étudier la question de la construction d'un chemin de fer des États-Unis qui s'étendrait jusqu'à l'extrême sud du continent, en passant par le Mexique, le Guatemala, le Honduras, le Nicaragua, le Costa-Rica, la Bolivie, le Chili, la Plata et le Brésil. Le trajet, à partir du point où le nouveau railroad se grefferait sur les lignes construites ou en voie de construction au Mexique, serait d'environ 6,000 milles, c'est-à-dire le double de l'un des chemins de fer transcontinentaux des États-Unis. Ce ne serait donc qu'une affaire de distance, attendu que, la voie longeant la Cordillère, on pense qu'il n'y aurait pas de difficultés topographiques insurmontables. Une somme de 73,000 livres est attribuée aux dépenses de la Commission, dont la tâche consistera principalement à consulter les gouvernements de chacun des États situés sur le parcours et de rechercher quel concours moral, politique et matériel on trouverait auprès d'eux pour mener à bien une entreprise qui touche de si près à leurs intérêts.

Des instructions seront données aux représentants des États-Unis pour qu'ils fournissent aux membres de la Commission tous les renseignements et tout le concours désirables.

UN MOYEN DE FAIRE FORTUNE

AU MEXIQUE

LES TEXTILES

Tous les esprits sérieux se rendent parfaite
ment compte de l'importance énorme que doit
acquérir au Mexique la culture des plantes textiles. Le mode absolument primitif de préparation employé jusqu'à ce jour a empêché l'accrois-
sement de cette industrie ; mais il est probable
que l'achèvement du chemin de fer Central, qui
facilitera le transport des produits, lui donnera
un nouvel essor.

La demande de ces textiles est illimitée sur le
marché des États-Unis, qui s'en servent comme
d'enveloppe pour le transport de leurs produits :
coton, céréales, graine de coton, etc.

Dans les cinq années écoulées, de 1877 à 1882,
la valeur de l'*hennequen* exporté du Mexique

s'est élevée à 1,649,850 piastres, ou 330,000
piastres par an en terme moyen. Dans la seule
année 1883, l'exportation a monté à 3,331,062
piastres, c'est-à-dire qu'elle a décuplé, et il est
probable que l'année 1884 présentera un résultat
analogue.

Par conséquent, on peut dire que les plantes
textiles, comme le *maguey,* l'*ixtle*, la *pilla*, le *hennequen,* sont destinées à devenir pour le Mexique
une source de richesses aussi grande que ses métaux.

La jute de l'Inde et de Manille paye actuellement aux États-Unis 25 piastres la tonne comme
droit d'importation, et le jour où, grâce au traité,
l'ixtle, l'herbe de sisal, le hennequen pourront
entrer en franchise, ils remplaceront ce premier
produit sur le marché, comme l'a fait le hennequen pour la fibre de plantin des Philippines.
Un sac de jute de l'Inde, pour les grains, coûte
aux États-Unis 25 centavos et pèse 3 livres à
3 livres et demie, tandis qu'un sac de fibre de
maguey, qui peut parfaitement être employé à sa
place, coûtera à peine 2 centavos et ne pèsera que
2 livres.

La fibre de maguey est plus forte, plus légère
et meilleur marché que la jute, par conséquent
elle arrivera fatalement à lui être substituée.

La culture du maguey se fait déjà sur une

grande échelle au Mexique, à cause de l'utilité de cette plante qui fournit la boisson nationale, le *pulque*, dont il se fait une consommation fabuleuse.

On trouve des fermes entières consacrées à cette culture et à la production du pulque, qui rapportent jusqu'à 100,000 piastres par an.

La plante meurt après que le jus en a été extrait, et jusqu'à ce jour la fibre n'avait pas été utilisée.

Aujourd'hui que des machines perfectionnées permettent de la retirer facilement, la valeur des produits se trouve doublée et il arrive, pour la plante morte, ce qui est arrivé autrefois aux États-Unis pour la graine de coton. Il y a quinze ans, on s'en servait pour engraisser les porcs, et maintenant on en extrait l'huile qui produit chaque année des millions de piastres et se vend couramment sous le titre pompeux d'huile d'olive.

L'ixtle est une autre fibre dont l'exportation est des plus importantes; elle est employée aux États-Unis aussi bien qu'en Europe. Une partie, la plus fine, est même convertie en fil. On sait aujourd'hui que la jute, un des meilleurs produits de l'Inde, pousse avec la plus grande facilité dans les terres chaudes de la côte. L'année dernière, toute la farine exportée des États-Unis a été empaquetée dans des sacs en jute, sans couture, fabriqués dans des ateliers spéciaux.

L'historique de la jute permet de se faire une idée du développement que peut atteindre au Mexique l'industrie des plantes textiles : son emploi dans les manufactures date seulement de 1823, et c'est à Dundee, en Écosse, qu'on l'a travaillée pour la première fois.

Dans cette ville on compte aujourd'hui plus de 100 fabriques qui emploient cette plante et occupent 30,000 ouvriers.

L'Inde retire aujourd'hui de la culture de la jute plus de 10,000,000 de piastres par an et fabrique elle-même annuellement 2,500,000 sacs.

Par suite de la demande incessante, les prix augmentent chaque jour, surtout pour les qualités supérieures. Mais l'Inde, à cause du mauvais état de la culture, ne peut guère produire que les qualités inférieures, et c'est là justement une circonstance dont le Mexique devrait profiter sans retard.

Le gouvernement a fait tous ses efforts pour encourager cette culture, et les machines perfectionnées que les industriels étrangers sont à même de fournir aux cultivateurs permettront au Mexique de tirer de cette plante des produits de première qualité. Le traité de réciprocité lui donnera en outre une situation exceptionnelle sur le marché des États-Unis, puisqu'elle entrera en franchise, tandis que les produits similaires de l'Inde paient un droit de 2 % *ad valorem*.

Les applications de la pite sont chaque jour plus nombreuses : en plus des toiles ordinaires, on s'en sert aujourd'hui pour fabriquer des tissus plus fins, comme des rideaux, des housses de meubles, etc.

Des expériences récentes ont démontré que ces tissus peuvent être teints très facilement et qu'ils prennent alors un brillant analogue à la soie, avec laquelle on pourrait facilement les confondre.

Le ramie ou soie végétale est une fibre dont les produits sont destinés à appeler l'attention de tous les industriels.

Il existe dans les terres chaudes de la côte un autre plante qui pousse à l'état sauvage et porte également le nom de soie végétale. Cette plante appartient à la famille des broméliacées et produit une fibre longue et soyeuse qui se vend 35 cent. la livre à Manchester où elle est très demandée. Les endroits où on peut la rencontrer en abondance sont la vallée de Tuxpam et la côte du Pacifique, du côté de l'isthme de Tehuantepec.

Les autres plantes textiles du Mexique sont, l'*excobilla* et l'*enea*.

16

Le général Diaz a un échantillon de fibre de pita qui mesure 4 m. 51 de longueur; la plante pousse à l'état sauvage dans son hacienda de Oaxaca. Le seul obstacle qui s'oppose actuellement au développement de cette industrie au Mexique, est le manque de machines d'un emploi facile pour la décortication des plantes; aussitôt qu'il en aura été introduit quelques-unes dans le pays, la République trouvera dans la culture des plantes textiles une de ses premières sources de richesse.

UN AUTRE MOYEN DE FAIRE FORTUNE

L'AXE

L'Axe est une sorte de ver fournissant un vernis très estimé.

Beaucoup de personnes s'occupent en ce moment de ce petit animal, et le ministère des Travaux Publics a adressé, il y a quelque temps, une intéressante circulaire aux gouverneurs des États, pour appeler leur attention sur le parti que l'on peut tirer de ce produit. Dans plusieurs points du Mexique, on trouve une sorte de petit ver qui, bouilli dans l'eau ou écrasé, produit une substance glutineuse. Ce ver est très facile à élever et fournit un vernis qui est fort demandé au dehors ; la découverte en fut faite dans le district de *Huetamo* (État de Michoacan).

Dans cette contrée, le genévrier nourrit un ver qui a beaucoup d'analogie avec le ver à soie ; mais qui, à une certaine époque de son existence, émet une substance gluante, jaunâtre, qui après une certaine préparation fait un excellent vernis.

Le district d'*Uruapam*, qui a la spécialité de la fabrication des vernis, achète en masse ces vers, et ils sont aujourd'hui sur le marché l'objet d'une telle demande, que le ministère de Fomento s'est adressé au préfet de *Huetamo* pour demander une étude très sérieuse sur le meilleur mode de propagation de cet important produit.

L'*axe* mange les pousses d'un grand nombre d'arbres, mais a une préférence marquée pour le genévrier.

On n'a pas encore pu découvrir quel était l'arbre dont les pousses avaient le plus d'influence sur la production du vernis.

Les vers apparaissent en grand nombre sur les arbres à certaines saisons.

L'époque de la récolte est entre août et octobre, pendant la saison des pluies et lorsqu'ils semblent contenir le plus de vernis.

Le moyen de préparer ce vernis est très simple.

Les vers sont envoyés vivants de *Huetamo* à *Uruapam*, car l'expérience a démontré que dans ces conditions le vernis était de meilleure qualité et plus abondant.

Lorsque les vers sont très gras, on les met dans un mortier, on les écrase et on les sèche.

Le ministère des Travaux Publics est convaincu que l'élevage de ce ver par des fermiers, serait très profitable, la dépense étant à peu près nulle.

Des maisons de New-York encouragent fortement cet élevage et se sont assuré l'acquisition de tous les produits. Les producteurs, sûrs de trouver un débouché, pourront donc s'attacher à cette industrie avec la sécurité d'un profit rémunérateur.

16.

LA PÊCHE AUX PERLES

La Paz, 30 septembre 1884.

Les perles du Mexique ont sur les marchés européens une plus grande valeur qu'aucunes
autres, sauf toutefois les perles de l'Inde. Les pêcheries les plus importantes sont situées sur la
côte du cap San Lucas, et j'en ai visité plusieurs,
afin de pouvoir rendre compte *de visu* de la façon
d'opérer des pêcheurs et de l'importance des résultats.

La côte où se pêchent les perles va du cap de
San Lucas à la baie de Molegé, sur une étendue
de 250 milles. Son aspect est absolument désolé.
Une longue plage de sable, sur laquelle sont
marquées les empreintes des pieds des pêcheurs,
s'étend à perte de vue.

D'énormes rochers, que la marée ne peut re-
couvrir, sont les seuls points qui rompent cette

monotonie. Le soleil mexicain brûle sans pitié les dunes qui vont se perdre, après de longues ondulations, dans les derniers contreforts des hauteurs de *San Bernardino*.

Le long de la côte on aperçoit un millier d'îles grandes et petites, mais toutes très pittoresques, qui forment un contraste avec ce triste paysage.

C'est autour de ces îles et en face de cette plage que sont situées les célèbres pêcheries de perles.

Tout autour des côtes de la Basse-Californie, sur une longueur de plusieurs milliers de milles, ont peut trouver des huîtres à perles par bancs séparés; mais c'est sur les 250 milles dont je parlais plus haut que se trouvent les meilleures. Ces huîtres préfèrent les baies abritées où l'eau est plus fraîche, et c'est au nord du cap que sont les perles les plus brillantes.

Au nord de l'île de l'*Ange-Gardien*, il n'est pas rare que les ouragans jettent sur la plage des milliers d'huîtres, mais, fait digne de remarque, aucunes de celles qui sont ainsi détachées et balayées par la tempête, ne contiennent de perles.

Les huîtres à perles sont attachées au corail et aux rochers, et il faut que les plongeurs aillent les en arracher.

Bien curieux ces plongeurs! tous des gaillards nerveux, portant une armure qui pèse des cen-

taines de livres et armés de pied en cap pour af-
fronter les terreurs du sombre Océan.

On estime que le quart de la population de la
Basse-Californie vit de cette industrie.

La saison de la pêche est de mai à novembre.
Au commencement de la saison la pluie tombe.
Bien que les perles soient à 15 brasses au-dessous
de la surface de l'eau, cette pluie a une bonne
influence sur la pêche.

L'eau douce de la pluie, par un de ces phénomènes naturels inexplicables, tue la racine des
herbes qui tapissent le fond de la mer; ces
herbes meurent et remontent à la surface où
elles sont enlevées par le premier coup de
vent. Le fond de la mer est ainsi nettoyé et le
plongeur peut commencer en toute facilité ses
recherches.

Les eaux du golfe restent ainsi débarrassées de
juillet à novembre.

Les perles de la Basse-Californie sont quelquefois irrégulières, mais elles ont un lustre avec
lequel peuvent seules rivaliser les perles des
Indes Orientales.

Les perles mexicaines sont également remarquables par leur durée. Tandis que celles de Panama et de Taïti deviennent pâles au bout de
quinze ou vingt ans, les perles mexicaines
durent beaucoup plus longtemps.

Il est difficile d'évaluer le produit des pêcheries. Les pêcheurs, dans les factures consulaires de leurs envois en Europe, portent simplement la valeur nominale.

C'est ainsi que quelquefois des perles, estimées par eux 800 piastres, se sont vendues à Paris 5,000 piastres ou 8,000 piastres.

On peut évaluer les années à 200,000 piastres bien que quelquefois elles se montent à cinq fois ce chiffre.

On m'a dit que l'année dernière on avait trouvé plusieurs perles noires qui ont une grande valeur à Paris et sont portées par les personnes en deuil.

Paris est le plus grand marché du monde pour les perles, et celles du Mexique y sont très estimées.

L'histoire de la Basse-Californie et les explorations des jésuites, telles que les raconte le père Salvatierra, ressemblent à une vraie Iliade chrétienne.

Les missionnaires pénétrèrent jusqu'au cœur de la péninsule, portant la Bible et le sabre, l'un servant de complément à l'autre.

Encore aujourd'hui, aux environs de la Paz, on parle de ces robustes chrétiens qui construisaient des églises, haranguaient les masses, instruisaient les enfants et visitaient l'île armés jusqu'aux dents.

Les Indiens croyaient que la Basse-Californie était une île.

Cette contrée en est encore au même point que lorsque Fernand Cortès s'y établit.

Toujours les mêmes forêts vierges, les mêmes prairies désertes.

Malgré tout, un pays qui, dans de telles conditions, produit en un an 22,000 piastres de maïs, 60,000 piastres d'orge, 6,000 piastres de sucre, mérite d'attirer l'attention.

Mais ce sont surtout les perles qui en font la richesse principale : pendant des centaines d'années elles ont dépassé de beaucoup le produit des mines d'argent.

En 1883, trois grosses perles ont été trouvées :

Une de couleur brun clair, avec des reflets foncés, pesant 65 carats et estimée à 8,000 piastres Elle fut trouvée par Mancol Urbana et envoyée à Paris. Une autre, en forme de poire, très brillante et pesant 44 carats ; elle était estimée à 7,500 piastres, et fut également envoyée à Paris par P. Hidalgo et Cᵉ, de la Paz. Cette même maison en envoya une autre de forme ovale, très brillante, très régulière qui pesait 32 carats ; elle était estimée à 5,500 piastres.

Mais la plus belle que l'on connaisse est celle que ramena, il y a longtemps, le plongeur Sadin. Elle pesait 100 carats et orne la couronne d'Espagne.

En 1882, le même plongeur en ramena deux de 45 et 31 carats qu'il a vendues 7,500 piastres.

* * *

Pendant mon séjour, j'ai eu le plaisir de visiter une petite île où se trouve une pêcherie.

Notre flotille de cinq bateaux fut dispersée au retour. Nous revînmes les premiers, chassés par un ouragan après avoir travaillé quelques heures seulement. Nous n'avons plus entendu parler des autres bateaux qui étaient partis avec nous ; peut-être ont-ils sombré avec leur précieux butin.

Notre bateau était à peu près le plus grand.

L'équipage se composait de quatre rameurs, d'un homme tenant la corde à signal, d'un cuisinier, de quatre plongeurs et de moi. L'armement d'un bateau de pêche revient à 2,200 piastres.

Le bateau était entraîné par les courants rapides, et c'est à cela que nous dûmes de pouvoir rentrer à la Paz et éviter la plus violente tempête que l'on ait vue depuis longtemps sur les côtes du golfe de Californie.

Nos plongeurs étaient de solides gaillards ; dans leur armure, ils avaient un aspect imposant qui devait être encore plus curieux lorsqu'ils se promenaient sous l'eau, au milieu des poissons et des algues. On assure qu'ils en imposent aux requins eux-mêmes qui n'osent les attaquer.

Figurez-vous un homme de six pieds, portant sur la poitrine une cuirasse de 40 livres au moins, dans le dos une plaque du même poids, les bras et les jambes enfermés dans des armures, la tête coiffée d'un casque massif avec des grands yeux de verre, les pieds chaussés de souliers de plomb, et vous comprendrez alors que les requins le laissent tranquille.

Arrivés sur le lieu de la pêche, un des plongeurs fut amené sur le bord du bateau et se laissa tomber dans l'eau. Il était chargé de reconnaître si l'emplacement était assez riche pour travailler.

Aussitôt qu'il toucha au fond, nous pûmes l'apercevoir et suivre, à travers le cristal de l'eau, sa promenade sous-marine. Quelques secondes après il fit un signal indiquant qu'il était au travail. L'homme qui reçoit les signaux était assis sur le bord du bateau, tenant sa corde avec une attention et une immobilité telles qu'on l'eût dit en bronze.

Il reçut un nouveau signal, un coup sec et un plus long : cela voulait dire que la place était bonne; un autre plongeur se jeta à l'eau. Il descendit dix-huit brasses le long de notre chaîne d'ancrage et rejoignit le premier éclaireur. Après être restés trois heures environ au travail, ils firent le signal convenu pour être ramenés. Chacun rapportait un panier plein de coquilles qui pouvait contenir entre deux et vingt perles. Les

17

coquilles ont aussi une valeur. On les achète ici 8 ou 10 sous la livre et elles sont envoyées en Europe où elles servent à fabriquer des manches de couteaux, des boutons, et où elles se vendent de 20 à 30 sous la livre.

Les plongeurs habiles ne mettent pas d'appareils. Ils nagent dans la perfection et peuvent rester longtemps sous l'eau.

Ils nagent d'une main et d'un pied, ou des deux pieds, pendant qu'ils détachent les coquilles des rochers. Dans la main ils tiennent un solide couteau dont ils se servent pour détacher les coquilles, mais qui est aussi destiné à un autre usage.

Si un requin s'approche et a le temps de se tourner sur le côté pour ouvrir ses terribles mâchoires, le plongeur lui plante son couteau au milieu de la gueule et, lorsque le requin la referme, le couteau lui « cloue le bec » et l'empêche de saisir sa proie. Quelquefois, le pêcheur manque son coup et le bras y reste.

Les huîtres à perles de la Basse-Californie sont produites par l'huître-mère (une petite coquille d'un pouce ou deux de long), sur laquelle viennent les œufs qui forment l'huître perlière.

Quelques plongeurs manquent de soin et, avec leurs souliers de plomb, écrasent ces petites coquilles, surtout lorsqu'ils sont payés suivant la quantité qu'ils ramènent, sans s'occuper de la qualité.

STATISTIQUE

LA POPULATION, L'ARMÉE, LES SALAIRES, ETC.

La population de la République Mexicaine est de 10,000,000 d'habitants, répartis entre 146 villes, 372 bourgs, 4,486 villages, 5 missions, 5,689 haciendas, 14,605 petites fermes et 2,213 groupes de maisons désignés sous les noms de congrégations « faubourgs », « hameaux », etc. La valeur de la propriété privée s'élève à 3,341,036,000 de piastres, dont 773,000,000 pour les biens de campagne, et 2,568,036,000 pour les immeubles des villes. Les animaux de toutes espèces, appartenant aux particuliers et à l'État, représentent une valeur approximative de 366,000,000 de piastres.

Les produits de l'agriculture sont estimés en moyenne à 177,500,000 de piastres par an, et ceux de l'industrie à 14,000,000 de piastres, non compris le rendement des nombreuses mines que l'on exploite dans la République.

L'ARMÉE MEXICAINE

L'effectif de l'armée sur le pied de guerre est de 160,963 hommes de combat et 900 bouches à feu. Sur le pied de paix elle a aujourd'hui 50,000 hommes. Les pièces d'artillerie se chargent par la bouche et sont en bronze. Il existe quelques batteries françaises, système de Bange, en acier et se chargeant par la culasse. Il n'y a aucune place forte ni forteresse : Ulua est désarmée, Vera-Cruz n'a ni murailles ni fort, et Perote est démantelé. L'infanterie mexicaine est excellente et bien armée de fusils Remington. La cavalerie aurait besoin de meilleurs chevaux, à l'exception des escadrons de ruraux qui sont très bien montés. Les cavaliers ont l'armement d'ordonnance, carabine et rifle se chargeant par la culasse, et le sabre.

Le corps du génie a des officiers instruits. Il y a dans l'artillerie quelques officiers supérieurs d'un vrai mérite.

Il manque à l'armée la pratique des manœuvres par brigades, divisions de corps d'armée et réunion des trois armes, manœuvres qui devraient avoir lieu périodiquement.

QUELQUES SALAIRES MEXICAINS

		fr.	c.
Un menuisier...	gagne par jour	7	00
Un forgeron........	—	10	00
Un ébéniste..........	—	5	00
Un cordonnier....	—	5	00
Un tourneur	—	5	00
Un rétameur........	—	5	00
Un plombier..........	—	5	00
Un carrossier........	—	10	00
Un sellier...........	—	5	00
Un maçon	—	5	00
Un peintre en bâtiment	—	5	00
Un tailleur..........	—	6	00
Un chapelier.........	—	4	00
Une couturière	—	2	50
Un filateur...........	—	5	00
Un machiniste	—	6	00
Un typographe........	—	8	00

Des ouvriers adroits ayant acquis une certaine réputation dans leurs métiers, sont souvent engagés à des salaires beaucoup plus élevés.

En terre froide et en terre tempérée, les heures de travail commencent avec le lever du soleil et finissent avec le coucher de l'astre. Il y a deux heures pour la sieste à midi.

En terre chaude, on commence à cinq heures du matin; on continue jusqu'à onze, puis on reprend de trois heures du soir jusqu'à six.

N. B. — Pas de vin, pas de pain, peu de viande. Beaucoup de *frijoles*, haricots noirs préparés avec du lard (plat primitif, mais nourrissant). Beaucoup de *pulque* (boisson saine, mais d'un goût désagréable). En guise de pain, des *tortillas* (mince galette de maïs). C'est le fond de la nourriture de l'ouvrier. Si son estomac est délicat, il fera bien de se contenter d'un salaire moindre et de rester chez lui, car tout son argent passerait dans la tirelire du compatriote qui lui vendrait du vin, du pain et des biftecks.

AVIS IMPORTANT. — Se méfier du GACHUPIN (filou espagnol) qui embauche l'Européen au Mexique, sous de faux prétextes, après s'être fait verser la forte somme, puis laisse le malheureux, ignorant la langue, les mœurs et le pays, se débrouiller comme il peut ; à moins, ce qui est pire encore, qu'il ne l'envoie dans quelque trou malsain où il est assimilé au plus misérable Indien.

LE COMMERCE MEXICAIN

(APERÇU GÉNÉRAL)

Rien n'est éloquent comme les chiffres. La statistique détruit plus sûrement les erreurs économiques que toutes les théories philosophiques.

Les tableaux d'importation et d'exportation parlent aux yeux, non pas pour faire ressortir cette fatale absurdité appelée *balance du commerce*, mais pour indiquer la marche progressive des affaires d'un peuple.

Le tableau ci-après embrasse une période de six années. La progression apparaît avec une clarté saisissante.

Les exportations se sont élevées :

De 1877 à 1878 à	6,701,061	francs.
De 1878 à 1879 à	8,406,860	—
De 1879 à 1880 à	10,627,220	—
De 1880 à 1881 à	10,674,694	—
De 1881 à 1882 à	12,019,526	—
De 1882 à 1883 à	12,178,937	—

Il résulte de ce tableau qu'en six années l'exportation du Mexique, en marchandises (en dehors des métaux précieux), a presque doublé.

Ce magnifique essor, obtenu avec plein tarif, ne peut donc que s'accroître, lorsque par suite des traités de commerce, les droits d'entrée à l'étranger seront considérablement abaissés ou même annulés.

Cette augmentation si extraordinaire ne provient en réalité que de cinq articles :

1° Matières textiles : hennequen et ixtle ;

2° Bois fins, de construction et tinctoriaux ;

3° Peaux ;

4° Animaux vivants ;

5° Café.

On voit qu'en dehors des métaux précieux, le Mexique a des matières premières indispensables à l'industrie européenne, dont l'exploitation sérieuse sera pour ce pays une source inépuisable de profits.

L'exportation en France s'élève à 4,204,905 piastres, tandis que pour l'Angleterre, elle s'élève à 17,258,242 et pour les États-Unis à 16,739,097 piastres.

L'Allemagne ne vient qu'après et l'exportation des matières premières du Mexique en 1882-1883 n'a été pour elle que de 1,125,719 piastres, en décroissance de 12 pour 100 environ sur l'année 1881-1882.

L'exportation en Angleterre a augmenté de plus de 50 pour 100 de 1882 à 1883, et aux États-Unis de 25 pour 100 environ. L'exportation en France, d'après la moyenne, n'a pas changé depuis 1877.

L'industrie française achète une partie de ses peaux, de ses bois et de ses matières textiles sur les marchés anglais.

Voilà une des raisons de l'augmentation des importations en Angleterre.

Il serait bien plus simple et plus économique de recevoir directement en France les matières premières dont il est question.

Les entrepreneurs de transport par mer feront bien d'étudier cette importante question qui leur assurerait un fret énorme, s'ils avaient le bon esprit de diminuer leurs tarifs.

Il vaut mieux un bateau plein à prix réduits qu'un bateau aux trois quarts vide avec des frets élevés.

Dans le tableau de l'exportation de la République Mexicaine, les bois sont compris pour 1,917,323 piastres. Cependant ce chiffre n'est rien en comparaison de ce qu'il devrait être, car aucun pays au monde ne possède des richesses comparables en variété et en quantité à celles que renferment les forêts mexicaines.

La préparation des bois précieux du Mexique

17.

pour la vente sur les marchés américains et européens donnerait des bénéfices considérables à ceux qui contribueraient par leurs capitaux et leur travail à créer dans ce pays une industrie qui, un jour, doit occuper une place de premier ordre. Ce serait un grand avantage pour la prospérité de ce pays, si les capitalistes européens tournaient leur attention de ce côté.

Depuis la frontière de Guatemala jusqu'aux États-Unis, le Mexique possède de vastes terrains où la production de bois précieux est véritablement énorme. Sur presque toute l'étendue des côtes du Pacifique et de l'Atlantique on trouve différentes variétés de bois remarquables par leur arome et pouvant servir à l'ébénisterie comme le bois de rose, l'ébène, l'acajou, le cèdre.

Le cèdre mexicain est particulièrement apprécié sur les marchés étrangers, parce que, même en ne tenant pas compte de son exquise senteur, il est si léger et son grain est si fin, qu'on le croit supérieur au noyer ordinaire, employé aujourd'hui pour fabriquer les meubles fins.

Les États de l'intérieur possèdent comme ceux de la côte, beaucoup de bois précieux, et fait digne d'être noté, on s'en sert ici comme de bois à brûler.

Parmi les produits naturels du Mexique, les bois sont certainement avec les textiles, les articles les plus importants pour l'exportation en France.

On sait que l'industrie française du meuble de luxe est sans rivale pour le bon goût des dessins, pour le fini de l'exécution.

La crise qui a atteint l'industrie du meuble dans le faubourg Saint-Antoine, à Paris, tient à plusieurs causes, mais il faut placer, en premier lieu, le prix de revient trop élevé de la matière première, laquelle ne parvient aux petits fabricants du faubourg qu'après avoir passé par plusieurs mains.

L'ébénisterie, la marquetterie, la tabletterie, sont des industries françaises par excellence.

L'habileté de main de nos ouvriers dans la difficile opération du placage a été reconnue à toutes les expositions. Ce sont de véritables artistes qui assurent la supériorité à notre marquetterie et à notre tabletterie.

Lorsqu'un pays possède des éléments aussi remarquables, on s'étonne à bon droit qu'il ne fasse pas le nécessaire pour obtenir la matière première directement.

C'est surtout pour avoir négligé les rapports directs avec la production, que les prix de revient de notre industrie sont plus élevés que ceux de l'étranger. J'ai la conviction que si les bois du Mexique étaient expédiés en France, non seulement l'industrie française les achèterait, mais que cette richesse à peine effleurée des forêts mexicaines éveillerait encore l'intérêt des capitalistes.

*
* *

Le détail de l'exportation des *maderas finas* (bois fins) donne les chiffres suivants :

Angleterre............ 362,609
Allemagne............   48,827
France...............   9,270

L'exportation des bois de teinture (maderas tinteroles) se répartit ainsi : .

Angleterre............ 449,786
France............... 148,070
Allemagne............ 117,207
Espagne..............   17,278

On voit par ces chiffres que c'est encore en Angleterre que se trouve le *marché européen* des bois fins et des bois de teinture.

C'est en réalité l'Angleterre qui est le grand marché des produits exotiques.

Pourquoi ?

Parce que ses capitalistes, ses négociants et ses armateurs concourent en grande partie à l'exploitation ou à l'achat direct sur les lieux de production et enfin au transport des produits.

Peut-on en faire autant en France?

Certainement oui, et je dois ajouter : mieux que partout ailleurs. Les capitaux français s'emploieraient très fructueusement à l'exploitation et à l'achat des matières premières, et la marine marchande française trouverait dans le transport de ces marchandises un fret assuré et rémunérateur.

Toutes les entreprises qui se fonderont en vue de ce trafic, créeront un grand courant d'affaires, et réaliseront de beaux bénéfices.

LE COMMERCE MEXICAIN

CADRE COMPARATIF DE LA RÉPUBLIQUE MEXICAINE
Du 1er juillet 1877 au 30 juin 1883.

	De 1882 à 1883.	De 1881 à 1882.	De 1880 à 1881.	De 1879 à 1880.	De 1878 à 1879.	De 1877 à 1878.
Henequen (textile)	3,311,062 64	2,672,106 72	2,285,389 13	1,915,307 01	1,267,373 30	1,078,076 22
Bois	1,917,323 67	1,438,097 16	1,616,370 88	1,597,698 76	1,446,831 07	1,450,168 83
Café	1,717,190 85	2,414,538 20	2,213,782 11	1,984,172 60	2,330,097 28	1,212,041 40
Peaux	1,653,165 92	1,708,534	1,591,124 14	1,933,305 82	1,513,042 16	997,043 21
Animaux vivants	634,376 18	337,651	167,610	108,187 13	123,116 50	30,099
Ixtle (textile)	596,533 23	620,139 21	108,217 06	292,139 33	191,288 63	316,196 36
Vanille	413,850 75	780,830 47	367,618 17	195,825 65	289,005 12	319,109 46
Tabac	272,160 18	351,233 16	371,674 35	310,145 77	142,531 50	86,713 27
Sucre	198,365 16	266,075 60	317,937 21	493,389 82	341,303 41	279,530 42
Caoutchouc	138,882 72	114,153 92	124,911 69	79,166 90	10,794 83	9,065 98
Racines de chicadent	125,133 01	10,737 32	39,771 42	33,810 60	13,920 92	
Miel (d'abeilles)	115,817 36	60,911 60	109,396 05	82,933 17	30,092 94	64,890 23
Haricots	111,555 55	62,556 31	83,497 02	83,467 08	33,559 01	33,226 27
Chile	82,205 38	15,738 31	35,853 60	36,067 46	43,864 04	399
Fruits	78,898 42	43,523 19	37,334 22	38,918 06	31,494 88	30,023 63
Orseille	74,628 63	113,617 68	15,314 86	31,581 40	152,678 68	228,145 73
Cuivre	65,996	13,109 64	68,788 90	48,691 65	17,762 65	20,199 31
Maïs	63,684 11	22,116	43,876 72	24,443 43	10,149 47	536 99
Pois	62,007 67	61,131 69	31,876 72	37,236 85	29,694 06	28,179 62
Salsepareille	50,609 04	47,972 58	36,401 97	47,789 73	39,883 41	60,976 81
Plomb	47,534 83	57,933 82	25,865 60	1,315 32	18,465 57	38,100
Nacre	44,414	71,151 82	39,139 60	41,899 32	15,095 60	11,705
Jalap	34,592 41	37,493 75	29,352 26	52,377 61	16,600 98	7,182
Sucre en (Piloncillo)	32,433 17	42,467 55	50,611 33	50,633 89	1,948	960
Pois chich.	28,835 44	4,511 10	7,330 30	39,918 56	6,766 80	3,610 38
Légumes	19,596 60	5,992 12	6,822 75	7,110 32	413 06	636
Perlée	18,500	37,500	12,300	34,490	45,320	13,200 10
Épices	17,884 87	13,109 64	1,360	9,933 86	365	893 87
Cochenille	2,868	22,116	44,967 20	119,276 40	133,307 43	83,001 20
Indigo	630 30	23,116	491,908 19	234,592 19	175,691 41	61,523 60
Autres articles	219,981 46	253,196 71	267,960 99	321,335 83	490,172 32	153,321 06
	12,178,937 66	12,019,526 06	10,674,694 37	10,627,229 73	8,406,860 69	6,701,061 35
MÉTAUX PRÉCIEUX						
Argent frappé	22,999,383 90	11,607,888 13	13,183,954 71	16,784,317 39	16,366,877 31	18,190,996 53
Argent (pasta)	4,773,928 13	3,510,903 99	3,976,878 68	3,010,078 96	2,650,100 62	2,360,838 73
Id. en minerai	562,684 58	336,715 89	613,702 80	485,387 35	319,063 58	171,834 15
Id. (sulfure)	106,312 26	3,500				
Id. (tierras)	30,104 62	10,028 62	26,045	12,850		19,920
Plomb argentifère		1,279 35	376	581	2,811 97	86 62
Or frappé	13,025 40	858,395 16	630,519 71	760,683 30	1,120,593 02	985,950 32
Id. en barres	331,708	483,633 23	520,629 43	430,131 50	223,091 61	31,631 01
Argent étranger frappé	348,039 23	121,942 39	117,079 73	314,536 55	331,336 78	473,999 64
Or id.	116,613 39	199,387 96	154,817 77	230,367 46	350,018 98	195,021 42
	118,035 96					
Total métaux précieux	29,628,657 69	17,063,767 33	19,354,003 37	28,036,333 71	21,481,616 97	23,384,599 55
Total des autres marchandise	12,178,937 66	12,019,526 06	10,674,694 37	10,627,220 73	8,406,860 69	6,701,061 35
Total de l'exportation	41,807,595 35	29,083,293 39	29,928,097 96	38,663,551 44	29,891,177 66	29,985,660 90

L'IMPORTATION DES MARCHANDISES PENDANT UN SEUL MOIS (JUILLET 1884)

Marchandises du pays. — Pendant le mois de juillet, il est entré sur le marché de Vera-Cruz 25,387 colis de marchandises du pays, dont 15,272 par la voie de mer.

Voici les principaux articles entrés pendant le mois :

Eau-de-vie de canne, coton, amidon, riz, sucre, cacao, café, piment sec, cuirs, haricots, farine, savon, maïs, tissus de coton, graisse, pommes de terre, peaux de chevreau, jalap, sel, tabac, vanille, salsepareille.

Marchandises étrangères. — Les douze bâtiments venant de ports de l'Europe et des États-Unis ont apporté pendant le mois de juillet dernier 172,888 colis de marchandises étrangères, ainsi qu'il suit :

Le 4, vapeur espagnol, de Barcelone, 1,298 colis.

Le 5, vapeur anglais, de New-York, 4,800 colis.

Le 7, barque française, de Bordeaux, 82,810 colis

Le 10, vapeur anglais, de Liverpool, 1,627 colis.

Le 13, vapeur français, de Saint-Nazaire, 1,791 colis.

Le 14, vapeur américain, de New-York, 2,290 colis.

Le 21, vapeur américain, de New-York, 2,800 colis.

Brick français, d'Anvers, 66,155 colis.

Le 27, vapeur allemand, de Hambourg, 3,101 colis.

Vapeur anglais, de Southampton, 696 colis.

Le 31, vapeur mexicain, de Liverpool, 3,243 colis.

Les principaux articles étrangers importés pendant le mois de juillet sont les suivants :

Huile d'olive, coton, mercure, cacao, ciment, comestibles, faïences et cristaux, drogues médicinales, épices, spiritueux, stéarine, fer et acier en barres, tuiles et briques, machines de toute sorte, matériel de chemins de fer et de télégraphes, mercerie, quincaillerie, meubles, papier et livres, peaux, pétrole, tabac manufacturé, tissus de soie, de fil de laine et de coton, articles divers.

VILLES ET VALLÉES

Après avoir fait mon possible pour donner au lecteur une idée pratique de la vie mexicaine, aussi bien à la ville qu'à la campagne, je veux tenter de résumer dans un bref espace, une série de notes sur quelques villes et vallées du Mexique.

Pour peu que l'on s'intéresse au merveilleux pays que je viens de découvrir (après Cortez et Humboldt), lesquels n'ont pu soupçonner le développement miraculeux qui attend le Mexique — car ils ne pouvaient prévoir les chemins de fer — on acquiert bien vite la conviction que d'ici à dix ans le Mexique sera méconnaissable et que de grandes fortunes y auront été faites.

Il est bon de répéter une fois de plus que le Mexique est aujourd'hui à quinze jours de Paris, et qu'au besoin on peut y *aller et en revenir* en moins *d'un mois*, tout en faisant un voyage char-

mant, sans autre fatigue que celle qui vous aide
à bien dormir la nuit. Cette facilité donnera peut-
être à quelques capitalistes l'idée d'aller décupler
leur fortune dans une des contrées que je me fais
un devoir de signaler à leur attention.

Les Français jouissent d'un grand avantage sur
les Américains, qui parlent déjà de ce pays comme
d'une « terre promise », c'est que l'indigène
aime le Français, tandis qu'il déteste le *Yankee*,
auquel il n'accordera *jamais* rien que par la
force, et qu'il n'associera jamais à ses travaux,
comme il l'a fait pour mes amis Eugène Schnetz
et Daniel Lévy.

Mes notes sont forcément incomplètes, mais telles
qu'elles sont, je puis en garantir l'*exactitude* et la
modernité. Un pays qui est en voie de complète
transformation comme le Mexique, a besoin d'être
suivi tous les ans par un chroniqueur consciencieux. Au fur et à mesure que les voies ferrées
s'étendent, les hommes, les institutions et les affaires se modifient. Ce qui est vrai et utile à dire
aujourd'hui, peut avoir moins d'intérêt l'année
prochaine. Je me permettrai donc de faire appel
à la bienveillance de mes lecteurs Mexicains et
Français, et j'espère qu'ils voudront bien m'aider par leurs communications à « revoir, corriger
et augmenter » les éditions successives d'*Un Parisien au Mexique*.

LA HUASTECA

La Huasteca est une des contrées les plus intéressantes du Mexique, en raison des ressources
qu'elle offre aussi bien pour l'industrie que pour
l'agriculture.

Une des plus grandes richesses de cette partie
du Mexique consiste dans les sources de pétrole
qui s'étendent de *Papantla* à *Tampico*.

En plusieurs endroits, notamment à *Juan Fe-
lipe*, à deux jours de route dans l'intérieur à partir de *Tuxpam*, les dépôts superficiels de bitume
sont réellement merveilleux; on dirait d'immenses champs et de vastes ruisseaux noirs qui
sont aussi durs et aussi brillants que l'asphalte
le plus solide, et sont formés des innombrables
petites sources, que l'on remarque de tous
côtés. Ces grands dépôts proviennent du pétrole
et d'autres matières volatiles qui sortent de terre
sous l'influence du soleil tropical, se condensent
dans les forêts et retombent à la surface.

On trouve dans tous ces dépôts une partie humide, où le bitume frais nage à la surperficie et
d'où s'élèvent des bulles de gaz extrêmement
inflammables qui s'évaporent en éclatant. La
surperficie huileuse de ces dépôts est constamment écumeuse et pendant les pluies, l'eau qui y

séjourne est colorée comme un arc-en-ciel par
l'huile qui flotte à sa surface.

Dans la Huasteca le travail est à très bon marché et un *peon* gagne de 37 à 50 sous par jour,
quand il consent à travailler, ce qui est malheureusement fort rare.

Les jours de fêtes sont en général l'excuse de
leur paresse : ni prières ni argent ne les feraient
travailler ces jours-là; quelquefois cependant on
peut obtenir, avec force cadeaux, la haute protection du curé qui consent à les exhorter au travail
et parvient à les décider. Un autre inconvénient
pour une bonne exploitation consiste dans les fréquents changements de travailleurs : en effet, une
fois qu'ils ont touché deux piastres pour leur paye,
ils se croient assez d'argent pour se reposer
pendant quinze jours.

Les notions d'économie leur sont complètement
inconnues; la fortune pour eux consiste en un
chapeau, un couteau, des sandales, une chemise
et un caleçon. Leur maison est une hutte en bam-
bous coupés dans les buissons; quelques pots
en terre, qu'ils confectionnent eux-mêmes, composent toute leur batterie de cuisine. Les chiens
et les enfants qui complètent le mobilier indispensable, croissent et se multiplient *ad libitum*.

La question sérieuse actuellement est celle des
transports. Pour les sources qui sont situées près

du *Panuco* ou du *Rio de Tuxpam*, comme celles
où travaille actuellement la Boston and Mexico
Oil Cᵒ, il est facile de conduire le pétrole brut au
moyen de canaux jusqu'à la rivière et, de là, de le
transporter à la raffinerie au moyen de chalands-
réservoirs; on peut même conduire les canaux
jusqu'à la raffinerie.

Mais pour exploiter les sources situées dans
l'intérieur, il faudrait porter en chariot ou à dos
de mulet la machinerie, les conduits et tout le
matériel, ce qui serait d'autant plus coûteux, que
la première dépense à faire serait la construction
d'un chemin.

Il est à espérer que bientôt des chemins de fer
traverseront le pays et permettront l'exploitation
des richesses qu'il renferme. Deux voies sont en
projet:

Celle de *Matamoros* à *Tuxpam* (concession
Telfner) et celle de *Tuxpam* à Mexico, qui est
entre les mains d'une Compagnie anglaise.

Le pays est une des contrées les plus fertiles
que le colon puisse rêver. On peut choisir là depuis le climat des hauteurs où poussent le pin, le
chêne, le blé, l'orge, dans un paysage comparable
en tous points à la Suisse, jusqu'à celui de la côte
où l'on peut cultiver le maïs, la canne à sucre, l'o-
range, le citron, le cocotier, le bananier, l'ananas,
le caoutchouc, qui poussent toute l'année.

Les naturels y font jusqu'à trois récoltes par an.

Le caoutchouc croît naturellement et, bien exploité, peut être d'un immense revenu.

Tuxpam exporte une grande quantité de miel et de cire ; les Indiens élèvent les abeilles dans tout le pays et transportent le miel au marché dans des boîtes à pétrole en fer-blanc. L'éducation de ces insectes est faite d'une manière tout à fait primitive ; les ruches se composent de troncs d'arbres creusés, ouverts aux deux extrémités, et beaucoup d'essaims sont détruits par suite des combats auxquels donne lieu cette disposition. C'est un pays fait à souhait pour ce genre d'élevage, car les plantes sont toujours en fleurs et il n'y gèle jamais.

Pour une personne disposant d'un petit capital, c'est une excellente industrie qui demande peu de terrain ; les ruches peuvent s'acheter à bon marché ; les abeilles se reproduisent rapidement et les produits sont d'un débouché facile et d'une demande constante.

Dans quelques parties on trouve des terrains de pâturage et il passe à Huajetlan, par semaine, en moyenne, 600 têtes de bétail qui vont à Mexico à travers la montagne. On pourrait élever les bœufs, les chevaux et les mules sans autres frais pour ainsi dire que l'achat du terrain.

Le climat est bon, sauf sur la côte ; il n'y a pas

de vomito à *Tuxpam* qui est à 10 milles de la mer, sur la rivière du même nom. Il importe simplement de ne pas s'exposer ensuite au soleil après avoir été mouillé; c'est la seule précaution à prendre.

En résumé, avec tous les avantages de terrain et de climat que présente la *Huasteca*, cette contrée n'attend que la construction de chemins de fer et l'établissement de lignes de bateaux à vapeur pour devenir un des meilleurs points de la République pour la colonisation ou l'utilisation des capitaux.

LA VILLE DE MORÉLIA

Population, 22,000 âmes.

Élévation, 2,060 mètres au-dessus du niveau de la mer.

Morélia est bien bâtie, toute en pierre poreuse de nuance rose et grise. Les rues sont propres; c'est une des dix ou douze grandes villes du Mexique intéressantes au point de vue historique et architectural; elle est, par son climat, très agréable à habiter.

Un jour de voyage suffit pour se rendre de Mexico à Morélia par la voie du chemin de fer National. La ligne traverse la chaîne principale de la *Sierra Madre*, passe à *Toluca* et descend sur le versant de l'océan Pacifique jusqu'au cœur du *Michoacan*.

Morélia est à 250 milles de Mexico et à 100 milles de Celaya, qui est le point de croisement du chemin de fer National et du chemin de fer Central.

A Celaya passe la voie du chemin de fer national, qui se dirige au nord vers *San Miguel de Allende*, et se raccorde au sud à *Acambaro*, à 57 milles à l'est de Morélia, avec la voie de Mexico à Morélia.

De cette façon on peut se rendre à Morélia en venant du nord par Celaya, et en venant du sud par Mexico et *Acambaro*. Les trains arrivent en général le soir et le tramway attend les voyageurs à la gare pour les conduire dans un des deux principaux hôtels : hôtel Michoacan ou de la Soledad.

Dès le matin les cloches de la magnifique cathédrale style renaissance, m'invitent à aller la voir. C'est un édifice curieusement ouvragé à l'intérieur, tout en bois sculpté, argent massif et onyx. Il paraît que le tout a coûté dix millions de francs, donnés de bon cœur par des propriétaires de mines, plus de dix fois millionnaires.

La rue principale, la *Calle Nacional*, est toujours animée. Mais si l'on veut se faire une idée plus exacte de la contrée, il faut avancer un peu sur la voie du chemin de fer.

Morélia est située sur le sommet d'une légère éminence qui forme le centre d'un fertile bassin, entouré de tous côtés de montagnes admirables.

Au pied de la ville et à quelque distance au nord, serpente le *Rio Grande de Santiago*, que le chemin de fer cotoie pendant 150 milles dans la montagne, et qui court ensuite au N.-O. à travers le lac *Chapala* pour se jeter dans le Pacifique à San-Blas.

Au delà de la rivière, les montagnes s'élèvent par gradins avec les cimes cachées par les brouillards. De toutes parts elle ferment l'horizon et c'est un spectacle digne des contrées les plus appréciées des touristes. La Suisse, les Pyrénées, et l'Écosse n'ont rien de plus beau.

L'air est tellement limpide que la vue s'étend à une distance énorme et que dans le lointain on aperçoit partout des champs cultivés, de vertes prairies, des bouquets d'arbres magnifiques qui rappellent les riches campagnes de l'ancien continent.

LA VILLE DE CELAYA

La ville de Celaya, dans l'État de *Guanajuato*, est appelée à un grand développement à cause de sa situation naturelle qui en fait le centre presque forcé des chemins de fer mexicains.

Les deux grandes lignes actuelles, la ligne du chemin de fer Central et celle du chemin de fer Nacional, s'y croisent déjà. Celaya compte 27,000 habitants.

Le croisement des deux lignes a lieu dans une plaine située au nord-est de la ville et l'on étudie actuellement le projet d'une station commune de marchandises où pourra se faire l'échange du fret entre les deux lignes.

Elles se prêtent d'ailleurs en cet endroit un mutuel secours et s'alimentent l'une par l'autre, la ligne du Nacional à travers le Michoacan apportant les fruits variés et les beaux produits qui sont recherchés dans les populeuses régions du Nord, le long de la ligne du Central. Le district environnant est riche et fort étendu; il exporte de grandes quantités de céréales. La vallée est bien arrosée par les ruisseaux qui descendent des montagnes des deux côtés. Quelques cultivateurs y ont adopté déjà les perfectionnements de machinerie et d'outillage qui sont aujourd'hui indispensables pour toute exploitation sérieuse.

L'élevage des porcs est dans cette contrée une industrie très productive et des trains entiers de ces animaux sont dirigés journellement sur Mexico.

On trouve à Celaya même et dans les environs une quantité de manufactures. M. Gonzalès, le plus riche habitant du pays, possède de grandes fabriques de tissus de coton et de laine, à *Salvatierra* et à *Soria,* sur la ligne du Nacional. Il existe également une manufacture de draps.

Les produits du moulin de M. Gonzalès sont expédiés par grandes quantités à *Chihuahua, Durango* et dans les autres États du nord de la République, et le chemin de fer Central y trouve un excellent fret.

En échange, les lignes qui y aboutissent amèneront promptement les matières premières pour les fabriques de tissus et le charbon de terre qui est indispensable à toutes ces industries.

Parmi les produits spéciaux de Celaya, on estime surtout les bonbons et les fruits conservés, qui jouissent dans toute la République d'une juste réputation et qui seront certainement très demandés lorsque l'exportation pourra se faire facilement. Il est probable que des efforts seront faits à bref délai pour propager la culture du coton auprès de *Quérétaro,* ce qui permettra d'alimenter les fabriques avec les matières premières produites par le pays même.

LA VILLE DE SAN LUIS POTOSI

Je viens de faire une halte dans la ville qui a été plusieurs fois sur le point de devenir la capitale du Mexique et qui le deviendra peut-être un jour par la force des événements. Elle est à présent le centre de tout le commerce mexicain avec les États-Unis.

La ville de *San Luis Potosi* a été fondée vers 1570, lorsque l'attention des premiers colons espagnols fut attirée par le district minier qui, treize ans plus tard, devint fameux dans tout le Mexique, par la découverte de la mine d'or de *San Pedro.*

Dans beaucoup de districts miniers il y a ou trop d'eau ou pas assez; c'est le dernier cas qui se présentait à *San Pedro.* L'or était porté dans toutes les directions où l'on pouvait trouver un peu d'eau pour le laver, et l'endroit où l'on avait creusé des puits avec le plus de succès est celui où s'élève aujourd'hui la ville de *San Luis Potosi.*

En 1608, une série d'éboulements combla les mines, mais telle était la richesse acquise par les habitants qu'ils continuèrent à vivre sur les terres des environs et formèrent une colonie espagnole qui a continué à prospérer jusqu'à nos jours. Depuis que le climat est devenu de plus en plus sec, ils ont construit des réservoirs pour l'irrigation et produisent ainsi de magnifiques récoltes.

Privée des ressources des mines, *San Luis Potosi* devint le centre d'un district agricole. Les mineurs se répandirent dans les districts miniers environnants, comme *Matchuala, Charcas, Ramos* et *Guadalcazar,* mais restèrent toujours en rapport avec *San Luis Potosi,* et y apportèrent le produit de leurs travaux, si bien que le vice-roi résolut de l'élever au rang de ville, ce qui fut confirmé le 17 août 1658 par un décret du roi Philippe III d'Espagne.

Favorisée d'un climat magnifique, douée de toutes les conditions de salubrité et de prospérité, *San Luis Potosi* prospéra au point de rivaliser avec la capitale de la République comme centre d'approvisionnement et, malgré l'achèvement du chemin de fer de Vera-Cruz et des autres lignes qui rapprochent la capitale des points de consommation, *San Luis Potosi* garde toujours son rang, grâce à l'immense richesse répandue tout alentour et aux quatre lignes de chemin de fer qui doivent la relier avec tout le Mexique.

Pendant mon séjour à San Luis, une Compagnie anglaise était en pourparlers pour les travaux du port de *Tampico.* Les rues sont bien entretenues, un drainage intelligent et la construction d'un égout collecteur ont remplacé les ruisseaux à l'air

libre; la chaussée ainsi arrangée forme un boulevard des plus respectables.

Les représentants d'une maison de Londres ont
obtenu une concession pour fournir l'eau potable,
car les puits sont aujourd'hui tout à fait insuffi-
sants pour les besoins de la population. Les propriétaires enrichis par les intérêts qu'ils ont
dans les mines environnantes, ont fait construire des maisons et accaparent les puits au détri-
ment des pauvres gens qui souvent sont obligés
d'attendre la nuit pour profiter du trop plein des
réservoirs des riches.

La population de San Luis est actuellement
de 37,000 âmes, et l'élévation est de 2,050 mètres
au-dessus du niveau de la mer; le climat est délicieux. Tramways, téléphones, lumière électrique
couvrent la ville de réseaux innombrables et en
font une des plus commodes que je connaisse. Sous
le rapport des communications et de l'éclairage,
San Luis est bien mieux outillée que nous ne le
sommes à Paris.

C'est à San Luis que Santa Anna forma en 1846
l'armée avec laquelle il combattit les Américains,
et le rôle que joua l'État en 1846 et 1847 valut à
la capitale le titre de San Luis de la Patria.

LE NORD-OUEST DU MEXIQUE

Dans l'État de Sinaloa, on rencontre d'immenses étendues de terrain propres à l'établissement de pâturages et d'exploitations agricoles. La partie sud fournit l'acajou, l'ébène, le cèdre, le bois de fer et nombre d'autres essences précieuses y compris l'arbre à caoutchouc, qu'on pourrait y cultiver avec succès sur un vaste parcours. C'est là que commence, pour s'étendre jusqu'à Colima, le grand plateau qui produit en abondance la noix de coco, de laquelle on peut extraire une huile à graisser de qualité supérieure et d'un prix très modéré. Les mines de cette région sont riches et étendues. Du Rosario à Santiago, l'industrie minière est très active, aussi les filons exploités ont-ils presque tous donné de bons résultats.

Les minerais sont dociles au traitement, et l'on rencontre partout le bois et l'eau, ces deux éléments essentiels de toute exploitation.

La construction des lignes projetées de *Mazatlan* au nord, à l'est et au sud, et la diminution sensible des cas de fièvre jaune dans ce port, grâce à l'introduction d'eau potable, aideront au développement des richesses et de la fécondité de ces régions. Il existe sur tout le littoral du Pacifique des terrains immenses et encore vierges, très favorables à la culture de la canne et que l'on peut acheter à bas prix. De *San Blas* à *Guaymas*, les terres ne sont pas très bonnes, mais on pourrait y établir des pâturages, y semer des graines ou y planter du tabac. Les mines y ont été peu exploitées, mais assez cependant pour faire entrevoir un brillant avenir. Ces régions jouissent d'une paix profonde et d'un excellent climat, dont la salubrité ne laisse rien à désirer; bien que relativement très peuplées, elles manquent d'établissements industriels et offrent par conséquent des placements avantageux au capital et à l'intelligence des hommes pratiques.

De Guadalajara à Colima, et de cette dernière ville à la capitale, s'étend la région la plus favorisée du Mexique, car elle est plus abondamment pourvue d'eau que les autres; très riche en bois de toutes espèces, elle offre une série de vastes plateaux situés entre des chaînes de montagnes et qui, outre toutes les céréales, peuvent produire la canne à sucre et le café. Il ne faudrait à cette contrée que des moyens de transport et de communication pour devenir un centre important d'exportation. L'absence de ces facilités a seule limité jusqu'à présent la production à la consommation locale.

Dans toute cette vaste région, on n'a jamais

songé à produire en grande quantité, car chaque localité suffit à ses propres besoins.

Il en résulte que les transactions commerciales y sont d'une régularité parfaite et à l'abri de toute catastrophe. La fièvre de la spéculation n'a jamais envahi ces contrées et les faillites y sont chose absolument inconnue.

LA VILLE DE TÉPIC

Cette jolie ville est située à cinquante milles environ du port de *San Blas* et sur une élévation de plus de 3,000 pieds au-dessus du niveau de la mer. Sa magnifique place et sa jolie Alameda (jardin public), toutes deux ornées, non seulement d'orangers et de la riche flore de ce climat favorisé, mais aussi de frênes majestueux, font ressortir la beauté et le charme de ses maisons bien construites et la propreté de ses rues. Le marché, abondamment pourvu, offre toutes les espèces d'aliments et de fruits.

Entre *Tépic* et le port de *San Blas*, dont les Espagnols firent, il y a plus d'un siècle, une station navale importante, s'étend un terrain plat d'une grande fertilité. La couche végétale es profonde; elle alimente des forêts touffues de bois précieux. Le coco-nain se rencontre partout en abondance : de son fruit on extrait l'huile fine

si recherchée pour le graissage des machines et
la base d'un savon dont l'aspect et la supériorité
le font accepter partout. Comment se fait-il qu'un
individu n'ait pas encore fait une fortune en se
livrant la fabrication de ce savon? C'est un des
nombreux mystères de ce Mexique si favorisé.

EN SONORA

Guaymas, le 10 octobre 1884.

L'entrée du port est orientée du sud au nord;
elle est formée par les îles Pajaros à l'est, et
par celles de San Vicente et Patayas et par la côte
à l'ouest.

La baie a une étendue d'environ quatre milles
carrés.

Les plus grands navires du monde peuvent y
trouver place et le mouillage est très profond;
mais comme le fond de la baie est formé de vase,
il est indispensable de relever les ancres tous les
huit jours pour éviter qu'elles ne s'envasent
complètement.

Guaymas est une des villes les plus intéressantes que l'on puisse visiter dans la République.

Les montagnes majestueuses qui dominent la
ville par derrière; les îles s'élevant à cent pieds
au-dessus des vagues agitées du golfe; la forêt de
mâts qui se balancent dans le port; les maisons

en adobes; les dômes et les tours des églises; l'aspect bizarre d'une ville qui, dans sa partie la plus large, ne mesure pas un quart de mille, toutes ces particularités admirables ou curieuses attirent et fascinent le visiteur.

Guaymas compte 7,000 habitants, c'est la clef de l'État de Sonora, un État qui mesure 11,953 lieues carrées.

De vastes plaines couvrent ce territoire, de belles rivières comme *le Yaqui, le Rio del Fuerte, le Mayo* et *le Colorado* arrosent les prairies; le maïs, le blé, l'avoine, la canne, le tabac, etc., poussent sans effort; les fruits les plus délicieux, les dattes, les pêches, les figues, les poires, les grenades, le citron se récoltent dans toutes les parties de l'État. Les forêts produisent les essences les plus estimées : l'ébène, le bois de rose, l'acajou; toutes les innombrables variétés des plantes médicinales peuvent être recueillies dans les plaines et dans les montagnes; il est impossible de trouver un pays meilleur pour l'élevage du bétail; les cours d'eau renferment les poissons les plus fins et les plaines sont peuplées de gibier; enfin, la pêche sur la côte fournit le poisson doré, le hareng, le maquereau, le thon, l'anguille, la crevette, le homard et les huîtres. La population totale de l'État est de 141,000 habitants, dont 110,000 sont des Indiens.

19

Les Indiens de cette contrée sont : les *Opatas*, peuplades à demi civilisées et ennemies invétérées des *Apaches* ; n'était leur humeur sans cesse belliqueuse, ils feraient d'excellents citoyens; les *Pinas*, les *Yumas* et les *Papagos*, qui vivent au nord de l'État ; les *Yaquis* et les *Mayos*, qui sont pêcheurs et chasseurs, et dont les femmes sont réputées comme très jolies. Ces derniers sont les plus travailleurs.

Les *Apaches* sont le fléau de la Sonora et, même aux temps de la conquête, les Espagnols ont été impuissants à les soumettre.

Alamos est le centre des mines de l'État.

Hermosillo, à trente lieues du golfe, en est la plus agréable ville. Sa population est de 18,000 habitants. Les rues sont bordées d'arbres des tropiques couverts de fleurs et de fruits.

Le chemin de fer de Sonora a là une élégante station.

La grande richesse de l'État consiste dans ses mines sur lesquelles circulent des histoires fabuleuses.

Les incursions des Apaches avaient nécessité l'abandon d'un grand nombre d'entre elles, mais depuis qu'ils ont été refoulés et que le chemin de fer traverse le pays, les travailleurs ont pu se remettre à l'œuvre. On trouve dans les mines de la Sonora l'or, l'argent, le cuivre, le plomb, le soufre, l'étain, l'antimoine, l'alun, le sel, le marbre.

Sur la côte, on pêche les perles.

Près de Guaymas, on rencontre de riches gisements d'anthracite.

Des minerais, provenant des mines de *San Rafaël* et du général Serna, donnent de 50 à 100 piastres à la tonne et quelques échantillons ont donné jusqu'à 1200 piastres.

La mine de San Marical a rapporté 1,500,000 piastres en douze ans.

A *San José de las Pinas*, on exploite une mine en graphite ; à *Opsuma*, on trouve de magnifiques carrières de marbre, d'albâtre, de jaspe.

Il existe près d'Hermosillo des dépôts d'anthracite et de charbon bitumeux qui sont tous contenus dans un rayon d'un mille. Le plus important est une veine de 9 pieds 6 pouces de largeur qui est, en certains endroits, à 12 pouces du sol.

Mais ce sont réellement les mines d'or et d'argent qui constituent la richesse du pays.

Les montagnes de la Sierra-Madre renferment du fer.

A *San Janvier*, on trouve le fer et le soufre, ainsi qu'à *San Antonio*, la *Huerta*, *Aneguilla* et *Aguascalientes*. Ce pays recèle des trésors incalculables qui ont dû être négligés à cause des incursions des *Apaches* et de la défectuosité des

systèmes employés pour les exploiter. Lorsque
rien n'arrêtera plus son développement, la Sonora
est destinée à devenir une des plus riches contrées du monde.

LE TAMAULIPAS

Matamoros est la clef de l'État du Texas. Pendant la guerre de sécession, cette ville était le
centre du commerce du coton du Texas, mais à
présent elle approvisionne seulement les États du
nord du Mexique.

Le climat de l'État de *Tamaulipas* est chaud et
humide sur la côte du golfe, et un peu plus froid et
plus sec à l'ouest de la *Sierra-Madre*.

A part quelques portions de la côte qui sont tous
les ans visitées par la fièvre jaune, le climat est
généralement très sain.

Les rivières les plus importantes sont le *Rio
Grande* et le *Panuco*.

Le premier est navigable jusqu'à 250 milles de
son embouchure et le second jusqu'à 170 milles.

Quelques-unes des vallées sont très remarquables ; celles de *Santa Barbara* et de *Chamol* en particulier sont réellement admirables.

Les produits du sol sont très variés. Le coton
est certainement le principal, mais le maïs, le riz,

la canne, les pois, les patates douces et les pommes
de terre croissent parfaitement.

La pomme de terre pousse même naturellement.

Les fruits les plus suaves viennent également
sans culture ; les pêches, les mangos, les goayabas, les bananes, les citrons, les ahuacates et les
chirimoyas sont les principaux. Ce dernier fruit
est un des meilleurs que produise le pays.

On fait avec la goayaba d'excellentes confitures
et avec l'ahuacate de savoureuses salades. Le
gibier est abondant ; il comprend le daim, le
lièvre, la dinde sauvage, le lapin et la bécasse.

Les ruisseaux sont également très bien fournis
de poissons excellents.

Ciudad Victoria, capitale de l'État, est un vrai
jardin situé au pied de hautes montagnes, au milieu des plantes et des fleurs tropicales et entouré
à perte de vue de champs de canne à sucre. La population est de 8,000 habitants.

Un cimetière clos d'une haute muraille, percée
de trous par les boulets et les obus des invasions
française et américaine, domine toute la ville.

La vieille église, commencée par les Espagnols,
n'a jamais été terminée et présente un certain intérêt comme architecture.

Soto la Marina est une élégante petite ville qui
compte une centaine de maisons et une jolie

église. La rivière *Corona* coupe la ville en deux. La barre y est d'un passage bien plus facile qu'à *Matamoros* et à *Tampico*, et il est à présumer que lorsque le chemin de fer aura remplacé les mules pour traverser la montagne jusqu'à *San Luis Potosi*, le port prendra alors une sérieuse importance. En 1884, le commerce était centralisé entre les mains de quelques Américains qui trafiquaient sur les peaux. Un triste souvenir s'attache à cette ville : c'est là qu'abordèrent en 1817 et 1825 le général Mina et l'empereur Iturbide qui, peu après, devaient être fusillés par la populace.

Tampico, avec 12,000 habitants, est le second port du Mexique, à l'embouchure du *Panuco*. La superficie de l'État de *Tamaulipas* est de 11,102 milles carrés, avec 120,000 habitants.

GUERRERO

Le territoire de cet État est très montagneux : on y rencontre peu de vallées ; les principales se trouvent sur la *Petite Côte*, depuis l'anse del *Marquès* jusqu'à *Lo de Soto*.

La grande cordillère de la Sierra-Madre traverse l'État ; ses versants s'étendent au sud jusqu'à la côte et au nord jusqu'au *Rio de las Balsas*.

Le Guerrero contient 308,716 habitants, soit environ 4 1/2 par kilomètre carré. Les habitants se livrent à l'agriculture, au commerce et à l'élevage.

L'État compte 11 villes, 2 villages, 59 municipalités, 231 hameaux, 412 congrégations, 116 fermes et 195 petites exploitations.

Dans chaque capitale de district se trouvent un juge de première instance et un chef politique.

Les ports de l'État sont au nombre de deux :

Acapulco, ouvert à la navigation au long cours, avec une douane maritime ;

Zumatanejo, ouvert au cabotage.

Le climat est tempéré au nord et très chaud au sud.

Les richesses agricoles et minérales du pays sont fabuleuses : il faudrait tout un volume pour les énumérer et les décrire.

On y trouve en abondance le coton, le café, le sel, les bois de construction, d'ébénisterie et de teinture, l'or, l'argent, le mercure, la topaze, le plomb, l'étain, le maïs, les fruits, les plantes médicinales, le soufre, etc., etc.

Les centres principaux sont :

. *Tixtla* ou *Ciudad Guerrero* où naquit le général Vicente Guerrero et qui compte environ 6,000 habitants ;

Ciudad de Bravos ou *Acapulco*, port sur le Pacifique ;

Ce port possède un excellent mouillage, où plus de 200 navires de haut bord peuvent trouver abri. C'est là que s'élève le château de Saint-Jean d'Acapulco, construit sous le règne de Philippe IV et vendu en 1813 aux insurgés que commandait Morelos ;

On trouve aussi les villes de *Chilapa* et *Tasco*, où l'on exploite des mines d'or et d'argent et dont le magnifique climat a été signalé particulièrement par Humboldt ; *Chilpancingo*, capitale de l'État et résidence des pouvoirs (c'est dans cette ville que se réunit le premier Congrès constitutionnel, sous la présidence de Morelos) ; *Iguala,* où fut conçu le plan d'*Iguala,* auquel est due l'émancipation du Mexique ; *Ayutla* où naquit la révolution qui renversa la dictature de Santa-Anna et institua la Constitution de 1857, qui est la Constitution actuelle du Mexique.

L'État de Guerrero a fourni à l'histoire du Mexique un grand nombre de ses héros ; ses montagnes ont été le berceau de la liberté.

Parmi les autres personnages remarquables qui ont vu le jour dans cette contrée, on compte Nicolas Bravo, qui a été président du Mexique.

PUEBLA

La province de Puebla existait déjà du temps de la domination espagnole, et c'est le 4 octobre 1824 qu'elle forma un État de la première fédération mexicaine.

La superficie est de 31,120 kilomètres carrés et la population totale est de 785,000 habitants.

A l'ouest et au nord de cet État on trouve deux cordillières gigantesques; l'une d'elles forme pour ainsi dire la vallée de Mexico et parmi ses points culminants et les plus remarquables sont le *Popocatepetl* et *Ixtaccihuatl;* l'autre cordillère est remarquable par le pic d'*Orizaba*.

Entre ces hautes montagnes on aperçoit les plaines fertiles d'*Atlixco*, de *San Martin des Llanos* et de Puebla, dont les terrains sont constamment couverts d'une splendide végétation.

Le territoire de l'État est arrosé par de nombreuses rivières. L'une d'elles, la *Naupan*, a formé une superbe cataracte. L'eau tombe d'une hauteur de 180 mètres et se convertit en brouillard en arrivant à terre. Cette cataracte est connue sous le nom de *Nexaxa*.

C'est sur les hauteurs de cette montagne qu'en 1876, le général Gonzalèz, président actuel de la République, avait placé l'artillerie amenée à grand'peine du port Matamoros.

On compte dans la province de Puebla 954 établissements d'instruction publique fréquentés par 85,638 élèves des deux sexes. Il y a en plus 145 écoles particulières avec 5,717 élèves.

Il existe dans l'État un collège général, une école de médecine et de pharmacie, une école normale de professeurs des deux sexes et une académie des beaux-arts à laquelle est adjoint le musée de l'État.

L'État comprend 10 grandes villes, 17 villages, 598 hameaux, 146 municipalités, 480 fermes d'élevage et 587 petites fermes.

La principale industrie consiste dans la fabrication des tissus de laine et de coton. Les produits les plus importants sont : le riz, le sucre, le maïs, le blé, l'orge, les haricots, la farine, l'or, l'argent, le cuivre, le plomb, les marbres, les bois de teinture et une variété infinie de fruits.

C'est l'État le plus riche de toute la République. La ville de *Puebla* est remarquable par ses édifices et sa propreté. Elle contient 76,817 habitants. Elle fut fondée en 1532 par Ramirez de Fuenbal et le père Motolinia ; elle est située dans une plaine nommée *Cuitlaxapani* — ce qui signifie, *lavoir des tripes* — au sud des hauteurs de la *Malinche*.

La ville possède deux bibliothèques : la « Libreria *Palafoxina* », avec 26,872 volumes, et la « Li-

breria *Lafragua* » qui en compte 25,000 et fut
donnée à l'État par le célèbre savant José Maria
Lafragua.

Dans les environs de cette capitale on remarque
les hauteurs de *Guadelupe* et de *Loreto*, célèbres
par la défense du général *Zaragoza* contre les
troupes françaises du général Laurençcy, le 5 mai
1862, et par celle du général Gonzalez Ortega en
1863.

La cathédrale de Puebla est une des plus belles
du Mexique.

Puebla est à 122 kilomètres de Mexico et réunie
à cette ville par le chemin de fer mexicain.

LE MICHOACAN

Au dire des savants, le mot michoacan signifie
pays des pêcheurs. Le royaume de Michoacan
était indépendant de l'empire du Mexique et était
même en guerre avec lui. Lorsque les conquérants
espagnols s'établirent dans le pays, le royaume
tarasque leur fut remis de bonne volonté par le
monarque Calzontin, lequel eut ensuite à souffrir
d'horribles tourments provenant de la cupidité
effrénée de Nuño de Gusman. Bientôt le Michoacan forma une province ayant à sa tête un Alcade
Mayor, puis devint l'intendance de *Valladolid* et
enfin l'État de Michoacan, auquel on a bientôt

ajouté le nom de *Ocampo*, en souvenir du célèbre réformiste Melchior Ocampo, qui y est né.

Le terrain, fertile et pittoresque, présente en plusieurs endroits des sites réellement charmants. Les plaines qui le composent sont coupées par diverses branches de la sierra Madre, qui prennent naissance dans le *Pomaro* et le *Maquili* du canton de *Coalcoman,* et occupent la plus grande partie des cantons de *Apatzingan* et *Ario.*

Le sol produit tous les fruits que l'on trouve sous les différents climats de la République.

La superficie est de 55,693 kilomètres carrés, avec une population de 648,857 habitants, soit de 11,63 par kil. carré.

Les rivières principales sont : la rivière de *Lerma,* qui sort du *lac Chapola,* le *Rio de las Balsas,* et le *Marquès.*

Les sources thermales les plus connues sont celles de *Chucandiro, San Sébastien* et *San Juan.*

Il existe dans la capitale de l'État un établissement d'instruction secondaire qui porte le nom de « Collège Primitif et national de Saint-Nicolas-de-Hidalgo » et qui a 303 ans d'existence. On s'y prépare aux carrières d'avocat, de pharmacien, d'écrivain, d'agent d'affaires, etc.

Le gouvernement de l'État entretient 124 écoles de garçons et 63 écoles de filles, que fréquentent en moyenne 14,230 élèves des deux sexes.

La capitale possède un hospice pour hommes
et pour femmes.

La bibliothèque publique de Morélia contient
près de 13,000 volumes.

On trouve à Morélia les deux filatures de « la
Paz » et de « la Union », une fabrique d'allumettes
et quelques fabriques de tabac, bière, et li-
queurs.

L'État comprend 10 villes, 19 villages, 223 hameaux, 77 municipalités, 216 juridictions, 46 congrégations, 27 mairies, 496 fermes d'élevage et
1,527 petites fermes.

Il y a 640,000 habitants.

Les principaux centres de l'État sont : *Morélia*,
la capitale, 25,000 habitants ; *Apatzingan*, célèbre
dans l'histoire du Mexique pour être l'endroit où
fut signée, le 22 octobre 1814, la première institu-
tion politique donnée au pays par le Congrès de
Chilpancingo ; *Uruapam* qui est situé dans la
contrée la plus fertile et qui produit le meilleur
café du monde entier. Là sont morts les généraux Salazar, Arteaga et le colonel Villagomez.

Le Michoacan est la patrie d'un grand nombre
d'hommes illustres, notamment de Morelos, Iturbide, Rayou, Santos Degollado, Melchior Ocampo,
et de plusieurs autres, comme l'archevêque actuel de Mexico, Mgr Labastida, et celui de Morélia, Mgr de Arciga.

Morélia est à 182 kilomètres de Mexico, sur la voie du chemin de fer national.

CHIHUAHUA

La superficie de cet État est de 272,716 kilomètres carrés et la population est de 180,758 habitants, soit 66 habitants par kilomètre carré.

Dans ce chiffre sont compris 18,000 Indiens sauvages perchés dans la *Sierra-Madre*.

Ces brutes portent les noms de *Nadajas, Lipanes, Llaneros, Mescaleros, Gilenos, Tarahumares* et *Tontos*. Les plus terribles sont les *Comanches*, qui habitent le *Bolson de Mapimi*, terrain inculte très étendu, qui est situé à l'est de l'État.

L'État de Chihuahua, occupé par des tribus guerrières et ennemies de la civilisation est, à vrai dire, en lutte perpétuelle avec ces sauvages qui empêchent la culture et arrêtent le développement de l'industrie.

L'extrême largeur de la *Sierra-Madre* (60 lieues environ); l'aspect sauvage de la montagne et les grandes dimensions de ces plateaux; les verts sommets de la *Tahumara-Baja;* les cordillères qui courent du nord au sud; les hautes montagnes de l'Est, remarquables par leurs fertiles vallées nommées *ancones;* les torrents qui descendent en cascades merveilleuses; les immenses forêts; les plaines interminables semées de vigne, coton, blé, maïs, haricots, riz, donnent à l'État de Chihuahua un aspect poétique et enchanteur.

Cet État est des plus favorisés sous le rapport de l'irrigation. Il est arrosé par 32 rivières, 60 ruisseaux et 7 lacs.

Les mines renferment de l'or, de l'argent et du plomb.

On cultive avec succès les céréales et la vigne.

A *Paso del Norte,* on fabrique un vin assez potable.

Dans les forêts il y a des arbres de toute espèce : dans le canton de Batopilas, on trouve l'arbre sadou ; à *Galeana,* l'arbre à sucre, etc.

Dans la Sierra-Madre, on rencontre les ours noirs, gris et blancs, le bison, le cerf, et tous les animaux féroces, léopards, tigres et chats-tigres.

On chasse dans les rivières le castor et la loutre.

Parmi les insectes venimeux, les plus dangereux sont les scorpions et la tarentule.

On trouve, comme oiseaux, l'aigle et le faisan.

Les mines sont la principale industrie de l'État. Elles ont pris un sérieux développement, depuis que les Américains ont mis en exploitation celles de *Batipalos, Guadalupe, Santa-Eulalia, El Parral, Cerro, Colorado* et *Corralitos.*

L'État de *Chihuahua* comprend 78 municipalités, 5 villes, 16 villages, 133 hameaux, 123 grandes fermes et 593 petites fermes; il se divise administrativement en 18 cantons.

Chihuahua, la capitale, compte 12,380 habitants; elle possède une cathédrale, une *alamada* (jardin public) et un aqueduc. Depuis 1718, cette ville est un centre de région minière.

C'est dans cette ville que furent fusillés en 1811, Allende et Hidalgo. Benito Juarez s'y réfugia durant l'intervention française.

Le chemin de fer central traverse aujourd'hui toute cette contrée.

QUERETARO

La superficie de cet État est de 2,300 kilomètres carrés.

Ce pays présente deux aspects différents : d'un côté, des hauteurs nues et dépourvues de toute végétation; de l'autre, d'immenses montagnes couvertes de forêts splendides, renfermant les bois les plus utiles pour la construction et l'ébénisterie; les plaines sont assez rares, mais toutes d'une remarquable fertilité.

L'État est arrosé par de belles rivières.

On y trouve également d'abondantes fontaines naturelles, dont le plus grand nombre sont situées

dans la municipalité de Caneda, lieu de villégia-
ture des habitants de Queretaro.

Population de l'État, 179,911 habitants.

La capitale est à 234 kilomètres de Mexico et se
trouve maintenant réunie à cette ville par le chemin de fer central.

La fabrication des toiles et tissus y est très
avancée. On trouve plusieurs mines dans l'État,
dont quelques-unes sont exploitées actuellement
avec succès ; il y a quelques années, de riches
mines d'opales, produisant des pierres d'une fort
belle eau, ont été découvertes ; mais l'attention
est particulièrement appelée sur l'agriculture :
on récolte en abondance les céréales, le coton et
la canne à sucre.

Les centres les plus importants de l'État de
Queretaro, sont : Queretaro, siège des divers pouvoirs, 27,560 habitants. Cette ville, qui fut conquise par les Espagnols en juillet 1531, reçut en
1655 de Philippe IV le titre de « noble et loyale
cité. »

En 1810, les conjurés qui tentaient de renverser
la domination espagnole, tinrent plusieurs réunions à Queretaro.

C'est dans cette ville que la femme du corre-
gidor Dominguez envoya à Hidalgo et Allende, en
septembre de la même année, l'avis qui détermina
le soulèvement général.

C'est sur le territoire de l'État que fut livré un combat de 30 Indiens contre 400 Espagnols, dans lequel ces derniers reçurent une pile épouvantable.

Le 30 mai 1848, le traité qui mit fin à la guerre avec les États-Unis, fut ratifié à *Queretaro*. En 1867, cette ville fut assiégée pendant plusieurs mois par l'armée républicaine que commandait le général Mariano Escobedo, lequel, ne pouvant arriver à la prendre par les armes, acheta la victoire du traître Miguel Lopez, moyennant 20,000 piastres.

C'est dans les environs de *Queretaro*, au Cerro de las Campanas, que furent fusillés, le 19 juin 1867, l'empereur Maximilien et ses deux généraux, Miramon et Mejia. — Je suis allé voir les trois petites pierres, entourées d'un grillage, que la municipalité de Queretaro a élevées à la mémoire de ces trois braves, à mi-côte de la colline et à l'endroit même où ils furent passés par les armes. — Il faut dire que l'empereur était très aimé à Queretaro et que les habitants ne parlent jamais de Maximilien sans faire l'éloge de son courage et de son abnégation personnelle pendant toute la durée du siège.

LA VILLE DE GUADALAJARA

La ville de Guadalajara est depuis longtemps connue comme l'une des plus étendues et des plus civilisées de la République. Située au bas d'une immense vallée, elle est régulièrement tracée et les habitations en sont solidement construites. L'extérieur de ces maisons indique une certaine vétusté. Rongés par l'intempérie des saisons, ces bâtiments donnent à la ville un air triste et misérable. De grands travaux sont exécutés actuellement. Depuis deux ans la population s'est accrue considérablement et les affaires ont pris une extension qui doit faire espérer pour Guadalajara une grande prospérité. La quantité des magasins, la qualité des marchandises, la largeur des voies de communication, la beauté des églises et autres édifices publics, donnent une haute idée de l'intelligence des habitants et de l'importance de la ville au point de vue commercial.

Les branches d'industrie y sont variées : fabriques de glace, de papier, de chapeaux, de harnais, de selles, de montres, de châles, de bière, emploient un nombre considérable d'ouvriers habiles. La faïence si connue que l'on trouve sur toutes

les tables du Mexique proviennent de *Guadalajara*.
Les Indiens qui campent par villages connaissent
seuls le secret de cette fabrication, qu'ils se
transmettent de père en fils comme un précieux
héritage. Les bouteilles, jarres, cruches faites
de cette terre, ont la propriété de rafraîchir l'eau.
Il y en a qui sont ornées de motifs d'or et d'argent; d'autres possèdent un parfum discret qui
dure autant que la bouteille.

Ces Indiens intelligents fabriquent aussi des
vases à fleurs, des bols, des tasses, en un mot
tous les objets utiles ou décoratifs que l'on peut
façonner avec de la terre.

Une des spécialités de ce genre d'industrie consiste dans la reproduction, sous forme de figurines
hautes de quinze à vingt-cinq centimètres, des personnages célèbres ou des différents types de la
société mexicaine. Visage, costume, mœurs, tout
y est reproduit avec une perfection digne de la
photographie. Une collection de ces statuettes
représente toute la nation, depuis le *Haciendado*
jusqu'à l'humble *Peon*, et vous initie à leur vie de
tous les jours, ainsi qu'à leurs occupations particulières. Avec une égale facilité ils modèlent d'a-
près nature ou d'après une photographie un buste
de grandeur naturelle et d'une ressemblance
extraordinaire. Cette branche d'industrie fait avec
les États-Unis l'objet d'un commerce qui s'accroît

chaque jour. La place du marché est un des
endroits les plus fréquentés de la ville. Une
grande quantité de fruits des tropiques, aussi
beaux à l'œil que savoureux au goût, ornent les
boutiques et se vendent pour quelques sous.
Vivre à bon marché et avec luxe est chose
facile à *Guadalajara*.

La chaleur y est fort supportable, même au milieu du jour ; la température varie à peine durant
l'année et ne s'élève jamais au-dessus de vingt-
sept degrés centigrades. Une légère brise y est
constante et la fraîcheur des nuits justifie l'emploi d'une couverture.

La ville a de grandes écoles publiques. Plus de
deux mille élèves étudient le français, l'allemand
et l'anglais. Des collèges pour les plus hautes
branches de l'éducation, des écoles de droit et de
médecine sont très suivis.

Dans plusieurs fermes des environs, j'ai trouvé
les instruments d'agriculture les plus perfectionnés.

Une belle région minérale accroît la prospérité
de la ville, et l'on tire de magnifiques spécimens
d'or des mines nouvellement découvertes aussi
bien que des anciennes. Là, comme partout, l'expulsion des Espagnols amena un ralentisse-
ment dans l'exploitation des mines, et des trésors cachés dorment là, prêts à récompenser

les efforts de ceux qui les iront chercher.

La région agricole est située autour du lac *Chapala*, au sud et à l'est de *Guadalajara*. Là s'étendent de superbes pâturages représentant des fortunes, et d'abondantes moissons sont faites dans les champs plus ou moins bien cultivés. La ville est le quartier général d'un groupe d'agriculteurs mexicains qui cherchent à exploiter une contrée assez riche pour nourrir une population trois fois plus grande et lui donner une prospérité dix fois supérieure à celle dont elle jouit actuellement.

Un réseau de lumières électriques s'étend de la maison du Président à la « Plaza ». Plusieurs journaux paraissent quotidiennement et de nombreuses voies de communication entretiennent l'animation dans la ville.

De puissantes chutes d'eau situées dans les environs pourraient servir de force motrice aux industries dont le besoin se fait sentir.

Pour ce qui est du climat, de l'agriculture et des débouchés commerciaux, aucune ville à l'ouest du chemin de fer central mexicain ne peut être comparée à celle-là, et je crois qu'elle deviendra un des principaux points de la nouvelle ligne.

Il y a là un champ ouvert à ceux qui auraient des capitaux disponibles; bien des industries y prospéreraient en peu de temps, et les négociants de l'étranger qui désirent avoir affaire à des hommes sérieux et honorables, ne seront nulle part mieux servis qu'à *Guadalajara*.

DE MEXICO A NEW-YORK

PAR LE CHEMIN DE FER CENTRAL

Il n'est jamais trop tard pour bien faire ; je vais enfin inaugurer cette ligne, dont l'achèvement a motivé mon voyage au Mexique.

Nous ne sommes que trois voyageurs pour la frontière (Paso del Norte) et je suis seul pour New-York.

Quand il ne se produit pas d'accident ou d'incident imprévu, il faut sept jours et huit nuits, à toute vapeur, pour aller de la capitale mexicaine à la métropole américaine. C'est le plus long trajet que l'on puisse faire dans le monde entier d'un point à un autre sans changer de train.

Le jour n'est pas loin où cette ligne et d'autres, qui ne manqueront pas de venir lui faire concurrence, feront des affaires superbes avec le va-et-

20

vient qui s'établira forcément entre les États-Unis et le Mexique.

Les commencements ont été durs pour la Compagnie du Central. Le gouvernement mexicain a collaboré de son mieux en fournissant des escortes, de l'argent et des facilités de tous genres aux entrepreneurs américains; mais la malechance a voulu que plusieurs accidents vinssent lui faire une réputation désastreuse.

Il est évident que les Indiens voient cette route ferrée d'un mauvais œil; pour eux, c'est la fin du *farniente* dans tous les parages circonvoisins. Sous peu, les Américains et les Européens auront de gros intérêts de chaque côté de cette voie commerciale, ils défrichiront les forêts vierges et mettront en culture les immenses plaines couvertes de hautes herbes; ils travailleront les mines avec des machines à vapeur et se feront concéder des centaines de lieues carrées de belles prairies pour l'élevage des bestiaux. Que deviendra l'Indien dans ce bouleversement final? Il travaillera comme son frère blanc, ou il sera forcé de fuir dans des espaces où l' « invention du diable », comme il appelle la machine à vapeur, n'aura pas encore pénétré.

Tout cela est inévitable. C'est la grande machine du progrès qui s'avance plus ou moins lentement, écrasant sûrement les faibles et les inutiles. Reste à savoir si l'Indien ne voudra point bénéficier de la situation qui vient de lui être faite par son chef énergique Porfirio Diaz, l'Indien résolu auquel ce même chemin de fer central doit son libre parcours à travers le Mexique. Malgré la vive opposition de la grande majorité de ses compatriotes, le général Diaz a su faire subventionner cette ligne internationale par le congrès mexicain. Et pour ma part je serais bien surpris s'il ne parvenait à inculquer aux gens de sa race les qualités pratiques dont il est personnellement si bien doué.

Avec ces réflexions-là j'en fais encore une autre, c'est que, malgré toute ma sympathie pour le Mexique et les Mexicains, je ne suis pas fâché de m'en aller.

Tout en m'installant dans le confortable wagon-salon de la nouvelle Compagnie, je me dis joyeusement : Te voilà donc en route pour le boulevard des Italiens! Avec de la bonne humeur, une bonne digestion et la résolution de ne pas flâner en chemin, on ne se préoccupe guère de ce millier de lieues qui diminuent chaque jour et que l'on dévore la nuit en dormant à poings fermés, mollement bercé dans des lits excellents.

* * *

Vamonos! (allons-nous-en), crie le chef de gare.
All aboard (tout le monde à bord), reprend le conducteur américain, et nous glissons lentement
hors de la gare brillamment éclairée par la lumière électrique dont les rayons nous suivent
jusqu'aux portes de la ville. La lune prend la
suite de la lumière Edison et inonde de sa vive
clarté le paysage tourmenté de la vallée de
Mexico.

Nous franchissons la grande tranchée de *No-
chistongo ;* c'est un des points les plus dangereux
de la ligne — et un danger qui dure sur une étendue de vingt kilomètres. La ligne est construite
sur des sables mouvants et au bord d'un fossé
énorme qui a coûté des millions de piastres à
creuser et à entretenir. Pendant un siècle et
demi, les vice-rois d'Espagne ont sacrifié la vie
de cent mille Indiens pour achever ce canal destiné à assainir la ville de Mexico. Et cette tranchée gigantesque, sans pareille au monde, a été
reconnue d'une inutilité absolue !

L'ingénieur américain croit avoir fait un tour
de force en plaçant des rails sur ce terrain sca-
breux. Un jour ou l'autre, une horrible catastrophe obligera la Compagnie à changer le tracé
de sa voie.

Après avoir heureusement laissé derrière nous ce trou périlleux — nous nous couchons dans les lits que le nègre nous prépare. Ces lits sont infiniment supérieurs à ceux que l'on trouve dans les meilleurs hôtels du Mexique, où la science du lit est encore dans son enfance. Grâce à ce raffinement auquel je n'étais plus habitué, j'ai dormi sans me réveiller jusqu'au grand jour. A sept heures du matin, pendant que le train continue à fendre l'air, je me transporte dans un luxueux cabinet de toilette avec mon nécessaire de voyage et, au bout d'une demi-heure, je suis aussi reposé et aussi frais que si j'avais passé la nuit chez moi. En rentrant dans le salon, je ne vois plus trace du lit sur lequel j'ai passé la nuit; il n'y a que de larges fauteuils, des tables et un buffet derrière lequel se tient un nègre. Je m'asseois contre une des fenêtres à doubles vitres de cette maison roulante et je contemple les vertes et fertiles vallées de *Salamanca*.

Irapuato! nous sommes dans la petite ville qui centralise le produit de vastes champs de fraises — ces fruits parfumés dont nous nous délectons à Mexico d'un bout de l'année à l'autre. Pour six sous et demi, nous avons au mois de janvier un kilo de belles fraises !

A *Silao*, nous descendons pour déjeuner dans un petit restaurant tenu par un Français, lequel

20.

nous fait manger un bifteck aux pommes, arrosé d'une vieille bouteille sortie de derrière les fagots mexicains, une fiole de Bordeaux comme on n'en boit pas souvent dans ce pays de *pulque*.

Rien à signaler avant d'arriver à Zacatecas, si ce n'est un pont en bois d'assez belle apparence jeté par-dessus un ravin profond. Sous ce pont, à mi-côte du trou béant, trois petites croix blanches indiquant une catastrophe récente. Nous passons lentement — au pas d'enterrement!

ZACATECAS

2,800 mètres au-dessus du niveau de la mer! La brise est fraîche, à cette hauteur. Très curieuse, cette ville minière. Figurez-vous des montagnes parsemées de tas de pierres d'un gris verdâtre, et tout à côté des maisons plates, en bois, en briques et en *adobe*, serrées les unes contre les autres, sans l'ombre d'une de ces divisions que nous appelons des rues, bâties au hasard de ces tas de cailloux qui ne sont ni plus ni moins que des minerais d'argent. Çà et là, de grandes usines de réduction appartenant à tous les types connus depuis le vieux système Indien jusqu'aux plus récentes méthodes de travail américain. Les flancs des montagnes sont percés de *puits* et de *galeries*. Des hommes armés de piques paraissent et disparaissent comme des fouines. Des Indiens en loques, les épaules à peine recouvertes du *sarape* que le vent cherche à leur ravir, creusent la terre avec leur machetes ou coupe-choux, en s'arrêtant de temps à autre pour se désaltérer dans une mare d'eau croupissante.

La ville est longue d'un kilomètre, sans place publique apparente, sans trace de jardins, d'arbres ou de voitures. Rien que des chercheurs d'argent courbés sur la terre ou couchés dans ses entrailles.

Ces monceaux de pierres vaudront des centaines de mille francs, quand ils seront écrasés et lavés. Pas un homme ne paraît les garder ou même les regarder.

Devant cette ville morose et grimaçante, on songe à la puissance de ces cailloux mexicains.

Quel contraste entre cette ville et le moindre centre industriel! Quelle misère dans cette richesse et quelle richesse dans cette misère!

C'est cependant pour ces tas de cailloux que l'homme est capable des plus horribles crimes et des plus belles actions; c'est pour cela et par cela qu'il vit et qu'il meurt, pour cela qu'il se prive de tout, avec cela qu'il jouit de tout, même de la considération.

Ne nous étonnons pas de voir des hommes vivre comme des brutes, isolés de tout plaisir, privés du confort le plus vulgaire, bravant tous les périls pour empiler ces petits cailloux les uns sur les autres. L'argent est toute leur vie, la vie sans argent n'est plus rien pour eux ; ils n'existeront que le jour où ils auront déterré la fortune. La *camarde* elle-même ne les effraie pas, ils la courtisent d'un air bourru en criant : « De l'argent ou la mort! »

⁎

Le second jour, nous roulons à travers des marécages nombreux, en faisant lever sur notre passage des milliers de bécassines, canards sauvages et sarcelles. Puis la route devient d'une monotonie désespérante ; quelques pâturages que surplombent de hautes montagnes volcaniques émaillent la route près de *Chihuahua*. Jusqu'à Paso del Norte, le pays présente vraiment peu d'intérêt. Un sable fin d'une blancheur éclatante fatigue l'œil en réfléctant les ardeurs d'un soleil brûlant. Seul le cactus, la plante mexicaine par excellence avec son inséparable, l'aloès, apparaissent de loin en loin en diminuant de taille comme pour nous dire un dernier adieu. Jour et nuit, le train avance avec la tranquillité d'un vapeur sur l'Océan, sans que les conducteurs paraissent

s'inquiéter de la solitude à laquelle ils sont condamnés.

*
* *

Le troisième jour, nous entrons dans la jolie
ville d'*El Paso* (Texas), après avoir traversé le
Rio-Bravo. Ce Rio, qui marque la limite entre le
Mexique et les États-Unis, la rivière qui a vu et
voit encore tant de combats sanguinaires entre
les Indiens sauvages et les *cow-boys* (vachers), le
bouillant fleuve qui devait être témoin de la pose
des fameux rails d'argent dont il a été question
au début de ce livre.

Paso del Norte, comme l'appellent encore les
Mexicains ennemis de l'abréviation yankee — est
une ville instructive. La vieille ville composée
exclusivement de petites cases en adobe — qui
ressemblent à s'y méprendre aux baraques en
boue que nous construisons en Europe pour nos
cochons, offre un curieux contraste avec les maisons monumentales en briques rouges et en pierres
de taille que les Américains ont construites de
l'autre côté de la rivière. Quel contraste aussi
entre les Indiens tristes et sombres, traînant leurs
sandales ou portant des charges ainsi que des
bêtes de somme, et ces blancs à l'œil bien américain, allant et venant, le crayon derrière l'oreille,
changeant des piastres en dollars. Et enfin quelle

animation dans ces belles rues pleines de boutiques, aux vitrines remplies d'objets de provenance européenne, offerts par des vendeurs polis
et empressés, à côté des misérables *tiendas* et
pulquerias mexicaines, où les vendeurs vous
regardent généralement comme un intrus.

Il faut avoir passé neuf mois au Mexique et se
trouver comme par enchantement placé entre ce
que l'Espagne a fait de ce pays en trois siècles
et ce que les États-Unis en ont fait en trois *mois*
(trois mois auparavant, il n'y avait que des
huttes indiennes sur l'emplacement où s'élève
maintenant la belle ville d'El Paso); il faut avoir
été engourdi par le *mañana* et le *luego luego*
mexicain, comme par le *Nitchevo* et le *Sitchas* des
Russes, pour sentir tout ce qu'il y a de bon et de
vrai dans le procédé américain. Ici on vit à côté
d'une agence ou d'un magasin, de l'autre côté du
Rio-Bravo, on végète autour d'une église. Ceci
sera tué par cela.

La quatrième journée se passe à traverser le
nouveau Mexique — 26 heures à toute vitesse!
Dans cette savane silencieuse, on ne perçoit que
le bruit du vent, le mugissement de quelques
bisons et le cri rauque de l'Indien rouge, traqué
comme une bête fauve par les gendarmes des
États-Unis.

Notre hôtel roulant se comporte bien, pas un

accroc ne vient troubler le voyage. La solitude
est encore plus grande ici que lorsque nous étions
sur le territoire mexicain ; mais nous ne sommes
plus escortés par nos amis les ruraux, qui don-
naient à notre compartiment l'air d'un wagon
blindé lancé sur un corps ennemi.

Lorsque nous nous arrêtons pour déjeuner et
dîner, voici ce que nous apercevons en fait d'habitations humaines : un buffet américain plein
de bons petits plats dont on peut manger à dis-
crétion pour 75 *cents* (3 fr. 75 cent.) en arrosant
le tout de café ou de thé. Comme habitants : un
pharmacien, un épicier, un marchand d'habillements et six débitants d'alcool dans des *Palace
Saloons ;* toutes ces constructions et ces palais
sont des baraques en bois ressemblant à s'y méprendre à celles qu'on érige sur le boulevard des
Italiens au moment du jour de l'an. Voilà la ville,
le village ou le point de repère de tout un district
de mineurs ou d'éleveurs, de propriétaires de
vastes *ranchos,* de dix, vingt et cent lieues carrées
et de turbulents *Cow-boys.*

L'Indien sauvage est moins à craindre que le
Cow-boy. Ce dernier a toujours le revolver à la
main et le verre aux lèvres ; malheur à qui lui
déplaît. Il n'y a pas d'autre loi dans le pays que
la sienne. De temps à autre, il arrête un train,
force les voyageurs à descendre, à danser une

jig sous une grêle de balles; ou bien il enlève tout ce qui a une valeur en fait de bagages, puis déshabille les voyageurs et les laisse continuer leur chemin nus comme des vers, jusqu'à la prochaine station. Malheur à l'étranger qu'une curiosité malsaine fait quitter le train pour passer vingt-quatre heures en la compagnie de ces Cowboys. S'il ne sait boire comme un trou et jouer du revolver à la première menace, il risque fort de ne jamais revoir les siens.

A la gare de la *Junta*, nous sommes servis pour la première fois par de jeunes Américaines qui nous offrent un menu des plus variés. Rien d'étrange et de caressant comme ces chevelures yankees qui viennent se frôler contre votre joue pendant que des lèvres souriantes vous murmurent : « *Oysters, tea or coffee, fried ham, sausages, beefsteaks, hot cakes, green corn*, et l'on dit oui tout le temps, oubliant ces plats fumants pour dévorer des yeux ces jolies *waitresses*. Il neige! De la neige chassée par un vent glacial. Brr!... Pour la première fois nous sentons l'âpre bise de ce terrible hiver américain, un des plus froids dont on se souvienne. Dieu, qu'il fait froid! Soleil du Mexique, tu es déjà bien loin et tu sais te faire regretter. A partir de ce moment, nous ne pouvons mettre le nez dehors sans courir le risque de le voir gelé. De-ci, de-là, une maisonnette

en bois vient rompre la monotonie de la vue exté-
rieure, puis nous retombons dans la steppe russe
couverte de neige aveuglante. En route, nous
avons pris un mineur de l'État d'Arizona et un
officier américain qui revient d'une chasse à
l'Indien. Pauvre Indien qui se révolte contre les
mauvais traitements, contre les confiscations de
territoire et la mauvaise foi du plus fort. Ami
mexicain, prends garde à toi; si tu continues
à végéter dans ton paradis, tu auras le sort de
ton frère du *Far West*. L'Espagnol t'a laissé
tranquille parce qu'il est trop fainéant, l'Américain te tuera parce qu'il est trop énergique.

Ce jour-là, grand événement : une dame seule
monte dans notre sleeping-car, occupé jusqu'ici
exclusivement par le sexe laid. Son mari l'a
accompagnée jusqu'au wagon-salon et l'a laissée
seule avec moi et deux messieurs que nous avons
pris en route, lesquels messieurs labourent le
velours rouge de leurs grosses bottes, crachent
le jus de leur chique dans tous les coins et se
mouchent régulièrement avec leurs doigts, habitude très répandue même parmi les gens les plus
distingués de l'Ouest. Notre voyageuse est une
Américaine pur sang et, ce qui ne gâte rien,
jeune, jolie et blonde. Il y avait près d'un an que
je n'avais vu une blonde. Aussi fîmes-nous rapidement connaissance, moi en lui offrant les ser-

21

vices qu'un homme peut rendre à une femme voyageant seule, elle en acceptant mes offres comme si j'avais été délégué par la Compagnie pour m'occuper des dames seules.

A dix heures du soir, après une conversation animée dans laquelle ma voisine me raconte les moindres détails de son existence, le nègre impassible nous dresse nos lits l'un en face de l'autre, de chaque côté du wagon, puis nous nous déshabillons en même temps derrière nos rideaux respectifs et nous nous couchons aussi sagement — peut-être plus — que si nous avions habité le même hôtel.

De ma couche, en étendant mon bras, j'aurais pu sans me déranger passer ma main dans le chignon d'or de ma nouvelle connaissance. C'est le triomphe du sleeping-car de rendre de pareilles distractions à la fois possibles et impossibles. Les lits sont assez grands pour de jeunes mariés, mais en Amérique il n'y en a que pour ceux-ci. Une infraction à cette coutume serait suivie d'une action criminelle pour attentat à la pudeur et puni du mariage forcé à perpétuité.

*
* *

La cinquième journée se passe dans l'État de Kansas (en 1854 un grand désert), maintenant le premier État du monde pour la production des céréales et l'élevage du bœuf, source de richesses infinies pour le pays. C'est la Beauce des États-Unis.

Au moment où nous passons, les champs sont couverts d'une grande nappe de neige, et cependant il est facile de deviner la prospérité du pays à l'aspect des fermes remplies d'outils perfectionnés et des belles habitations appartenant aux cultivateurs.

Il y a des endroits où l'on se croirait en Normandie ou dans le Devonshire. Le ciel soit loué, nous ne verrons plus les maisons de boue! A partir de Kansas-City, nous ne descendons plus pour prendre nos repas. La neige tombe sans répit et la bise est glaciale. Elle nous saisit cruellement chaque fois que nous nous risquons sur la plate-forme.

Trois fois par jour, au milieu de la tempête, notre train s'arrête en pleine campagne pour s'annexer un wagon-restaurant qui voyage avec nous pendant deux ou trois heures et qui nous quitte non moins simplement quand nous sommes rassasiés.

Voici la traduction textuelle du menu d'un déjeuner pris dans ces conditions fantastiques :

DÉJEUNER

FRUIT

Thé Oolong, thé vert, café, chocolat.

PAIN

Pain viennois, pain bis, petits pains chauds, pain grillé,
pain grillé trempé dans la crème, pain de Boston.

POISSON

Saumon grillé,
poisson blanc à la maître d'hôtel.

HUITRES

En ragoût, crues.

FRITURE

Côtelettes de veau panées, saucisson,
foie de veau avec du lard.

GRILLADES

Bifteck (aloyau et filet) nature avec ou sans tomates,
tranches de lard, jambon.

OEUFS

A la coque, brouillés, frits,
Omelette nature avec du persil ou avec de la gelée de groseille.

POMMES DE TERRE

En robe de chambre, à la lyonnaise, frites.

CONDIMENTS

Chow-chow, Tomato catsup, gelée de groseille, Mixed pickles, Worscestershire sauce, raifort, fromages, olives, Durkee sauce pour salade.

CARTE DES VINS

Champagne.

	1/2 pintes.	Pintes.	Litres.
		Dollars.	
Chapisi et Gore, importation extra Dry.	1,00	2,00	3,30
G. H. Mumm, extra Dry...............	»	2,00	3,50
Pommery sec.....................	»	2,00	3,50
Piper Heidsick..................	»	2,00	3,50

Vins rouges.

Saint-Julien....................	»	0,50	1,00
Pontet Canet....................	»	1,00	2,00

Vins blancs.

Haut Sauterne	»	1,00	2,00
Latour blanche..................	»	1,50	2,50
Duff Gordon Pale sherry...........	0,50	1,00	»

Bières.

Bass et Co Pale ale.............	»	0,25	»
Guinness extra Stout	»	0,25	»
Budweiser Beer.................	»	0,20	0,30
Ginger ale.....................	»	0,25	»

Alcool.

Old sour Mash Whisky............	0,50	1,00	»
Old Canadian Rye Whisky..........	0,50	1,00	»
Old Tom Gin....................	0,50	1,00	»
Fine champagne Voisin	1,25	2,25	»

Eaux minérales.

Apollinaris....................	»	»	0,30
Pougues (Saint-Léger)............	»	»	0,50

Veuillez noter aussi que l'on vous installe devant une vraie table, avec du linge bien blanc et des couverts d'argent, et que vous êtes assis dans un fauteuil moelleux. Si votre étoile vous a doté d'un compagnon de bonne humeur, vous abrégez sensiblement le voyage en vous livrant entre la poire et le fromage à des commentaires toujours gais, à cette heure d'agréable détente, sur le tableau mouvant qui se déroule sous vos regards des deux côtés de la voie. Rien ne vous presse, vous pouvez prolonger la séance en dégustant un cigare mexicain de *Santa-Rosa*. C'est un repas des plus copieux et des plus confortables que l'on savoure tout à son aise dans un wagon chauffé à point, pendant que la tempête se déchaîne au dehors. Épicure lui-même n'avait pas songé à ce moyen de varier les plaisirs de la table.

Un nègre, habillé en maître d'hôtel, avec cravate blanche et fleur à la boutonnière, s'occupe constamment du service et veille à ce que les autres nègres remplissent leur devoir envers le voyageur attablé.

Quand je me lève de table ce maître d'hôtel m'apporte une *rose naturelle* et me la met à la boutonnière! J'avoue que cette fleur, en plein hiver, au milieu de la steppe américaine recouverte de neige, donnée par un homme tout noir dans un wagon-restaurant filant ses soixante kilomètres à l'heure, m'a causé une véritable stupéfaction.

.·.

Nous traversons deux grandes rivières. Il fait nuit; mais grâce à un magnifique clair de lune j'aperçois, en me hissant sur mon oreiller, ces larges rivières entièrement prises par la glace et recouvertes de neige. Nous passons à toute vitesse par-dessus des ponts qui n'en finissent plus. Je me recouche et je rêve à des romans de Cooper, et mes rêves se nourrissent des souvenirs évoqués par ces deux noms : *Mississipi* et *Missouri*.

Le soir de la sixième journée, nous sommes près de Chicago. Au lavabo, je rencontre un Yankee qui s'élance sur moi en me criant : *Stranger, have an eye-opener*. (Étranger, voulez-vous prendre de quoi vous ouvrir l'œil?) Et ce disant, il m'offre une grosse gourde remplie de *whisky*. La politesse ne permet pas de refuser, et j'ai une connaissance, peut-être un ami de plus dans le nouveau-monde.

De Chicago à New-York en vingt-quatre heures, près de 70 kilomètres à l'heure.

Les dernières éditions des journaux nous

sont apportées à chaque station. Quel plaisir
d'être mis au courant de ce qui s'est passé la
veille et souvent le jour même par ces feuilles
américaines qui renseignent quotidiennement
et complètement le lecteur sur tous les événements de Paris, Londres, Vienne et autres
lieux.

Pendant ce voyage de sept jours et huit
nuits à travers la Savane et au milieu de peuples
sauvages, j'ai été mieux et plus vite rensei-
gné sur ce qui se passait en Europe que si
j'avais habité Asnières. Cette presse américaine est incontestablement la première du
monde. Quand cessera-t-on en France de gaspiller
dans des feuilles éphémères la vie de tant d'écrivains consciencieux, et quand se décidera-t-on
à donner des nouvelles rapides, exactes et
détaillées? N'y a-t-il pas assez de place dans la
librairie pour que les hommes de lettres amoureux de leur art puissent charmer leurs lecteurs
sans empiéter sur le terrain du nouvelliste,
c'est-à-dire du journaliste, de l'homme qui sert
d'intermédiaire entre les humains qui ne se
connaissent pas et qui désirent savoir comment vit leur prochain? A New-York, on m'a
montré....

Mais pardon — je m'oublie, ce livre est
achevé. Il ne me reste plus qu'à formuler le

vœu de voir un *Parisien au Mexique* fournir
un nombre respectable d'éditions. Cela m'en-
couragera à lui donner une suite.

FIN

TABLE ALPHABÉTIQUE

TABLE DES MATIÈRES

IMPRIMERIE ÉMILE COLIN, A SAINT-GERMAIN

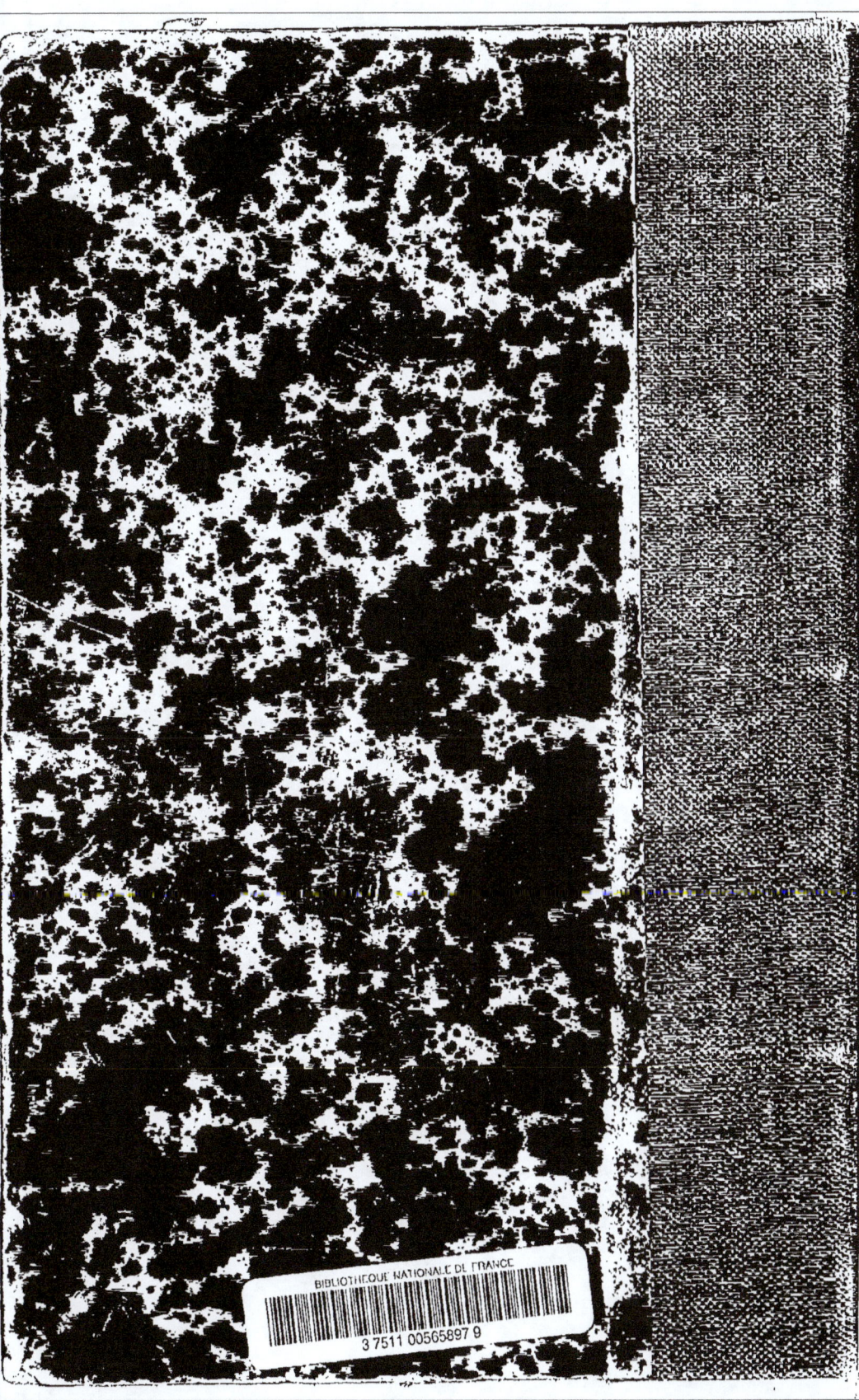

www.ingramcontent.com/pod-product-compliance
Lightning Source LLC
Chambersburg PA
CBHW050303030726
47505CB00003B/543